홀로 엄마도 괜찮습니다

고애진 엮음

홀로 엄마도
괜찮습니다

어려운 마음을 안고 사는
모든 '맘'을 향한 응원

"엄마가 둘은 아니지만
최고가 될게."

생각나눔

목차

공감과 이해와 포용의 기록

우리는 마음에 맞는 사람들과 일을 할 때 편안함을 느끼게 됩니다. 상대가 어떤 생각을 하는지, 그리고 그 생각에 내가 어떻게 대처해야 하는지 예측 가능하기 때문입니다. 한 권의 책을 공저할 때에도 마찬가지입니다. 서로의 특장을 잘 발휘하면서도 책의 통일성을 유지하려면 저자들 사이의 상호 이해가 필수적이지요. 그런 측면에서 이 책은 도전의 산물이라 할 수 있겠습니다. 저자들은 온라인으로 처음 만나 함께 강의를 듣고 안면을 익혔을 뿐입니다. 다른 참여자들은 어떤 글을 쓸지, 다른 참여자들의 글과 내 글이 과연 어울릴지, 내 글이 책에 수록되기에는 부족하지 않은지 등등 여러 걱정을 거듭하기도 했습니다.

그러나 글을 통해 상대의 체험을 이해하고, 자신의 체험에 견주어 서로의 일상에 공감하게 되는 기쁨을 느끼기 시작하면서 작업이 한결 수월하게 진행될 수 있었습니다. 이번 기획의 가장 큰 성과는 바로 이와 같은 공감이 아닐까 생각합니다. 저자들 사이의 공감은 이미 상당 정도 이루어졌으며, 또 앞으로도 강화해 갈 터이니, 이제는 독자들이 저자들의 글에 공감해 주시기를 기대합니다. 이해와 포용이야말로 인문학의 본령이라 할 수 있겠습니다. 인간은 본연적으로 자기중심적인 사고를 하기 마련이어서, 타인을 삶을 자신의 주관적 기준에 따라 평가하기도 하고 정상적인 것과 그렇지 않은 것을 쉽게 재단하는 폐단도 일으키고는 합니다. 이 책은 그 같은 각박함을 완화하는 계기를 제공해 줄 것입니다.

이화여자대학교 커뮤니케이션 미디어학부에 재학 중인 고애진 학생이 교내 '도전 학기제' 프로그램의 지원을 받아 프로젝트를 기획하고, 참여자를 모으고, 책을 출판하기까지 모든 작업을 수행하였습니다. 또한, 이화여대 국어국문학과 박사과정생인 김선빈 선생님이 온라인 강의를 통해 참여자들의 글쓰기를 안내하고 독려해 주셨습니다. 망설임과 시간적 제약을 무릅쓰고 자신의 이야기를 찬찬히 풀어내 주신 열네 분의 저자분들께 진심으로 감사드립니다. 모쪼록 이 책이 저자분들께 소중한 추억과 자랑거리로 남기를 바랍니다.

이화여자대학교 국어국문학과 김승우 교수

용기와 긍지가 담긴 '나의 이야기'

나의 이야기를 글로 풀어내는 일은 결코 쉬운 작업이 아닙니다. '나'를 담아 글을 쓰기 위해서는 무엇보다 세심하게 '나'를 들여다보아야 하기 때문입니다. 그 과정에서 나조차 외면하고 싶은 나의 모습을 마주하며 후회를 하기도 합니다. 그러나 한편으론 나의 이야기를 글로 쓰면서 우리는 과거를 살피고, 현재를 진단하며, 미래를 상상할 수 있습니다. 결국, '나'를 돌아보며 글을 쓰는 일은 '나'를 돌보는 일이 됩니다. 스스로를 위로하고, 응원하는 일이기도 합니다. 또 한 가지 분명한 것은 이 세상에서 나의 이야기를 가장 잘 쓸 수 있는 사람은 바로 나 자신이라는 사실입니다. 누구나 각자 자신만의 고유한 가치와 아름다움을 지녔듯, 글 역시 그러합니다. 그렇기에 이 책에 수록된 모든 글은 유일하고 귀중합니다.

이 책의 저자들은 각자의 목표를 갖고 이 프로젝트에 참여했습니다. 하지만 누군가 자신의 글을 읽고 힘을 얻었으면 하는 소망, 자랑스러운 엄마가 되고픈 갈망, 더욱 성장하기를 꿈꾸는 희망은 공통된 것 같습니다. 홀로 아이를 키우는 과정에서 느낀 것, 엄마로서 사는 삶의 의미 등을 서술한 글은 글쓴이의 삶을 구체적으로 상상해보게 합니다. 엄마가 아닌 '나'로서 과거와 미래의 자신에게 말을 건네는 글은 글쓴이의 삶을 전적으로 응원하게 합니다. 저자들이 자신의 글이 생생하고 진솔하게 잘 전달될 수 있도록 거듭 고민하고 수없이 고쳐 썼기 때문입니다. 이처럼 글을 쓰는 일은 상당한 용기와 노력을 요구합니다. 하지만, 이들은 포기하지 않고 끝까지 써냈습니다. 수록된 글들을 읽으면 자연스럽게 용기와 긍지를 배우게 됩니다. '나의 이야기'가 담긴 글을 통해 우리도 우리 자신의 삶을 돌아보고, 돌볼 것을 다짐할 수 있습니다.

글은 사람과 사람을 이어줍니다. 같은 주제를 가지고 글을 쓰고, 서로의 글을 정성껏 읽어주면서 저자들은 서로의 글 속에서 만났을 겁니다. 함께 기뻐하고 슬퍼하면서 공감했을 뿐만 아니라 서로의 삶을 긍정하고 응원해 주었을 겁니다. 하지만 글의 힘은 여기서 그치지 않습니다. 읽는 사람 역시 글을 통해 연결됩니다. 섬과 섬 사이에 놓인 다리 같은 글들이 여기에 있습니다. 이 책에 수록된 모든 '나의 이야기들이 여러분에게 손짓합니다. 이곳으로 와 우리 함께 이야기하자고, 서로의 삶을 읽어주자고, 그리고 계속해서 함께 써보자고.

김신민

저자소개

감자

안녕하세요. 감자입니다. 감자는 저의 영원한 동반자의 별명으로 저는 22년 10월생 공주와 새로운 출발선에 서 있습니다.

저희 아이는 공주지만 감자 같다고 외삼촌이 지어준 별명이랍니다. "감자야~."라고 불러주거나 감자라는 단어를 넣고 놀아주면 까르르하고 세상 행복한 웃음을 짓는 거 보면 싫지만은 않은 별명인가 봅니다.

이 글을 써내려 오기까지 정말 많은 일이 있었고, 이 프로젝트를 하겠다고 다짐하기까지의 시간도 고민을 엄청 많이 했는데, 하겠다고 마음먹은 가장 큰 이유는 아직은 말도 못 하고 제가 하는 말도 못 알아듣는 저희 공주에게 이때의 엄마는 이러했고 이만큼 너에게 많은 사랑을 주고 있었다는 걸 알려주고 싶었어요.

막상 글을 써내려가 보니 공주에 대한 표현보다는 제 얘기가 태반이지만, 먼 훗날 이런 내용을 다 이해할 때쯤 공주가 이걸 보고 엄마를 이해해 줬으면, 그리고 엄마의 마음을 헤아려 줬으면 좋겠네요.

또 다른 이유는 전 많다면 많은 나이지만 어린 나이에 아이를 갖고 출산하게 되면서 모든 게 무너지고 세상에 버림받았다는 생각이 들 때 이곳에서 많은 분의 글을 읽으며 공감도 되고 앞으로의 삶이 좌절감보단 기대로 바뀌기 시작했어요. 이 감정은 지금이 끝이 아니라 앞으로도 오락가락할 수 있다는 생각에 미래의 저를 위해 이 책을 보고 힘들 때든 기쁠 때든 지금의 추억을 떠올리고 싶어서 도전하게 되었습니다.

그리고 저희와 똑같은 미혼모나 싱글맘 분들도 우연히라도 여기 있는 글들을 보며 함께 아픔을 치유해 나가며 같이 힘내서 일어설 수 있는 발판이 되었으면 좋겠습니다. 모두 후회하지 않고 매 순간을 기억하며 즐기고 우리의 세상으로 만들어 나가요.

서로 힘이 되어주는 존재가 되어봅시다.

이 행복이 언제
깨질지 몰라 불안해요

　　　나는 주변의 사람들을 웃게 해주는 나만의 매력을 갖고 살아왔다. 친구들은 어딜 가든 나를 개그우먼, 늘 밝게 웃는 사람 등 세상 모든 밝은 단어와 좋은 말로 나를 설명했다. 코로나19가 최고조에 다다를 때쯤 그토록 하고 싶었던 일도 무너져 나는 극히 강한 우울감에 시달리며 지냈다. 그때 날 일으켜 준 한 마디 "정신과는 나쁜 곳이 아니라 너를, 그리고 너의 마음을 치료해 주는 병원의 한 종류야. 한 번 가서 상담받아 보는 것이 어때?" 라는 말에 그다음 날 나는 바로 정신과에 발을 딛게 되었다.

　　그 순간부터 이 세상에서 유일하게 나의 버팀목이 되어준 사람. 그때부터였다, 내가 그 사람에게 기대기 시작했던 건. 정신과에서 받아온 약은 내 몸이 버틸 수 없을 정도로 강했고, 그럴 때마다 다독여 준 것이 그렇게 고마웠을 수가 없다. 다음 날 민망함에 미안하다고 연신 사과해도 "아냐, 귀여워."라는 말 한마디도 그때는 정말 고마웠지만, 지금 생각해보면 소위 말하는 플러팅이었다.

　　우리는 서로 힘들 때마다 불러내서 서로 다독여 주었다. 그 결과, 나는 이겨내기 힘들던 우울증을 이겨냈고, 웃음이 많던 평범한 나로 돌아왔다. 그로부터 정확히 2년 뒤, 결국 연인 사이로 발전되어 2개월이 지나고 새 생명이 찾아왔다.

　　나는 홑몸이 아니기 시작한 이후부터 언제 버려질지 모른다는 생각과 부모님이 알게 된다는 공포감에 단 하루도 마음을 놓지 못하고 늘 불안에 떨며 살아야 했다. 안 좋은 갖가지 방법을 모두 동원한 채 말이다.

코로나로 하고 싶던 일도 포기하며 버텨오다 임신 19주차에 내가 하고 싶던 일을 시작하게 되었다. 육체적으로도 정신적으로도 모든 걸 쏟으며 해야 하는 일이기에 아기에게는 좋지 않은 에너지를 주었겠지만, 언제 다시 할 수 있을지 모를 일이었기에 꾹 참고 이겨냈다. 지금 생각해보면 그 일에 대한 생각은 반반이다. 장단점이 너무 크기 때문이다.

가장 큰 장점으로는 하고 싶었던 일을 할 수 있다는 거에 대한 감사함과 차를 많이 하고 다녀야 했던 직업이기에 덕분에 아기는 멀미를 하지 않는다는 것이 있었고, 단점으로는 출산 하루 전까지도 일을 하며 이 악물고 진통도 버텨야 했다는 것이다.

그렇게 엄마가 나를 낳았던 나이, 25살 겨울에 출장을 갔다가 예상치 못한 상황에서 나는 엄마가 되었다. 출산한 지 이틀이 지난 후, 그 사람은 나에게 아이를 키울 수 없다고 말하며 "어디 가서 내가 너 버렸다는 말 하지 마."라며 내 가슴에 칼을 한 번 더 꽂았다. 그 한마디가 나를 악몽으로 이끌고 나를 지옥으로 이끌었다. 출산한 지 이틀 만에 나는 미혼모가 되었다.

그로부터 나는 평범한 가족이 아닌 가정을 내가 끌어나가야 한다는 부담과 우울감에 빠져 산후우울증이 시작되었고 이 글을 쓰는 지금까지도 산후우울증으로 하루하루를 아기의 웃음으로 버티는 중이다.

자그마치 1년이다. 1년 전에는 남부럽지 않게 행복하고 밝던 나였다. 매일 긍정적이고 감정적이며 남들의 부탁에도 항상 "응!" 하며 먼저 발 벗고 도와주며 남들의 우울감과 고민에 몰입하며 같이 울어주던 그런 나였다. 항상 나는 "나 지금 세상 다 가진 것 같이 너무 행복. 이렇게 행복해도 될까? 너무 행복해서 이 행복이 언제 깨질까 불안할 정도로 행복해."라는 말을 달고 살 정도로 행복한 그런 사람이었다. 물론 1년이 지난 지금 내 옆에는 6개월 공주가 누워있는 이 공간, 이 순간이 행복하지 않다는 건 아니다.

출산 후 바뀐 건 한두 가지가 아니었다. 행복의 가치가 달라지고 이유도 달라졌다. 또, 살아가야 하는 버텨야 하는 이유도 생겼다. 그리고 가장 중요한 나의 감정과 성격이 다른 사람인 듯 확 바뀌었다. 매번 어떤 상황이든 YES걸 마냥 긍정적으로 대처하던 나는 단호하게 'NO!'를 외치며 현실적으로 생각하며 지내간다. 부모님께는 죄송한 말이지만, 손에 물 한 방울 안 묻히고 그렇게 공주처럼 25년을 살아온 나였지만, 지금은 먼저 아기 젖병과 식구들이 먹은 식기들을 시키지 않아도 설거지를 하며 세탁기 작동 방법도 몰랐던 내가 아기 세제를 넣어가며 세탁기를 돌리고 있다.

내 나이 26살, 남들이 말하는 26살은 너무나도 풋풋한 청춘이며 한창 놀 나이라며 초롱초롱함과 동시에 아쉬운 눈빛으로 쳐다보는 그런 나이. 친구들은 직장에 다니며 퇴근 후에 직장 동료 혹은 친구들과 술 한 잔 곁들이며 직장 상사를 험담할 때 나는 아기 우유를 먹이며 육아 퇴근 준비를 한다.

주말마다 국내는 물론 해외여행을 다니는 친구들의 SNS를 보며 나는 오늘 날씨와 날짜, 요일을 구분하고 그렇게 눈물 적신 하루를 보낸다. 내가 친구들과 다른 한 가지 애 엄마인 것과 그렇지 아니한 것. 다른 점은 한 가지지만 생활은 너무나도 달랐다. 그래도 지금 역시도 너무 행복하다. 이 행복이 언제 깨질지 모를 정도로 하루하루가 기다려지며 남들과는 다른 행복 속에 살고 있다.

6개월 동안
무슨 일이 일어났을까

아이와 함께 지낸 지 6개월, 남들은 접종 열과 워낙 많은 이름을 지니고 있는 바이러스에 소아과를 들락날락하며 초조했다면 효녀인 우리 공주님이 지금까지 크게 아프지 않은 것에 감사함을 느꼈다. 그렇게 감사함을 느낄 때쯤 소아과를 찾았을 때 간호사 선생님이 아이의 체온을 재며 "살짝 미열 있네요." 하시면 "아녜요! 아기띠 하고 와서 더워서 체온이 올라간 거예요."라며 대수롭지 않게 생각했다.

아이가 눈을 자주 비비고 귀를 비벼 알레르기가 있나 싶어 찾아간 병원이지만 목이 부었다는 소견과 함께 그날부터 미열의 전쟁은 시작되었다. 이불을 덮어줌과 동시에 늘 뻥뻥 쳐내는 아이였기에 긴팔을 고집해서 입혀왔지만 그날은 반팔 바디수트로 바꿔주며 손수건에 물 묻혀 열 내리는 데에만 집중했다. 6개월이 지나면 면역력이 떨어져 감기에 걸리기 쉽다 했고, 6개월이 지나자마자 며칠 동안 미열의 전쟁은 끝이 없었다.

또 하루는 이틀 동안 아이가 변을 보지 않아 짜증을 내더라. 배를 어루만져주며 마사지를 해주었고 인터넷에 아이 변 보는 방법을 검색하여 나오는 방법을 다 써보아도 변을 못 해 아이의 기분은 짜증으로만 바뀌었고, 그날 밤 10시 30분 아빠 차를 타고 야간 진료를 하는 옆 동네 소아과까지 찾아가 진료를 보았다.

소식을 들은 엄마는 퇴근하자마자 바로 병원으로 찾아왔고, 그 시간까지 문

연 병원은 주변에서 그곳뿐이라 주변 온 동네에서 찾아온 아이들로 병원은 날 그대로 혼비백산이었다.

"선생님! 아이가 며칠 동안 변을 못 봐요."

우리 차례가 되어 진료실로 들어가자마자 얘기하니 돌아온 대답은 내 얼굴을 빨갛게 만들었고 나를 무안하게 만들었다. 아이의 몸 상태는 지극히 정상이었고, 변을 못 보는 건 이맘때 아이면 한 번 정도는 겪는 흔한 일이라고 한다. 배 마사지를 열심히 해달라는 대답을 들은 해프닝은 거기서 끝이 났다.

아이를 키우다 보면 접종과 사소한 걸로도 병원을 자주 찾게 될 것이다. 나도 그랬다. 나는 아기가 잘못될까 걱정되어 병원에 가보면 의사 선생님들은 "별문제 아니에요, 그맘때면 누구나 다 그래요."라는 말을 자주 하신다. 그러면서 병원을 갈 때마다 들었던 가장 많이 말이 있다.

"아이가 작게 태어났네요. 근데 지금은 100명 중 1등이에요."

머리 둘레도 체중도 늘 100명 중 5등 안이었고 신체 비율만 또래와 비슷하게 크고 있었다. '아직 너무 어린아이라 지금 조금 앞서면 어때!' 싶다가도 가는 병원 만나는 의사마다 그런 말을 하니 '내가 아이를 잘못 키우고 있나?' 싶을 때가 많았다.

하루는 분유를 조금 덜 주란다. 그 말을 듣자마자 나도 모르게 욱해서 속으로 한마디 했다. 그게 말이 쉽지 당신이 키워보라고. 그게 말처럼 될 테냐고. 나보다 족히 40살은 많아 보이시던 의사 선생님이었지만 내 아이가 그런 소리를 들으니 막상 욱하기도 하면서 '이 병원 다신 안 올 거야!'라며 또 다른 병원을 선택하게 된다.

결국, 원래 내가 하던 방식대로 키우다 보면 그런 말을 듣지 않을 때가 오게 되며, 이제는 별 대수롭지 않은 말이 되었다. 뭐든 남들 보다 앞서나가면 좋은 거라며 나 자신에게 내 육아 방식도 틀린 게 아닌 잘하고 있다고 그렇게라도 다독여 주고 싶었던 것 같다.

출생신고를 한 지 얼마 안 되었을 때를 떠올리면 등본과 가족관계증명서를 계속 보고 싶은 마음은 누구나 공감할 만한 일일까? 나는 출생신고를 하고 두 달이 지난 후에도 내 밑으로 아기는 존재하지만 주민등록번호를 받을 수 없었다. 12월의 어느 날, 기다리다 이건 너무 심했다 싶어 9시 땡 치자마자 주민센터 오픈런을 하며 아이의 주민등록번호는 대체 언제 받을 수 있는지, 짜증이 섞인 어투로 여쭤보았다. 나는 특별 케이스로 출생신고를 하게 된 거라 누락이 된 것이었다. 나의 본적 주소지 즉, 아빠의 고향 면사무소의 실수로 기다리면 올라갈 거라는 말만 두 달을 기다리다 정확히 69일 만에 주민등록번호를 받을 수 있었다.

하루하루 쑥쑥 자라는 아이 덕분에 나의 일상은 매번 새롭고 신기하게 지나간다. 결국 남는 건 사진뿐이다. 나는 나중에 내가 육아 조언을 해줄 수 있다면 가장 먼저, 꼭 해주고 싶은 조언은 "최대한 사진을 많이 찍어라."이다. 아이를 키우다 보면 정신없는 하루에 자주 까먹기도 하지만 기억은 사진보다 오래 기억될 수 없다고 생각한다.

사진은 내가 지워야만 지워지는 추억이지 그렇지 않고서야 항상 저장되어 있는 추억이다.

9년 전 17살
인생 최고의 선택을 한 나에게

안녕, 고등학교에 입학해 보니 어때? 9년 전의 기억으로는 새 교복을 입는다는 설렘과 동시에 아는 사람 한 명 없는 학교에 배정되어 막막함이 앞섰던 거 같은데 그때도 맞나? 등산 아닌 등산을 해가며 등하교하기 참 버겁지.

어렸을 때부터 운동신경이 좋지만, 오르막길은 누구나 힘들어. 그 오르막길을 너무 열심히 남들보다 빠르게 넘어갈 생각 말고 주위를 둘러보며 산 밑이라 탁 트인 곳이니 숨 한 번 들이마시고 멀리 보면 예쁜 것들이 눈에 많이 들어올 거야. 25살, 배 속의 아기와 함께 퇴근하며 걷던 그 길은 야근의 꽃이라고 할 수 있었던 만큼 참 예뻤어.

새로운 친구들도 사귀며 일주일 정도는 참 즐겁고 재밌는 학교생활을 보내고 있을 거야. 음악 시간 때 친구들 앞에서 피아노 실력 자랑한다며 피아노 치는 모습도, 체육 시간엔 수업하기 싫다며 나가서 피구하자 칭얼거리기도 하고 복도에서 남자아이들과 달리기 시합하는 그 순간이 너에게 있어서는 고등학교 학창 시절 가장 행복한 순간, 그리고 유일한 기억이 될 거야. 그러니 그 순간을 조금만 더 재밌게 누구보다 행복하게 즐겨줘.

조금만 욱하는 성격을 버리고 자퇴는 더 신중하게 생각해보는 건 어떨까? 한번 또래 친구들과는 다른 인생을 살며 그만큼 고생도 하고, 많은 편견을 이겨내 보니, 그 친구들과 같은 인생은 어떤 길일지 궁금하기도 하더라고. 조금 더 교복도 오래 입어보고, 친구들과 사고도 치고, 학생주임 눈 피해 담 넘어가며 그 또래 친구들과 똑같은 인생을 살아보는 내 모습도 궁금하긴 했어.

그래도 지금의 나는 그때를 후회하지 않고 자신 있게 어디를 가더라도 어느 회사 면접을 보더라도 "네, 저 고등학교 한 달 다니고 자퇴했어요."라고 말할 수 있는 후회 없는 인생을 살아온 거 같아. 그러니 너는 또래 친구들과 같이 평범하게 고생 좀 덜하며 그때의 자유를 조금 더 누리길 바라.

모든 안 좋은 상황은 네 잘못이 아니라 세상이 아직 네 가치를 몰라줌에 있어. 그러니 조금 더 자존감을 끌어올리며 고개 숙이지 말고 당당하게 지내자. 어떤 선택을 하던 세상에 네 편은 많아. 잠깐의 모진 소리도 나중에는 다 응원의 소리로 변해서 네 주변 모든 사람이 너를 응원해 줄 거야. 당연히 네 또래 친구는 너를 부러움의 대상이라 생각할 거고! 그러니 우리 지금 당장 힘들어도 그때의 선택은 네 인생 최고의 선택이 될 테니 기죽지 마.

말괄량이 12살 공주를
키우고 있을 36살의 나에게

안녕! 지금은 좀 어때? 모든 우울감은 떨쳐내고 공주와 행복하게 오손도손 잘살고 있어? 그때면 독립하고 있을지 아니면 아직도 부모님 품 안에서 살고 있을지 궁금해지네. 일단 가장 해주고 싶은 말은 이거야. '고생 많았어, 지금까지 오느라 많이 힘들었지?'

이걸 읽는 지금, 이 순간은 행복할 때일까 힘들 때일까? 어떤 순간이든 이 글을 읽을 때면 다시 한 번의 동기부여가 되었으면 해.

지금 나는 6개월의 고비를 맞았어. 지금껏 열 한 번도 안 나고 건강하게만 자라온 공주인데 6개월이 지나니까 면역력이 떨어져서인지 일주일에 한 번꼴로 열나서 고생 중이야. 물론 나도 나지만, 공주도 그렇고 엄마 아빠도 옆에서 같이 고생하고 있어.

있잖아. 지금까지의 넌 엄청 많은 상처를 혼자 지니고 있으면서 혼자 아파하고 혼자 견뎌내고 해왔으니 36살의 너는 누구에게 기댈 수 있는 사람이면 좋겠어. 혼자 아픔을 끌어안고 살아가려 하지 마! 꼭 그렇게 안 해도 돼. 그게 동반자가 아니더라도 옆에 그런 친구는 한 명 정도는 두었으면 해. 그래야 네가 살고 공주가 세상을 이겨나갈 수 있어.

순탄치만은 않았던 인생에서 누구든 네 인생을 대신 살아갈 줄 사람도 없고 오로지 너 스스로가 그려나가야 할 인생이니까 이제라도 너 하고 싶은 거 다 하면서 행복하게 지내. 절대 어떤 일이든 혼자 짊어지고 가려 하지 않기로 너 자신과 약속하자. 아무도 내 편이 아닌 거 같고 혼자 버려졌다고 생각이 들어 모든 게 무너져도 너는 스스로 혼자 일어나며 어떤 상황이든 헤쳐 나간 대단한 사람이야.

그리고 그때면 이 책도 공주에게 보여줬을까? 지금도 하루에 10번은 사랑한다고 말해주고 있지만, 그때는 알아들을 나이니 매일 매일 사랑한다고 해줘. 넌 최고의 엄마야. 그때는 최고의 딸이 되었으면 좋겠다. 그때의 네 힘듦을 100% 전부 헤아릴 수는 없지만, 어느 상황에서든 부담을 안 가졌으면 좋겠어.

정답에 맞추려 하지 말고 네가 정답을 만들어 나갔으면 좋겠다. 지금도 충분히 잘하고 있잖아. 정말 잘하고 있으니 휘둘리지 않고 너의 찬란한 길을 만들어 나가. 특별하게 뭘 해야만 소중한 사람도 아니고 대단한 사람도 아니잖아. 그냥 네 존재만으로도 너무나 소중한 사람이니 힘내자.

자기 자신을 보듬어 주지 못하니 외로움은 배가 된대. 넌 혼자가 아니야. 앞으로도 가슴속에 새겨 가며 열심히 살자 우리. 힘들어도 조금만 더 힘 내줘 고생 많았어. 앞으로 좀만 더 고생하자.

참여
소감

안녕하세요. 일단 이런 좋은 프로젝트로 다시 한번 제 인생을 돌아볼 수 있게 해주시고, 저에게 용기를 북돋워 주신 분들께 감사하다는 인사 전하고 싶습니다. 정말 세상에 가족을 제외한 나머지 사람들에게 당당하지 못했던 저였는데, 이 프로젝트를 계기로 한부모로서 용기를 내며 살아갈 수 있을 것 같습니다.

아직은 아기가 어려 한 주 한 주 참여하는 게 조금은 버거웠지만, 그때마다 다른 분들이 쓰신 글 보며 저 또한 힘을 낼 수 있었고, 공통점이 많다 보니 남의 얘기 같지 않을 때가 많아 한 달 동안 울고 웃으며 참여할 수 있었던 것 같습니다.

아이를 키우다 보면 저를 가꾸며 신경 쓸 수 있을 때가 없었는데 글을 쓰면서 저는 이런 사람이었구나, 나도 무언가에 열정을 느끼고 하고 싶은 게 많았다는 걸 깨닫는 순간, 정말 말로 표현 못 할 감정이 오가더라고요. 어린 나이에 남들은 경험 못 할 추억을 쌓아주셔서 감사합니다. 덕분에 저희는 한 번 더 일어설 수 있게 되었습니다.

모두 기죽지 마세요. 저희가 당당해져야 아이들도 당당하게 이 세상을 살아 나갈 수 있습니다. 모두 힘내며 살아가 보아요.

"누구보다 너를 행복하게 해줄게, 내 청춘을 갈아서."

아무것도 모르던 23살 생초보 엄마 김지은은 아들을 계속 공부해야 하는 30대가 되었고, 그저 웃는 게 전부였던 한살배기 아이는 질풍노도의 시기를 기다리고 있는 곧 10대가 되었습니다.

생초보 엄마는 출근도 하면서 아들 아침밥은 절대 굶기지 않는, 아이스 카페 라떼 한 잔에 의존하며 일을 하는 프로 엄마가 되었고, 엄마밖에 모르던 엄마 바라기 아이는 학교라는 사회에서 치이면서 성장해 가고 있습니다.

이 이야기의 시작은 어쩌면 내면에서의 고민과 꿈에 대한 갈망이었을지도 모릅니다. '처음만 힘들지.'라는 말은 이 도전의 시작을 열게 하였습니다. 어릴 적 각종 드라마와 소설책을 섭렵한 어린 저에겐 가장 큰 꿈이 작가였습니다. 하지만 누가 글을 쓰는 걸 알려주지 않았고, 문예창작과의 벽은 너무 멀고 험했습니다. 그래서 마음 한구석에 꽁꽁 숨겨서 비밀번호까지 잠가서 보관 중이었습니다.

사실, 그 보관 중이던 꿈을 다시 열고, 혼자서 끙끙 앓고 있던 이야기들을 한 자 한 자 적어보려 하니 가슴이 설레고 두근거리기까지 합니다. 글 작성하면서 맞닥뜨려질 과거의 문제들에 대해서는 깊게, 그리고 또 피했던 부분에 대해서 정면승부 해보려고 합니다.

저는 모든 걸 무모해도 해보려고 했습니다. 딱 23세 이전까지만요. 아이를 낳고는 도전이라는 것을 자연스럽게 피하고 외면했습니다. '이게 뭐 도전이야.'라고 생각하실 수도 있겠지만, 도전을 피하던 사람에겐 엄청 큰 도전이 되었습니다.

저의 이야기를 풀어서 특정되지 않은 누군가에게 전달하는 건 아주 큰 용기가 필요하네요. '괜히 한다고 했나.' 이 생각만 일주일을 하다 보니 답이 나오더군요. 그래서 천천히 또 신중히 글을 썼습니다.

무언가 이득을 얻고 동정을 얻기 위해 쓴 글은 절대 아닙니다. 화제가 되고 싶다고 생각도 않고요. 그저 나와 같은 처지인 사람들이 위로받고 공감하길 원합니다. '저런 일이 나도 있었지.' 회상할 정도의 글이면 좋겠습니다. 그리고 도전하셨으면 좋겠습니다. 집에서 세상을 외면하고 피하기보다는 세상 앞에 당당히 맞서면 좋겠습니다. 본인의 세계를 넓혀 가시길 바랍니다.

또 마지막으로 이 글을 읽어 보겠지만, 이해는 못 할 9살짜리 아들이 엄마가 쓴 책을 소중히 봐주길 소망합니다(엄마도 새로운 도전을 하니 너도 힘들다고 피하는 축구를 다시 시작하면 좋겠어.).

저와 같은 상황에 놓인 분들과 글을 쓰게 되어 기쁘고, 영광입니다. 모든 분들의 글이 공감되어 슬프기도 했지만, 우리의 미래에 좋은 영양분이라는 걸 알고 있기에 슬프게 생각하지만은 않았습니다.

겁내고 부끄러워 숨겼던 제 모습들을 제가 사랑할 수 있는 이 작은 도전이 나비의 작은 날갯짓이 되길 소망합니다. 저의 더 큰 꿈을 위한 작은 날갯짓으로 저의 세상이 바뀌길.

이런 생은
처음이라

"나는 결혼 안 하고 내가 번 돈 나한테 다 투자하고 살 거야!"

무슨 자신감으로 이런 말을 하고 다닌 건지 어리고 아무도 자기의 미래를 모르기 때문에 그렇게 자신감이 있었던 걸까? 빨간 두 줄로 인해 나의 자신감은 하루아침에 무너져 내렸다. 산부인과 앞을 수십 번도 넘게 왔다 갔다 하면서 고민했다. 잘못된 건 아닐까? 어쩌면 어린 마음에 잘못된 결과이길 바랐을지도 모른다. 무서운 아빠의 얼굴이 수천 번도 넘게 지나가고, 육아와 일을 병행하며 지쳐가는 언니의 얼굴도 지나갔다. 졸업하고 재수를 포기하고 갓 시작한 일도 걱정이었다. 이제 인정받고, 잘하고 있는데…. 나 이제 어떻게 되는 걸까…? 내가 좋아하는 일을 아이를 낳고 나면 할 수가 없을 텐데. 걱정부터 앞섰다.

처음 산부인과에 가서 초음파 보던 날은 아직도 꿈에 나올 정도로 생생하다. 누가 봐도 갓 20대일 것 같은 앳된 얼굴에, 시계와 휴대폰만 번갈아 보며 쳐다보던 눈, 덜덜 떨리는 손과 다리, 긴장한 탓에 살살 아파오는 배, 혼자서 앉아있는 대기 시간은 너무 길고 두려웠다.

"아이를 유지 하실 건가요?"

상담 중에 내뱉은 의료진의 말은 갈대처럼 흔들리던 나를 더 단단하게 만들었다.

"네, 당연하죠."

무슨 정신에 그 말을 내뱉었는지 생각은 안 나지만 꿈에서 본 내 모습은 정말 당차고 겁이 없는 어린 23살이었다. 사실 이 아이는 내가 아니면 아무도 없잖아. 그 생각이 제일 머릿속을 빠르게 스쳐 지나갔다. 그렇게 선택할 수 있었던 건 오기도 있었겠지만 콩콩콩 뛰던 작은 심장이 나에게 말하는 소리였다. 나도 이렇게 너의 뱃속에서 살고 있다고, 나를 포기하지 말라고..

누군가에게 고민 상담을 할 수도, 내가 한 선택을 책임질 능력도 없는 상태에서 나는 그렇게 엄마가 되었다. 몰랐기 때문에 그렇게 무모하고 용감했을까? 하는 생각은 지금도 자주 하는 생각이다. 아침 첫 차를 탈 때까지 놀고 부모님께 혼날까 까치발로 몰래몰래 들어가던 시절은 아침에 뜨는 해를 보며 아이를 재우는 시간으로 바뀌었다.

드라마에서 보던 아이를 키우던 모습은 정말 드라마였다. 배앓이로 잠 못 자는 아이를 이리 안고 저리 안고 업어도 보고 아기띠에 안아 재우는 게 현실이었고, "우리가 책임져야지." 하며 여주인공에게 다정하게 말하는 남주인공은 정말 드라마에서만 나오던 모습이었고, 나에게 책임을 미루며 나 몰라라 하는 남자의 모습이 현실이어서 그 괴리감을 알게 된 22살의 나는 너무나도 버거웠다.

아이를 낳기 전엔 밖에서 우는 아이들을 보며 '엄마가 뭘 안 해줘서 저렇게 울까, 그냥 해주지.' 하며 엄마를 탓하던 어린 나는 이런 탓을 받는 엄마가 되었다. 예쁜 옷을 사고 놀러 갈 생각에 신이 나 있고, 미용실에 가서 머리를 하는 돈이 아깝지 않던 나는 우리 아들 예쁜 옷을 장바구니에 넣고 입었을 때를 상상하며 설레고, 아들 머리는 미용실 가서 팍팍 쓰면서 내 머리 다듬는 건 아까워 집 화장실에서 머리를 다듬는 엄마가 되었다.

"에이~, 저건 오바지, 저렇게 아프다고?" 다큐멘터리에서 보던 출산 장면을 보며 저런 생각을 하던 어린 나는 "얘들아 애 낳지 마. 진짜 아파 죽을 뻔했어. 저승사자가 왔다 갔다 하더라니까."라고 얘기하는 엄마가 되었다. 어린이집에서 친구가 조카를 깨물었다고 화를 내던 언니가 이해가 안 갔었다. 아이를 낳고 내 아이가 그런 일을 당하고 보니 그런 생각을 했던 내가 창피하고 부끄러웠다. 언니에게 미안한 나도 엄마가 되었다.

길에 다니던 어린 엄마들을 보며 "와 진짜 저 사람 불쌍하다. 어린 나이에 아이를 키우네. 나는 나중에 피임 잘해야지."라며 동정하던 고등학생이던 나는 "아기가 아기를 낳아서 키우네~"라는 말을 듣는 어린 엄마가 되어 있었다. '이런 생이 될 거라고 누군가 나에게 다가와 말해줬다면 나는 아이를 선택했을까?'라는 의문점은 지금의 나에겐 확신할 수 있는 대답으로 정의되어 있다. "당연히 나는 너를 선택했을 거야."

어린 나는 이상하게도 언제부터 그런 생각을 했을지도 모를 옛날부터 이런 생각을 했다. 아이를 낳고 아이에게 투자하며 인생을 날리는 게 너무 싫었다. 그래서 미래 꿈을 독신주의자라고 할 정도로 결혼에 대한 환상이 없었다. 남자친구에게 목매던 친구들도 이해가 안 갔고, 이별에 힘들어하는 친구를 보며 위로하는 나는 엄마가 될 거라고는 생각도 못 했다.

처음엔 정말 죽을 만큼 힘들었다. 성격상 누군가에게 이런 고민을 말도 못 했고, 아이 키우는 게 이렇게 힘든 건지 몰랐다. "애들은 정말 빨리 커."라는 말은 사실 함축적인 말이었다. "애들은 (엄마의 피, 땀, 눈물을 긁어모아서) 정말 빨리 커." 이 함축적 의미를 생각지도 못했다.

하지만 행복은 정말 컸다. 독신주의자였던 내가 낳은 아이는 나의 그러한 생각을 송두리째 바꿀 정도로 사랑스럽고 예뻤다. 너무 귀엽고 어떻게 내가 이런 아이를 낳았을까 싶었다. 어떻게든 내가 이 아이를 책임지고 지켜줘야겠다고 매일 밤 다짐했다. 행복은 너무 컸다. 아이를 낳고 키우는 건 정말 내 인생에서 가장 큰 부분이 되었다.

사실은 나도 처음엔 걱정이 많았다. 앞으로 미래에 대한 걱정으로 잠 못 이루고 그러면서 생긴 불면증으로 인해 잠을 자지 못했다. 항상 늦잠 자고 주말에 뒹굴거리던 나는 수면 부족으로 신경이 너무 날카로워졌다. 진에는 화내지 않았을 일도 화가 나고 서운했다. 한번은 친구들에게 절교하겠다며 성급하게 생각한 적도 있었다. 지금 생각해보면 너무 어이가 없고 그때 생각만 한 게 정말 다행이라고 생각한다. 내가 지금 이렇게 단단하고 강한 엄마가 된 것도 내 주변의 소중한 친구들의 영향이 정말 컸다. 어린 시절 같이 첫차를 타고 집에 가던 친구들이 나의 고민에 공감해주고 같이 울어주는 친구들이 되었다.

사실 예전이나 지금이나 나는 고민을 누군가에게 쉽게 말하지 못한다. '고민은 나누면 두 개가 되지 않나?'라고 생각하는 사람이다. 얼마 전에 방송한 드라마에 나오던 남자 주인공이 "아니 어떻게 그래, 아무것도 해결되지 않는데! 너한테 내 힘든 감정들 옮겨가면서 너 걱정시키고, 그래서 문제가 해결되면 그렇게 하겠어. 근데 아니잖아. 그냥 한 사람 힘들 거 두 사람이 다 힘든 거잖아."라는 대사를 하는데 머리에 엄청나게 큰 종이 울리듯이 머리가 띵한 기분이었다. 여태 나는 나만 힘들면 되는 거 굳이 다른 사람에게 걱정을 끼치거나 나를 생각하게 하는 게 너무 싫었다. 그래서 오래전 서운했던 일을 최근에 친구에게 말해 친구를 깜짝 놀래키기도 했다. 그래서 그런지 저 대사가 계속 생각나고 공감되고 저 장면만 몇 번을 돌려봤다. 그 정도로 공감되는 대사는 처음이었다. 이런 성격을 가지게 된 내 근본적인 마인드였다.

고민을 굳이 두 개로 나눠 갖는 것이 너무도 싫었다. 그래서 내 이야기는 꼭 꼭 숨기고 감추기만 급급했다. 누군가 알게 되는 것도 두렵고, 내 고민만 듣고 나를 그렇게 판단하고 생각하는 것도 싫었다.

바꾸려고 노력하지 않는 나도 이런 성격이 바뀌지 않는 이유에 한몫하고 있다. '힘들면 힘들다. 내 고민 좀 들어줘.' 이 말이 왜 이렇게 어려운지 아직도 잘 모르겠다. 참 아이러니하게도 아이에겐 고민을 말해달라고 애원하는 엄마가 되었다. 나도 고민을 제대로 말하지 못하면서 아이는 말해주길 바라는 이기적인 엄마가 되었다.

너도 아팠겠구나,
나만큼

　"어머니, 아이가 사실 5살 때 유치원에서 아빠 이야기를 물어본 친구 때문에 운 적이 있어요. '왜 넌 아빠가 없는데? 왜 너는 엄마랑만 사는데?'라고 했는데 아이가 '나한테 그런 거 물어보지 마!'라고 하면서 엉엉 울었다고 하네요. 한참을 울어서 달래느라고 원장님이 올라오실 정도였대요. 저도 작년 선생님이 남긴 기록으로 알게 되어서 원장님께 물어봤거든요. 원장님이 마음이 많이 아파서 기억에 남는다고 하시더라구요."

　심장에 총을 맞으면 이런 기분일까? 왜 쫑알쫑알 유치원에서 있었던 일을 주르륵 나열해주던 너는 1년 전에 그 얘기는 쏙 빼고 얘기한 걸까? '너는 내가 모르는 사이에 어느새 엄마를 생각하는 아이로 컸구나.'라는 생각에 사실 기분이 좋지가 않았다. 엄마에게 이런 이야기를 물어보지 않은 아이를 탓했다. 아이는 "이런 일이 있었어요." 하고 말했을 때 슬픈 표정을 지을 내가 보고 싶지 않았을 수도 있었을 텐데 아이 탓을 한 내가 바보 같았다.

　아이에게 그런 걸 물어본 같은 반 아이가 원망스러웠다. 그 애는 정말 호기심에 순수한 마음으로 물어본 5살의 마음이었을 텐데 나는 그걸 원망했다. 아이의 5살 때 선생님을 원망했다. '차라리 말해주시지 그럼 내가 아이를 위로했을 텐데.'라고 탓했다. 선생님이 이야기했다고 해서 내가 아이를 위로하고 아이의 기분을 다 풀어줄 수 있었을까? 지금 생각해보니 자신이 없었다. 선생님 입장에선 그때의 최선의 선택이었을 거다. 그리고 이 이야기를 말해 준 선생님도 원망했다. '차라리 말해주지 마시지 왜 얘기를 해서 내가 밤을 새우게 된 거지?' 하며 탓했다. 탓하고 보니 고마웠다. '지금이라도 알게 되어서 다행이라고. 내가 아이에게 더 최선을 다해야겠구나.' 생각이 들었다.

사실 내가 탓해야 하는 건 나였다. 아이에게 먼저 설명해주지 않은 내가 바보였다. 나를 탓해야 하는데 나의 못난 자존심 때문에 이 사건에 흔들릴 걸 아는 나를 알기에 남 탓을 하느라 바빴다. 다른 이유를 찾아서 탓하느라 바빴다.

"어머니, 그래도 친구를 부러워하지 않아요. 오히려 친구들이 부러워해요. 아이에겐 엄마도 아빠도 되는 슈퍼우먼 같은 엄마가 있다고 다들 부러워해요. 그러니 어머니 너무 걱정하거나 슬퍼하지 마세요."

이 말에 마음이 아팠다. 나는 너무 부족하고 한없이 작은 엄마인데 나는 너의 하늘이었구나 싶었다. 며칠은 기분이 안 좋고 우울했다. 저런 상담을 하고 어떤 엄마가 슬프지 않을 수 있을까? 내가 다 알고 있다고 생각했던 5살은 사실 모르는 게 많은 5살이었구나. 마트에 가서 장난감을 사달라고 한번 하지 않던 아이는 엄마를 많이 사랑하고 생각하는 5살이었구나. 그런데 나는 그런 아이의 마음도 모르고 아이를 혼내고 꾸짖었다고 생각하니 마음이 너무 아팠다. 하지만 다시 힘이 났다. 진짜 아이에게 슈퍼우먼 같은 엄마가 되어야겠다고 내가 아빠고 엄마고 내가 다 해먹어야겠다고 생각했다.

아이는 나에게 한 번도 "아빠는 어딨어요? 아빠 보고 싶어요." 라고 말하지 않았다. 그래서 나는 내가 말할 이유가 없다고 생각했다. 하지만 아니었다. 어느 날 친구가 말했다. 본인에게 물어봤다며 "우리 아빠 본 적 있어요? 어떤 사람이에요?"라고. 당황해서 대답을 잘 못 해줘서 걱정된다고 말했다. 그때 깨달았다. 말을 안 해도 되는 부분이 아니구나, 너는 계속 궁금했을 텐데 이제야 말을 한 거구나 싶었다.

사실대로 말하기엔 아이에게 말할 수 없는 부분이 너무 많아서 돌려 말했다. "서로 사랑하지 않아서 따로 살기로 했고, 엄마가 너를 키우기로 했어."라고 간단하게 말했다. "그럼 나도 사랑하지 않아서 나랑 엄마를 놓고 간 거네요? 그래서 여태 나를 한 번도 안 보러 온 거네요?" 그 말엔 솔직히 너무 놀랐다. 생각지도 못한 물음이어서 머릿속에 오만가지 생각이 스쳐 지나갔다. 어떻게 말해도 아이에게 상처가 될 것 같았다. 그래서 내 나름의 대답을 생각했다. "엄마가 너를 두 배로 아니 몇백 배, 아니 천 배 넘게 사랑하니까 슬퍼하지 마." 내가 생각한 대답은 사실 아이의 물음에 답이 되는 대답은 아니었다. 아이가 상처받겠지 싶었다. 그래서 그런 대답을 한 내가 바보 같았다.

하지만 아이는 그 이야기를 듣고 나에게 다시 또 물어보지 않았다. 아이가 물어보지 않은 이유는 상처를 받아서가 아니길 나는 바랐다. 그 일을 이후로 나는 육아서적을 읽기 시작했다. 말로 상처받은 아이에게 나는 말로 상처를 주고 싶지 않았다. 하지만 학습한 대로 책에서 본대로 말이 나오지 않아서 아이한테 매번 상처를 줬다. 책을 보면 이 상황엔 꼭 이렇게 얘기해야지 했는데 말은 그렇게 안 나와서 고민이었다. 이 글을 쓰는 지금도 사실 고민이다. 오늘도 말로 상처를 줬다. 앞으로도 계속 노력해야 할 부분이다. 끝나지 않을 노력이라고 생각한다. 네가 군대를 가도, 장가를 가도 나는 아이에게 말로 상처를 주면 안 된다.

"세상에는 여러 가족 형태가 있어. 너랑 나처럼 엄마랑 둘이 사는 아이도 있을 수 있고 아빠랑 사는 아이, 할머니 할아버지랑 사는 아이, 시설에서 사는 아이도 있고, 근데 그게 틀리거나 잘못된 건 절대 아니야 그냥 서로 다 다른 거야."

나는 아이에게 이 말을 자주 하게 되었다. 그래서 그런지 아이는 새 학기에 자기소개를 할 때마다 먼저 말을 한다고 한다. "나는 엄마랑 둘이 살고 있어." 라고, 차라리 미리 내가 그날에도 먼저 말해주었다면 아이한테 상처가 안 됐을 텐데, 항상 미안한 마음뿐이다. 언제라도 시간을 돌릴 기회가 주어진다면 그 일이 일어나기 전으로 시간을 돌려보고 싶다. 그리고 아이에게 차분히 또 상처받지 않게 이야기해주고 싶다.

　나중에 아이랑 같이 한잔할 수 있는 나이가 된다면 말하고 싶다. 엄마는 그때 정말 미안했다고, 미리 말해주지 않아서 네가 당황하고 슬프게 만들어서 미안하다고.

8년 전, 23살의
선택의 기로에 선 나에게

이렇게 글을 써보니 너무 어색하고 낯설다. 내가 나한테 편지를 쓴 건 정말 처음이야. 그래서 그런지 더 낯선 느낌이야. 내가 제일 나 자신을 잘 알고 잘 이해해야 하는 사람일 텐데 이렇게 편지를 써보니 "내가 나를 제일 모른다."라는 말이 참 와 닿는 것 같아.

23살의 너는 참 인생에서 가장 오르락내리락이 심했던 해인 거 같아. 가장 안정이 되던 시기에 가장 불안정해졌으니까. 그때의 너는 겁도 없이 무모하게 선택한 걸 지금의 나는 가장 잘 알고 있어. 인생에서 가장 선택하기 힘든 문제가 아니었을까 싶어. 어리고 어린 내가 밑도 끝도 따지지 않고 선택했으니까. 가장 당연한 선택이었던 것 같기도 해.

수일을 잠을 못 자고 고민을 했었지. 근데 또 밥은 잘 넘어가더라고 밥은 꼭 먹어야 했잖아. 오히려 결정하고 내가 선택한 순간 가장 깊게 푹 잤던 게 잊히지가 않아. 너는 작고 작은 새 생명을 어떻게든 키워보려 앞으로의 미래를 뻔히 알면서도 결정했지. 나는 그때의 너에게 고맙고 또 고마운 생각뿐이야. 오히려 지금의 나는 미래를 알기 때문에 선택을 못 하였을지도 모른다고 생각해. 아니 어쩌면 알면서도 미래가 보이면서도 선택했을까? 하긴, 될 대로 되라지 하는 내 성격도 선택에 영향을 끼친 걸 나는 알고 있어.

그래서 23살의 너에게 31살의 나는 너에게 고맙고 잘했다고 칭찬해 주고 싶어. 물론 '좀 준비를 더 열심히 하지.' 하는 생각도 있어. 미리 미래를 예측한 영향인 걸까? 그 후에 겪는 일이 오히려 타격이 없을 정도로 너는 불안했지만 침착하고 차분했어. 잠은 못 잤지만 행복했고, 우울했지만 즐거워.

주변에 좋은 사람을 끌어들이는 아이를 낳아서 너는 사랑받는 아이를 키우며 너도 사랑을 참 많이 받게 될 거야. 당시엔 과도한 관심이 너에게 부담이 되고 부끄럽겠지만, 지금의 나는 그때의 내 주변에 나를 지켜준 사람들에게 참 고맙고 감사해. 그리고 아이를 키우는 건 행복의 연속이야.

물론 힘이 들고 작아지는 순간도 너무 많았어. 하지만 너의 아이는 그 순간을 이겨내게 하는 힘을 가지고 있어. 정말 엄청난 힘이지. 그 순간엔 그 힘을 모르고 지쳤을 거야. 그 힘은 버틸 수 있는 힘이 되고, 더 열심히 하게 하는 힘이 돼. 때로는 20킬로가 넘는 아이를 4층까지 안고 갈 수 있는 아빠의 힘도 생기고, 또 '진짜 일을 때려치고 싶다.'라고 생각이 드는 순간 그 생각을 사라지게 하는 힘이 되기도 해. 또 새벽 3시에 우울한 기분을 싹 없애주는 힘이 되기도 하고, 여행 계획을 세우는 건 모르던 네가 여행할 때 계획을 세우는 힘이 되기도 하지.

너는 아이를 낳고 너는 생각도 못 한 용기를 얻기도 해. 애도 키우는 데 내가 이것도 못하겠어 하고 말이야. 물을 제일 무서워하던 넌 수영을 할 수 있게 될 거야! 운전이 무서워서 기사를 데리고 다닐 거라고 말하던 너는 운전을 배우고 장거리 운전도 할 수 있게 될 거야! 글을 좋아하지만 도전하지 않던 네가 지금 이렇게 글을 쓰고 있잖아.

너는 아이를 키우면서 참 많이 성장하고 단단해져. 멘탈이 약하던 너는 그 누구보다 튼튼한 멘탈을 가지게 될 거야. 물론 기분파인 성격은 잘 변하지 않는 거 같아. 사람을 좋아하던 너는 더 사람을 좋아하게 돼. 커피를 안 좋아하던 너는 쓰디쓴 아메리카노를 마시는 어른이 될 거야.

너는 정말 최고의 선택을 했어. 이건 내가 장담할 수 있어. 그리고 정말 감사해 너에게. 물론 지금 고민도 많고 걱정거리도 있긴 할 거야. 하지만 너의 아이를 선택한 너에겐 그 선택이 후회를 한다거나 비참한 선택은 절대 아니야. 물론 너의 청춘은 순간으로 지나가겠지만, 지금의 내가 생각하기엔 그 선택은 행복으로 가득한 너의 미래로 가는 선택이야. 그러니 그 선택을 두려워 하지 말고, 걱정하지 마.

　너는 최고의 선택을 했다고 나는 다시 한 번 말할 수 있어.

　고마워. 과거의 너에게, 지금의 나는.

10년 후의
나에게

10년 후의 나는 고3 아들을 키우고, 고3 아들의 눈치를 보는 엄마일까? 10년 후의 너는 어떨까?

원래는 당장 1년 후에 너에게 쓰고 싶기도 했지만 지금 10년 후의 너에게 쓰는 건 10년 동안 네가 결심한 것들을 지켜오길 바라는 마음에 10년 후를 썼어.

너에게 당부할 첫 번째 말은 '건강을 챙기자.' 이 말을 하고 싶어. 항상 너를 안 챙기는 거 같아. 근데 생각해보면 너를 챙기는 일이 너만 바라보는 아이를 위해선 가장 좋은 첫 번째 행동이거든. 잠을 푹 잤으면 좋겠어. 생각이나 고민을 내려놓고 푹 잘 수 있는 네가 되었으면 하고 바라. 항상 피곤할 때 가장 아이와 많이 다툼이 생기고 의견이 맞지 않거든. 너도 푹 자야지 아이도 푹 잘 수 있을 거야. 몸에 좋은 것도 챙겨 먹고, 영양제도 먹고, 운동도 꾸준히 하면서 말이야. 네가 건강해야 아이도 행복할 수 있어.

두 번째는, 너무 부담 갖지 않았으면 좋겠어. 물론 아이를 위해 이것저것 해주고 싶은 마음은 어떤 엄마든 똑같다고 생각해. 하지만 너의 과한 마음이 때로는 아이에게 불필요한 마음이 되기도 하고 너에게 감당하기 힘든 부담이 되기도 하는 거 같아. 아이는 스스로 터득하는 게 있고, 엄마 밖에서 습득하는 것도 많아. 네가 모든 걸 알려줘야 한다고 생각하거나 판단하지 않으면 좋겠어. 그런 너의 마음이 아이에겐 부담이 될 수 있어. 기다려주는 것도 아이에겐 아주 좋은 교육이야.

세 번째는, 아이에게 너의 생각을 강요하지 않았으면 좋겠어. 세상엔 참 다양한 사람이 많고 상황이 많아. 그때마다 너의 생각을 아이에게 강요하면 아이는 유연한 사람이 될 수 없을 것 같아. 아이의 말을 들어주고 아이의 생각을 자신 있게 말할 수 있도록 해야 해. 네가 살아봐서 네가 겪어보니 이런 생각은 아이를 작아지게 하는 말인 같아. 네가 겪은 사람들과 네가 겪은 상황들은 아이에겐 이해가 안 될 수도 있어. 아이가 겪는 것과는 전혀 다를 수도 있고. 그러니 아이를 기다려줘. 그리고 아이가 스스로 생각할 수 있게, 스스로 판단하고 행동할 수 있게, 그리고 그런 행동에 따른 결과에 관한 이야기를 나눠주면 아이는 조금 더 너를 믿고 이야기할 수 있을 거야.

내가 제일 들었을 때 맘이 아팠던 이야기가 엄마한테 혼날까 봐 말을 못했다는 거더라고 '나는 얘기했다고 생각했는데, 아이는 그걸 겁내고 그 상황을 벗어나기 위해 거짓말을 하는 게 참 나중엔 서로 멀어질 수 있지 않을까?' 이런 생각이 들더라고. 물론, 나쁜 일은 옷 가랑이를 잡고 말려야겠지만.

네 번째는, 최선을 다해서 너를 사랑해주면 좋겠어. 너무 보편적이고 당연한 말이지만 너를 사랑해주고 아껴주면 좋겠어. 충분히 너 스스로는 너를 사랑하고 아껴준다고 생각하겠지만, 어떤 때는 네가 너에게 너무 냉정하기도 야박하기도 한 거 같아. 누구나 실수는 해 너를 너무 자책하지 마. 네가 너를 사랑해야 아이도 아이 본인 자신을 사랑할 수 있어. 보고 배우는 게 정말 무시 못 하잖아. 너는 아이는 모를 거라고 생각하지만, 아이는 엄마의 마음을 정말 누구보다 잘 알더라고. 네가 속상한 기분이 드는 것도, 네가 우울하거나 슬픈 것도, 아이는 누구보다 빨리 알아. 그러니 너를 더 사랑하고 너에게 좀 더 너그러워져야 해. 무언가를 배워서 노력하는 것도 너를 사랑할 수 있는 일이라고 생각해. 다양한 방법으로 너를 사랑하는 방법을 터득하면 좋겠어. 가끔은 혼자만의 시간을 보내고 혼자 쇼핑도 하고, 친구들 만나서 수다도 떨고 말야.

또 좋아하던 책을 많이 읽었으면 좋겠어. 책을 읽으면서 감동도 받고, 눈물도 흘리면서 너의 감정에 솔직해지길 바라. 그리고 책을 읽으면서 너의 꿈을 잊지 않고 기억하길 바라. 꾸준히 글을 쓰고 있었으면 좋겠어, 짧은 글이라도 말야. 요즘 글을 쓰면서 책과 더 가까워진 기분이어서 참 좋아. 계속 꾸준히 여러 책을 읽어 보길 바라.

10년 후에 나는 이 편지의 다짐을 잘 지키고 있을까? 보고 후회보단 너에게 잘했다고 할 수 있는 10년이면 좋겠어. 사실 모든 게 원하는 대로 흘러가진 않잖아. 노력도 해야 하고, 분명 너에겐 여러 시련이 닥쳐올 거야. 그때마다 네가 현명하게 생각하고 판단하길 바라. 너의 행동이 아이에게 미칠 영향도 적진 않을 테니 무언가를 행동할 땐 신중하게 행동하길 바라. 10년 후의 너는 정말 멋지고 자랑스러운 엄마 그리고 멋진 여자가 되어 있길, 그리고 당당한 네가 될 수 있길 바랄게.

나의 소중한
친구들에게

안녕 얘들아. 나 글 쓴다! 내 꿈이 어릴 때는 작가였는데….
너네한테 말한 적이 있는지는 모르겠어. 또 내가 이거 보여주면 기특하다고
할 게 눈에 보인다.

이건 특정 누군가를 생각하며 쓰는 글은 절대 아니고 그냥 너희를 생각하
며 쓰는 글이야. '이거 걔네한테 쓰는 거 아니야?'라고 생각할 수 있을 거 같은
데, 내 친구에게 공통으로 쓰고 싶은 편지야.

학생 때는 너희에게 편지 참 여러 번 쓴 거 같은데, 나이가 먹고 낯간지러
운 말을 글로도 쓰기가 부담되더라고. 항상 고마워. 작은 잡초와 분간하기 힘
들 정도로 작은 새싹이던 나를. 때로는 양지바른 땅처럼 굳건하게 지켜봐 주
어서, 때로는 5월의 따뜻한 햇볕처럼 내가 자라게 해주어서, 때로는 나와 함
께 흘려 주던 눈물 같은 꼭 필요한 물이 되어 메마른 내 마음이 다시 촉촉하게
될 수 있게 해주어서.

고맙다는 말로는 부족하게 감사해, 너희에게. 내 성격을 알고 먼저 나서서
물어보기보단 기다려주고 가끔 지하 암반수가 흐를 거 같은 동굴 안에 들어
간 나를 끄집어내서 밥도 먹이고, 정신 차리게 모진 말도 해주어서 또 모진 말
채찍과 별개로 당근도 주어서.

너희는 우리가 한 게 뭐가 있나 생각하겠지만, 너희가 나에게 해준 작은 말
한 마디 한 마디가 모두 모여서 가장 큰 위로가 되었어. 이리저리 흔들리고 치

이던 작은 새싹은 어느새 꽃 필 준비를 하려 해. 물론 지금 꽃이 피면 정말 좋겠지만 100세 인생이잖아, 열매도 열려야지. 우리 다 같이 건강하게 오래오래 꽃도 보러 가고 손주들 데리고 공원도 가면 좋겠다.

너희는 항상 나에게 제일 어른이라고 하잖아. 사실 나는 이미 너희가 제일 어른이야. 누군가를 기다려주고 옆에서 온전히 지켜봐 주는 것만으로도 참 어른이더라고. 나는 옆에서 도움이 없었다면 이렇게 성장할 수 없었을 거야.

그리고 내가 항상 아기 낳지 말라고 비혼을 추천하잖아. 너희 인생을 즐기고 너희한테 투자하라고. 근데 키워보니까 참 좋고 의미 있는 순간순간이야. 물론 희생해야 하고 인내해야 하는 시간들이 정말 많지만, 아이로 인해 얻는 것도 참 많고, 나를 돌아볼 수 있기도 하고, 어떤 면에서 더 강해지기도 하는 것 같아. 그러니 내가 아이를 키우는 순간을 후회한다고 생각하진 말아줘!

내가 모르게 참 많이 걱정하고 신경 써주는 것을 나도 알기에 너희에게 실망시키거나 실수할까 봐, 너희에게 부끄러운 친구가 될까 봐.

어떤 때는 참 눈치도 많이 봤어. 근데 어느 순간 내가 눈치를 보는 걸 가장 싫어할 텐데 내가 참 바보 같았어. 너희를 생각하는 나의 판단들이 너희에게 실수인 걸 깨닫기도 했어. 어떤 때는 가족보다 나를 더 잘 알고, 내 마음을 아는 너희가 무섭기도 했어. 그래서 내가 하는 바보 같은 생각들이 너희에게 들킬까 봐 말이야.

너희는 나보다 내 아이를 더 사랑해주는 멋진 이모들이 되었어. 항상 무엇을 먹든 어디를 가든 먼저 아이를 생각해주고 먼저 알아봐 주고 했잖아. 그 크고 작은 배려들을 난 참 무엇과도 비교할 수 없게 크고 고맙게 받아서 스스로 멋진 엄마라고 생각할 수 있는 엄마가 되었어.

사실 이 글이 나와도 너희에게 보여주는 건 참 오랜 시간이 걸릴지도 모른다고 생각해. 하지만 그때도 너희는 나를 기다려 주겠지? 내가 이유 없이 힘들다고 은연중에 내뱉어도 너희는 걱정을 해주고 놀러 오겠다며, 바쁠 텐데 우리 집에도 찾아와 주고, 만나서 맛있는 것도 사주고, 나에게 부담 주지 않으려고 하는 노력을 나는 잘 알고 있어. 나도 너희에게 미래에는 그런 노력을 할 수 있는 친구가 되고 싶어.

어른들은 애 낳고 그러면 친구들이랑 자연스럽게 멀어진다는데, 나는 벌써 9년 동안 너희와 잘 지내고 있어. 그게 참 감사하고 행복한 일이야. '이런 글 새벽에 잠 못 자고 쓰겠네.' 생각하겠지만, 지금은 오후 2시야. 그 정도로 맨정신의 진심이라는 뜻이야.

너희는 정말 자랑스러운 친구들이야. 내가 어디를 가든 좋은 사람들이 주변에 정말 많다고 이야기를 하는데, 그게 너희들이야. 너희가 나에겐 정말 따뜻한 사람들이야.

이 낯간지러운 편지를 너희에게 보여준다면 진심을 말하고 싶은 걸 테니. 조용히 읽어주길 바라. 우리 또 만나야 하니까.

고마워, 나의 이십 대를 너희가 빛내주어서.

작은 순간순간에도 함께 고민하고 힘내주어서.

참여
소감

    귀여니 작가를 우상으로 여기며 자라온 초등학생은 어느새 초등학생을 키우는 30대가 되었습니다. 내 생에 도전이라기보단 바쁜 현실에 치여 무난하고 평범한 걸 추구하다 보니 어릴 적 꿈은 잊은 채 살아오고 있었습니다. 우연한 기회로 알게 되어 시작한 글쓰기 참여가 어느새 가장 신경 쓰이고 잘하고 싶은 일이 되었습니다. 글을 쓰면서 내가 나를 잘 몰랐던 부분들이 보이기 시작했고, 그때 나의 감정을 숨기고 싶었는데 맞닥뜨리니 '별것 아니네.' 하는 생각이 들었습니다. 그때는 하늘이 무너졌던 경험이 지금 글로써 다시 마주치니 생각보다 하늘은 높고 그 경험은 저를 더 단단하게 만들었습니다. 이것저것 담고 써내기엔 10년 전에 연필을 놓은 저 자신이 애석하기만 합니다.

    참여 후기를 작성해 달라고 하셨을 땐 '벌써 3주가 지났구나. 참 빠르게 바쁘게 지나간 3주였다.' 생각했습니다. 회사 업무에 치여 글의 기한을 맞추기 힘들기도 했습니다. 하지만 이상하게도 11시만 되도 감기던 눈은 노트북을 켜서 글을 수정하기 바빴고, 무엇을 적을까 고민하며 여러 번 backspace key를 누르던 바쁜 손가락은 어느새 네모난 화면에 여러 이야기를 담기 시작했습니다. 감기던 눈을 억지로 버텨 쓰다 보니 잠을 깊게 못 자 3주 동안 피로가 쌓였습니다. 소설책 한 권을 집필하는 작가님들이나 짧은 글을 쓰는 작가님들을 존경하게 되었습니다. 모든 글은 소중하고 귀하다는 걸 깨닫는 시간이 되었습니다.

처음엔 바보같이 이말 저말 적었다가 다 지우고 새 문서를 열어 다시 쓰기도 하고, 갑자기 생각난 문구들을 핸드폰에 옮겨 적기도 했습니다. 2주 동안은 정말 작가가 된 기분이 들었습니다. 주변에 말하고 싶은 것도 꾹꾹 참아가면서 글을 썼습니다. 이 이야기도 쓰고 싶고 저 이야기도 쓰고 싶고, 참 아쉬운 게 많은 글들입니다. 몇 번을 읽어도 이것저것 더 쓰게 되는 게 작가의 마음이구나 싶습니다. '이런 경험을 내가 언제 또 해볼 수 있을까?' 아쉬움만 남습니다.

혼자서 겪은 일들을 쓰는 일은 참 씁쓸했습니다. 둘이서 겪었다면 이때 어땠어 하면서 그 일을 마주하는 게 어렵진 않았을 것 같은데 혼자서 마주하고 싶지 않은 과거의 일들을 마주하는 일은 그리 좋은 일이 아니었습니다. 그래서 고민도 했습니다. '내가 아직 이 일들을 마주하기엔 섣부르구나.' 하고 포기할까도 생각했습니다. 하지만 같이 글을 쓰시는 분들의 글을 읽으면서 참 용기 있고 멋있다고 생각했습니다. 정말 작가 같은 분들도 계셨습니다. '나도 해야겠다. 해야만 한다.' 이 생각이 들어 글을 쓰기 시작했습니다.

내가 마주한 일들을 여러 번 읽으며 수정해보니 이런 것도 써야지 하며 글을 더 추가해 가고 있었습니다. 그때 알게 되었습니다. 저는 이 일들을 누군가와 나누고 이야기하고 싶었던 거였습니다. 제가 잊고 지내고 싶던 일들을 누군가 읽어주길 바랐던 겁니다.

아이가 열감기로 아파 글을 쓰지 못했던 이틀 동안은 혹시나 생각한 말들을 잊을까 메모장에 적어 두고 그 메모장에 글도 여러 번 수정했습니다. 그런 정성이 있어서인지 제가 쓴 글은 제가 보기엔 꽤 저 자신을 담은 글이 되었습니다. 혼자서 자화자찬을 했을 정도입니다. 그래야 이 글을 계속 쓸 수 있었습니다. 자존감이 높지 않아 내가 무언가를 하게 되면 완벽하고 싶었습니다. 글도 잘 써보고 싶었습니다. 좋게 끝맺음을 하고 싶었습니다. 이 글에 참 바라는 게 많았습니다.

이 프로젝트가 꾸준히 유지되면 좋겠습니다. 글을 쓰면서 참 마음이 따뜻해졌습니다. 내 글을 쓰면서도 마음이 따뜻해졌지만 다른 분들의 글을 읽으면서 마음이 참 온전하게 따뜻해졌습니다. 마음이 따뜻해지는 일은 생각보다 이러운 일이니까요. 여러 사람이 한 가지 일을 할 때는 경쟁심이 생기기 마련인데 이상하게도 경쟁심보다는 '으샤으샤, 나도 기한에 맞춰서 작성해서 폐를 끼치지 말아야지.' 하는 마음이 먼저였습니다. 그리고 '나 너무 못 쓰는 거 아닌가?' 생각도 들었습니다. 모두 멀리 떨어져 있는데도 옆에서 함께 쓰는 것 같은 기분이었습니다. 함께 그 힘든 일을, 아픈 마음을 겪은 기분이었습니다.

글을 쓰다 보니 미뤄뒀던 집안일을 더 열심히 해야 할 것 같습니다. 글을 쓰다 보니 안 입는 옷을 정리하고 싶어 펼쳤다가 대충 마무리 지어놔 버렸습니다. 얼른 해야 우리 집 작은 잔소리꾼의 눈치가 조금은 없어질 것 같습니다. 얼른 글을 쓰고 싶어서 짧게 끝낸 강아지 산책도 다시 열심히 다녀야겠습니다. 저만 보면 산책 가방 앞을 서성이며 눈치를 주거든요.

글을 쓰고 난 후 생각해보니 제가 아이와 이야기를 더 많이 할 수 있는 시간이었습니다. 이상하게도 글을 쓰고 난 후엔 마음이 붕붕 뜨고 기분이 좋아져서 아이에게 더 많은 이야기를 조잘조잘하게 되었습니다. 그러니 아이도 아기 새 마냥 제 이야기를 받아 조잘조잘 함께 떠들어 주었습니다. 하교 후엔 집 밖에 안 나가려고 했던 아들이 저의 산책 제안을 순순히 받아들여 줄 정도로 붕붕 뜬 마음이 연 대화의 힘은 컸습니다. 이런 마음가짐을 계속 유지해서 아이와 더 많은 이야기를 나누고 함께 산책하고 싶어졌네요(글을 쓰는 중에도 아이 선생님께 아이가 친구와 싸웠다고 전화가 왔지만요.). 미뤄뒀던 친구들과의 약속도 잡아야겠습니다. 분위기에 저도 모르게 '나 작가 된다!'라고 말할지도 모르겠습니다. 그리고 그다음 날 후회하겠지만요.

글을 쓰기엔 짧기도 누군가에겐 길기도 한 3주가 지나가니 마음이 참 아쉽고 섭섭합니다. 다시 주어진다면 더 잘 쓸 자신은 없습니다. 그래도 더 솔직해질 자신은 있습니다.

한 번 더 하고 싶은 말이 있다면 저의 작은 도전의 날갯짓이 미래의 저에겐 세상이 바뀔 정도이길 바라 봅니다. 도전은 생각보다 참 짜릿하고 중독성이 있네요. 저는 앞으로도 더 도전해 보려고 합니다. 모두 도전해 보셨으면 좋겠습니다. 마음 한쪽 숨겨둔 무언가를 열게 된 저는 참 속이 후련하고 책으로 만들어질 이야기가 기대됩니다. 정말 책에 제 이름이 나온다면 자랑하고 싶어서 미칠지도 모르겠습니다. 제일 먼저 아들에게 보여준다면 거짓말이라고 하겠지만요. 책으로 나온 제 이야기를 읽으면서 화면으로 읽는 글과 책으로 쓰이는 글들은 느낌이 다르니 얼마나 속으로는 부끄러울지 궁금하기도 합니다. 저의 작은 날갯짓을 시간 내 읽어주셔서 감사합니다. 저는 더 큰 날갯짓을 위해 또 혼자서 노력해보겠습니다. 감사합니다.

저자 소개
민

　　안녕하세요, 민입니다. 저는 다둥이들을 키우고 있어요! 그중 아들들만 키우고 있는 들들이 맘이에요! 첨엔 첫째를 미혼모로 키우기 시작했다가 애들 아빠하고 맘 맞춰 결혼 생활하다가 다둥이들을 낳고 키우게 되었는데, 지금은 제가 아이들 친권, 양육권 다 가지고 양육 중이에요!

　　이십 대 초반에 일찍 결혼하고 도움받을 곳 없이 독박 육아 하며 지내다 보니 이십 대와 삼십 대 초반은 육아로 보냈어요. 지금은 유아 교육과 헤어 미용을 배우는 중이에요! 저는 여행 다니고 사람들 만나는 것도 좋아하고, 이런 거 저런 거 가리지 않고 무언갈 배우는 것도 너무 좋아해요! 거기서 뿌듯함을 느끼는 것 같아요! 또, 시간 될 때는 책 읽는 것도 좋아해요!

　　아직 사회생활 경험도 크게 없고 뭔가 해본 게 많이 없어서 잘하는 걸 찾지 못했어요. 그나마 잘하는 거라면 뭐든지 일 벌이는 거? 시작할 때 망설이지 않고 도전하고 남들 얘기 잘 들어주는 걸 잘하는 것 같아요!

　　하나 꽂히면 그거에 집중해서 미친 듯이 집중하기도 해요. 아이들 키우는 거 말고는 딱히 해본 게 없다 보니 이것저것 내가 할 수 있는 게 무언지 찾아보다가 인스타에서 우연히 보게 되었는데, 초등학생 때부터 책 읽는 것도 좋아하고, 백일장 같은 데도 소소하게 나가고 그런 걸 좋아해서 이 프로젝트에는 무조건 참가하고 싶단 생각에 참가하게 되었어요!

　　결혼생활 내내 여러 가지 사건들도 많았고 전남편이 할 수 있는 게 뭐냐고 가스라이팅도 많이 당하고 소송하면서도 너무 무기력해지고 자존감도 떨어져 있어서 저도 무언갈 할 수 있다는 성취감도 얻고 싶고 자존감을 키우고 싶었어요. 이 프로젝트를 통해 성장하는 엄마가 될 수 있도록 도전해 보겠습니다!

　그리고 저와 비슷한 저와 같은 아픔을 가지신 분들이 제 이야기에 같이 공감할 수 있고, 그러면서 서로의 공감대를 가지고 희망을 가질 수 있었으면 좋겠어요. 저는 아이를 키울 때 도움받을 곳도, 특히나 아이들이 많은 악조건인 상황 속에서도 제 나름 최선을 다해 아이들을 양육하는 중이에요! 다른 분들은 저보다 더 빨리 날개를 달고 날 수 있을 거라 생각해요.

너로 인해
성장해

어릴 때부터 워낙 노는 걸 좋아하다 보니 TV 속에 나오는 골드미스를 꿈꿔오며, 10대 때부터 결혼은 비혼주의, 그리고 지나가는 아기들만 봐도 시끄럽고 귀찮은 존재라고 생각하며, 아기들조차 싫어했다.

그맘때 나의 머릿속에 나의 20대와 30대는 엄청 멋있을 것 같은 기대감에 부풀어 살았다. 높은 킬힐에 세미정장, 멋있는 차와 내 이름으로 된 집까지 화려한 삶을 가질 수 있을 거라 심취했었다.

그러다 22살, 나는 나와 띠동갑 나이 차이가 나는 남자를 만나게 되었다. 나이 차이도 많이 나는 데다가 나는 나이 많은 사람을 싫어해서 가벼운 만남을 생각하고 있었는데, 아무래도 그 남자는 나랑 가정을 꾸리면 내가 술도 안 먹고 놀러도 안 다니고 좀 잠재워질 거라고 생각했는지 계획적이었다.

원래도 생리가 불규칙적이다 보니 임신 사실을 뒤늦게 알게 되었다. 연애하면서 집착도 심하고 가스라이팅, 데이트 폭력까지 당하면서 헤어질 거라 하고 있던 찰나에 임신 사실을 알게 되어서 마음이 싱숭생숭했다. 그리고 내가 임신을 할 거라고 생각지도 못해서 너무 큰 혼란에 빠져버렸다.

테스트기에 나온 두 줄을 보고는 잘못된 거 아닌가 하고 몇 번을 해보았지만, 결과는 같았고, 임신은 확실했다. 어떻게 해야 하는지 알지 못했던 나는 멀리 떨어져 살고 있는 엄마에게 전화를 걸어 이야기를 털어놓았다.

엄마는 극구 반대했고, 다음날 일도 쉬고 나에게 찾아와서 아이를 지우자고 설득하기 시작했다. 우선 병원을 알아보고 절차와 금액 등을 알아보고 병원에 가니 아이 초음파를 보여주며 12주차 정도 됐다며 이야기를 해주었다. 12주나 된 아이는 제법 형태를 갖추고 있어서 차마 잘못된 선택을 할 수가 없었다. 병원 앞에서 울고불고 아기 못 지우겠다고 엄마를 설득시켰다.

그날 그렇게 돌아가고 한 번 더 엄마가 날 설득하려 내려오셨는데, 결국 자식 이기는 부모는 없다고 엄마는 나에게 설득당했다. 그렇게 나는 아이 아빠와 마음을 잡고 아이를 낳아 키워 보기로 결심했다.

그러던 중 임신 7개월쯤이었나 나른한 몸을 이끌고 방에 누워있는데 초인종 소리가 들려왔다. "누구세요?" 하고 문을 열었는데 웬 낯선 남자 두 명이 서 있었다. 아이 아빠가 재판을 받다가 그 자리에서 구속됐다고 하였다. 무슨 일을 하는지도 몰랐고, 무엇 때문인지 알 수도 없었다.

홀로 남겨진 나는 청천벽력같은 말을 듣고선 어떤 결단이라도 내려야 해서 친구를 만나 울기도 하고 배를 최대한 가리고선 단기 알바라도 구해보고 이런저런 방법을 강구했지만, 결국에 아이의 출산을 도움받을 수 있는 곳이라고는 미혼모 시설밖에 없었다. 임신 중이라 엄청 예민하기도 하고 낯을 많이 가리는 탓에 낯선 환경과 낯선 사람들과 외출도 통제되고 갇혀있다는 압박감 속에서 출산만 하고 나면 나는 어떻게든 아이를 입양 보내야겠다는 생각밖에 들지 않았다.

그렇게 우여곡절 끝에 시간이 흐르고 출산일은 다가왔고, 병원에서 퇴원하고 난 뒤에 다시 미혼모 센터로 돌아와서 함께 지내던 룸메이트들은 하나둘씩 아이를 데려나가거나 입양을 보내거나 짧은 만남과 헤어짐을 반복했고, 나는 아이 아빠의 동의를 구할 수가 없다 보니 정을 떼기 전에 입양 보내고 싶다는 다짐은 물 건너가고 젖양이 많아 불어 터져가는 가슴은 아이에게 2시간도 채 되지 않는 간격으로 완모를 해갔다.

손에서만 내려놓으면 유난히 잠을 못 자는 탓에 아빠다리 한 채로 다리 위에 눕혀놓고 한 손은 머리를 받치며, 한 손은 토닥거려가며 매일 앉은 자세로 선잠 자는 날은 많았고, 잠을 못 잔 탓에 예민해진 니는 한 번씩은 울음을 그치지 않는 아이를 보며 같이 울기도 했다가, 한 날은 이런 생각을 하면 안 되는 걸 알면서도 창문 밖으로 내던지고 나도 뛰어내리고 싶었다가도, 점점 커가면서 이도 나지 않은 입으로 오물오물하며 웃어주기도 하고, 옹알이도 시작하고 그런 아이를 보면서 틈틈이 육아 책도 읽고 인터넷으로 검색해가면서 어느샌가 세상 예쁜 아이로 키우고 싶어 노력하는 내가 있었다.

너를 포기하려 몇 번이나 마음먹었던 나인데 단지 엄마라는 이유로 내게 사랑을 가르쳐주는 천사를 홀대했던 내가 너무 부끄러웠고, 정말 내 모든 걸 줘도 아깝지 않다는 걸 느낄 수 있었다. 너를 만나지 않았더라면 아직 마음 잡지 못하고 놀러만 다니고 이렇게 나를 사랑해줄 존재를 만나지 못했을 것이다. 너와 함께 하면서 또 다른 나로 성장해나갈 수 있는 원동력이 되었고 내가 더 단단한 사람이 될 수 있도록 나의 든든한 내 편이 벌써 이렇게나 많이 컸다니 우린 아직 참 잘 살아내고 있는 것 같다.

양육하며 기억에 남았던 에피소드
- 생이별

나는 다섯째 임신 중에 전남편의 외도를 알게 되었고, 그걸 빌미로 싸우고 전남편은 가출을 해버렸다. 나중엔 아예 내 연락조차 받지 않았고 다섯째는 태어날 날이 임박해오고 있었다. 결국, 그 무거운 몸으로 이혼 소송을 하루라도 빨리 준비하고 싶어 소송을 시작하였고, 스트레스는 극에 달해서 밥도 물도 제대로 먹지 못하고 살만 쭉쭉 빠지기 시작했다.

아직 아이들은 9살, 7살, 5살, 3살 고만고만한 남자아이들이었고, 나는 양육을 도움받을 곳도 없었고, 하다못해 출산일인 2박 3일조차도 그 많은 아이들을 맡길 곳이 없었다. 그리고 다섯째가 태어나던 20년에는 코로나가 한창일 때라 1인실에 입원하더라도 보호자 한 명만 상주 가능해서 아이들을 함께 데려갈 수 없었다.

그렇다고 금전적인 여유가 있어서 아이들에게 도우미를 붙여줄 상황도 아니었다. 당시 이용하고 있던 드림스타트에 고민을 털어놨더니 선생님께서도 여기저기 알아봐 주시고, 저희 동네 동사무소 사회복지과에서도 아이들을 어떻게 해야 할지 다들 발 벗고 나서주셨다.

이런저런 방법들이 나왔지만, 결국은 아이들을 한동안 가정 위탁을 맡기는 것이었다. 아이들이 많다 보니 한 집에 다 위탁 갈 수는 없고 두 명, 두 명 나눠서 보내야만 한다고 했고, 최소 한 달은 보내야 한다고 했다. 당장 출산하기에 급급하기는 하지만, 아이들과는 하루도 떨어져 본 적 없고, 아이들 역시 엄마와 형제들과 떨어져서 지낸다는 게 너무 걱정된다고 한 달은 보내지 못하겠다고 울기만 했다.

결국에는 서로서로 조율한 방향이 출산예정일 전후로 해서 아이들을 일주일만 보내기로 했다. 위탁가정 부모님과 만나서 아이들 서류를 쓰러 가야 하는데 왜 이렇게 발걸음이 무거운 건지, 눈은 또 왜 이렇게 시큰거리는 건지, 내가 뭘 얼마나 잘못했길래 나와 아이들이 이렇게 힘들어야 하는 건지 자책감만 들고 이 바닥의 끝이 어디인지 도무지 보이지가 않았다.

이만큼 내려왔는데 더 내려갈 곳이 있나 싶었다. 아이들과 평소와 다름없는 일상을 보내다가 예정일 3일 전에 드림스타트 선생님의 도움을 받아 아이들을 태워 위탁센터로 향했다. 위탁부모님들의 개인정보를 알면 안 되기 때문에 그쪽으로 아이들을 데리러 오셨는데, 아이들이 정말 똑똑한 게 뭔가 이상하다는 걸 눈치채고 내 옆에 더 꼭 붙어 있었다.

아이들에게는 엄마가 동생을 낳으러 가야 해서 잠시만 있다 오는 거라고 조금만 기다려달라고 얘기는 했지만, 대성통곡하는 아이도 훌쩍이는 아이도 어깨가 들썩이는 아이도 아무렇지 않은 아이도 있었다. 각기 다른 반응이었지만, 아이들도 나도 처음 겪어보는 상황에 두렵고 걱정되고 아이들 뒷모습을 바라보고 있으니 눈물이 멈출 생각을 하질 않았다.

너무나 못난 엄마를 만나서 이런 고생까지 하는 아이들에게 미안함과 죄스러움과 나랑 첨 떨어지는 이유가 이런 거라니 하는 여러 감정이 나의 심장을 옥죄어오는 듯했다.

집에 오는 길에 선생님들께 아이들의 안부를 물어보니 울지 않고 있던 셋째가 고작 5살 난 나이임에도 불구하고 주먹을 쥐고 부들부들 떨면서 눈물을 참으면서 막냇동생에게 괜찮다고 오히려 위로해주고 있다고 했다. 저 어린아이가 땡깡 부리며 울 나이인데 거기서 나도 더 울컥했던 것 같다.

아이들을 보내놓고 집에 돌아오니 그날따라 왜 이렇게 적막한 건지 거실 바닥에 누워서 집에 불도 켜지 않고 계속 잠만 잤던 것 같다. 믿고 싶지 않은 이 현실을 잊기 위해서. 그래도 그러고 이튿날 진통이 와서 막내를 낳으러 갔고, 다행히 막내는 아픈 곳 없이 건강하게 잘 태어났고, 다행히 좋은 위탁 부모님들을 만나서 아이들도 오히려 잘 먹고 잘 놀다가 집으로 돌아오게 되었다.

이젠 두 번 다시 아픈 이별은 하지 않도록 아이들이 받은 상처가 더디더라도 치유되진 않더라도 쓰다듬어줄 수 있는 엄마가 되야겠다고 다짐을 했다.

10년 전의 나에게
- 잘 버텨내 줘서 고마워

이십 대 중반 벌써 아이가 둘…, 이른 나이에 결혼해서 어느덧 나는 아기엄마가 되었고 친구들은 연애에, 직장생활에, 놀러 다니기 바쁘고, 나는 육아하느라 바빴다. 둘째는 태어나자마자 폐도 펴지지 않고, 심장에 구멍이 나고, 황달이 와서 중환자실에 입원해서 한 달 내내 중환자실 문턱이 닳도록 면회 다니다 겨우 퇴원시켰더니 일주일 만에 폐렴으로 또 입원….

무능력하고 바람 피는 남편까지 매일매일 숨 쉴 틈 없이 하루를 어떻게 버텨냈던 걸까? 하고 싶은 것도 많고, 꿈도 많았던 십 대의 나는 온데간데없고 삶에 쫓겨 지지리 궁상떨고 있는 널 생각하면 잘 살아내고 있다고 꼭 안아주고 싶어.

그렇게 힘들 때 나를 한번 꼭 안아줄 수 있는 사람이 곁에 있었더라면 얼마나 좋았을까? 애들 재워놓고 술 한 잔으로 깊은 밤을 지새우며 눈물 마를 날 없었던 걸 보면 참 안쓰러운 마음뿐이야.

그때의 넌 너 자신으로서도 여자로서도 아무것도 없는 삶을 붙들고 죽지 않고 잘 이겨내 줘서 고마워. 그때의 내가 없었더라면 지금의 우리 다둥이들도 못 봤을 거고 이렇게 이쁘게 커가는 모습들을 못 봤을 텐데 너무 고마워.

아이들과 좁은 단칸방 생활을 하면서 장난감과 육아용품들과 뒤섞여 어지러운 난장판 속에서 집 앞에 널리고 널린 게 바닷가인데 그 좋아하던 밤바다

한 번 내 맘대로 보러 가지도 못하고, 목이 다 늘어난 티에 티셔츠엔 모유 얼룩과 아이들 이유식 먹이고 묻은 얼룩, 고무가 다 늘어난 고무줄바지, 아기 재워놓고 맘 편히 씻을 시간도 없어서 늘 떡진 머리에, 그땐 그 시간들이 너무 길게만 느껴졌는데, 지금 돌아보니 10년이란 시간이 참 빠르게 지나왔어.

그때의 넌 모든 게 처음이라 어색했고 미성숙했던 거뿐이라고, 누군가가 알려주는 사람이 없었기 때문에 더 마음을 잡지 못하고 방황했을 뿐이라고. 10년 전의 너를 발판삼아 지금의 내가 있고, 또 다른 10년 후의 바위같이 단단해진 내가 있을 거야.

모든 일에는 시행착오가 있고, 쉬운 성공에는 그만큼 나태해질 수도 있을 거라 생각해. 그래도 아직 젊은 나이에 넘어졌기 때문에 언제든 일어설 기회가 있다고 생각해. 실패를 거울삼아 나중엔 꼭 내가 좋은 사람이 되고 좋은 사람들도 곁에 있을 수 있도록, 그리고 나처럼 힘든 사람에게 위로가 될 수 있는 사람이 되면 좋겠어.

하지만 넌 실패한 사람도 아니고 실패한 인생도 아닌 시행착오 끝에 인생의 길을 찾아가는 거뿐이야. 언제든 네가 잘될 수 있도록 늘 응원할게. 여태잘 버텨내 줘서 고마워!

10년 후의 나에게
- 별처럼 반짝이는 너에게

어느덧 마흔 중반이 되고, 아이들도 벌써 성인이 된 아이들, 막내도 벌써 중학생. 아이들 키우느라 20년을 열심히 달려왔구나. 긴 시간 동안 아이들 키우느라 참 고생 많았어. 그 와중에도 너의 꿈도 잃지 않고 다른 사람보다 조금 천천히 더뎠겠지만 네가 원하는 직장에서 어느 정도 경력도 쌓아놓고, 엄마로서도 너로서도 모든 꿈을 이뤄놓다니 그동안 정말 고생 많았어.

문 열어놓고 다녀도 도둑도 들어오지 못할 만큼 내 곁에 든든한 아들 다섯들. 억만금을 준대도 바꾸지 않을 소중한 보물들, 그만큼 큰 거 보고 있으면 밥 안 먹어도 배가 고프지 않을 거야.

아이들이 사춘기를 겪으면서 우여곡절도 많았겠지만, 다 키우고 보니 남들보다 다섯 아들이 주는 행복함도 더 많았을 거야. 이혼하면서 가지고 나온 거라고는 빚이랑 아이들 다섯이 전부였고, 돈 한 푼 모아둔 거 없이 빈털터리로 나왔는데, 그래도 이젠 빚도 다 청산하고 한 푼 두 푼 조금씩 돈도 모아가며 노후준비도 하고 있겠네.

혼자 벌어서 아이들 다섯을 키우느라 남들처럼 풍족하게 살거나 여유롭게 쓰면서 살아오진 못했는데, 그래도 잘 참고 버텨왔네. 나도 하고 싶은 게 많았을 거고 아이들한테 해주고 싶은 것도 많았을 건데 다 해주지 못하는 미안함이 엄청 컸을 텐데, 이젠 그 짐을 조금 내려놓았으면 좋겠어.

그래도 너는 네가 할 수 있는 선에선 최선을 다했노라고 이야기해주고 싶어! 아마 아이들도 이제는 네 마음을 조금 헤아려 줄 수 있을 거야. 혼자서 다섯 아이들을 챙기려다 보니 부족한 것도 많고 아이들을 다 만족시켜 줄 수는 없었겠지만 그래도 아이들을 사랑하는 네 마음을 아이들이 알아줄 수 있는 날이 꼭 올 거야.

이젠 예전보단 좀 여유로워졌으니 너를 위한 시간, 너를 위한 자기계발, 네가 배우고 싶었던 것, 하고 싶었던 것들 조금씩이라도 누리면서 살 수 있길 바라. 이젠 충분히 그럴 자격 있다고 생각해. 아이들이 그렇게 타보고 싶어 했던 비행기도 타고, 같이 여행도 다니고, 아이들과도 좋은 추억도 더 많이 쌓고, 여유롭게 보내면 좋겠어.

남편 없이 혼자서 아들 다섯 데리고 다니면서 자격지심에 매번 사람들 눈치 보고 당당하시 못했던 너였지만, 이제는 혼자서도 아이들 이렇게 잘 키워내고 너도 멋진 직업을 가지고 정말 대단한 사람이라고 자부심을 가지고 사람들 앞에 섰으면 좋겠어. 너는 이 세상에 한 명뿐이고, 누구보다 반짝반짝 빛나는 사람이니까.

살아내기

　어제도, 오늘도, 내일도 하루하루가 지옥 같았고 칠흑 같은 어둠 속에 나 혼자 덩그러니 남아 있었다. 왜 나에게만 이런 일들이 생기는 건지, 나같이 박복한 사람이 또 있을까 싶기도 하고, 살아가는 의미조차 퇴색되었다.

　가스를 틀어놓고 죽으면 덜 아플까? 번개탄을 피우면? 높은 곳에서 뛰어내리면 엄청 아프겠지…? 내가 죽으면 아이들은 어떻게 되는 걸까? 아이들은 뿔뿔이 흩어지는 걸까? 어디서 구박때기가 되는 건 아닐까?

　죽고 싶으면서도 막상 죽기까진 무섭고 늘 죽음을 생각하면서도 실천하지 못하는 겁쟁이 같기만 했다. 나는 자존감이 바닥을 치고 있었고, 누구도 만나고 싶지 않고, 잠들면 더이상 눈을 뜨고 싶지 않다는 생각뿐이었다. 더이상 타인에게 상처받기 싫었고, 거의 매일 아이들 눈을 피해서 화장실에 들어가서 샤워기를 틀어놓고 펑펑 울었다.

　세상엔 나 혼자뿐이고 내가 챙겨야 할 아이들은 다섯이라 생각하니 버겁기도 하고 책임감은 나를 옥죄여왔다. 눈뜨면 다가오는 현실이 내겐 항상 꿈이길 기도했다. 항상 아이들이 먼저였고, 천 원짜리 한 장이라도 있으면 아이들에게 쓰기 바빴는데, 모든 게 너무 무겁게 느껴지기만 했다.

　언제쯤 끝이 날까…? 끝이 있긴 한 걸까? '이런 상황이 되기까지는 모든 게 다 내가 문제였기 때문이 아닐까?' 하며 나에게서 모든 문제를 찾으며 한없이 나는 내려가고 있었다. 정신과에 가서 검사를 받았더니 나는 이미 지칠 대로 지쳤고, 입원 이야기가 나올 정도로 심각한 수준에 이르렀다.

하지만 여건상 그럴 수가 없으니 약물복용도 안 되고 근처에 있는 동네 상담센터에서 상담을 받기도 했다. 상담을 받으면 그 잠시만은 풀리는 듯했으나 그것도 그때뿐이었다. 결국엔 나의 의지가 중요한 문제였다.

어느 날엔 지역아동센터에 선생님이 연락 와서 큰아이가 요즘 너무 많이 달라졌다고 했다. 늘 밝고 싹싹한 아이인데 언제부턴가 대답도 없고 반항을 하기 시작했다고 했다. 그 이야기를 듣는데 모든 게 내 탓인 것 같고 미안한 마음뿐이었다.

그러고 있다 어느 날엔 방 청소를 하다 큰아이의 일기장을 발견했는데 그 어린 10살짜리 아이가 죽고 싶다는 글을 써놓은 걸 봤다. 내가 정신을 못 차리고 있으니 아이들에게도 정말 못할 짓이구나 싶었다. 나의 감정이 아이들의 감정이 되지 않기 위해서 정신을 차려야겠다고 생각했다.

진짜 눈이 번쩍 뜨였다. 일부러 사람들도 한 명씩 만나기 시작하고 만나진 않더라도 메신저를 이용해 연락하고 혼자서 자꾸 딴생각이 들지 않도록 노력했다. 나는 다섯 아이들의 엄마이기에 더이상 주저앉을 수 없었고, 그럴 시간조차 아깝다는 생각이 들었다. 나에게 여섯 명의 인생이 달려있는 거라 생각하니 주어진 시간을 허투루 쓸 순 없었다.

한 번에 나아지진 않았지만 점차 조금씩 변화되고 있는 내가 보였다. 나를 힘들게 한 사람 때문에 그만 힘들어하고 변함없이 나를 사랑해주고 믿어줄 우리 아이들 덕에 다시 한번 더 열심히 살아봐야겠다! 나를 살게 하는 원동력이 너희들이라 너무 고맙고 사랑해!

참여
소감

　예전부터 제 꿈은 아이들을 바르게 잘 키워놓고 저 역시 성공한 사람이 되어 제 자서전을 책으로 만들어 보는 게 소원이었습니다. 하지만 그건 제가 성공했을 때 가능할 수밖에 없는 일이라고 생각했고, 한참 뒤에나 가능할 일이라고 생각했는데, 너무 우연찮게 좋은 기회로 이런 경험을 할 수 있게 되어 영광이라고 생각합니다.

　짧다면 짧은 시간이고 길다면 긴 시간이지만 여러 좋은 사람들과 함께했던 시간이라 더 뜻깊은 경험이 되었던 것 같습니다. 이 글을 쓰면서 아직 제가 문해력이 많이 부족하다는 것도 느끼기도 하고 제가 겪었던 일들을 좀 더 임팩트 있게 설명하지 못 하는 것에 대한 아쉬움도 많이 남았던 것도 같습니다. 제가 겪었던 그 모든 것들을 이 글로는 다 풀어내지 못한 것 같습니다. 그래도 글을 쓰면서 제 자신이 나름 열심히 잘 달려왔다고 생각이 들었고, 저희 집 독수리 오 형제에 대한 애틋함도 더 각별해진 것 같습니다.

　나 역시 힘들었겠지만, 아이들이 저보다 힘들었을 거라 생각하니 아이들에게 미안함도 많이 들고, 앞으로 더 열심히 사랑을 주고 키워야겠다는 생각이 많이 들었습니다. 글을 쓰는 시간 동안 저의 내면이 좀 더 성장하는 계기가 되었던 것 같고, 살면서 제겐 잊지 못할 큰 경험이고, 앞으로 나아갈 수 있는 원동력이 되었던 것 같습니다.

　언젠가는 이 아픔을 발판삼아 과거를 돌아보더라도 아무렇지 않게 덤덤해질 수 있는 날이 올 거라 믿고 있습니다. 저뿐 아니라 모든 분들에게도 행복한 앞날만이 펼쳐지길 바라고 저는 아이들에게 자랑스러운 엄마가 될 수 있도록 오늘보다 내일 더 그다음 내일도 더 성장할 수 있길 다짐해봅니다.

뜻깊은 경험을 할 수 있게 해주셔서 정말 감사합니다.

저자 소개
박자매

안녕하세요. 박자매라고 합니다. 이제 두 돌 넘긴 여자 아이와 살고 있습니다. 뻔한 얘기지만 어렸을 적에는 힘들게 살았던 거 같아요. 반지하 단칸방에서 저희 어머니 홀로 저희 자매를 키우셨으니까요. 제가 중학교 다닐 때부터 동생과 저는 스스로 준비물 챙기고, 숙제하고, 공부하고, 밥 해먹고, 저희끼리 잠자리에 들곤 했어요. 어머니가 일하시느라 바빠서 저희한테 신경을 많이 못 썼거든요. 그래도 다행이었죠. 아무것도 모를 나이는 아니었으니까요. 뜻하지 않게 자립심이 많이 커졌던 유년시절이었어요.

그렇게 성인이 되고 나서 저희 가족 셋이서 으쌰으쌰하면서 힘을 합쳐 반지하에서 지상으로 나왔습니다. 지금 생각하면 그 과정이 정말 힘들었었는데, 막상 지나고 나니 별거 아닌 것처럼 느껴지네요.

현재는 아기가 생기고 독립 기회가 생겨서 딸아이랑 둘이서 함께 으쌰으쌰하고 있습니다. 지금도 지나고 나면 별거 아닌 것처럼 느껴질 것 같아서 그렇게 힘들다고 생각하지 않으려고요.

과거보다 나은 오늘을 위해서

지금보다 나아질 내일을 위해서

많은 경험과 노력을 하고 있는 '엄마'입니다.

엄마가 되기 이전의 삶과 이후의 삶
- 내 기준을 바꿔버린 계기

나는 타인과의 관계가 어려웠다. 사춘기와 함께 나만의 세상에 갇혀 친구들과 어울리기 힘들었기 때문이다. 친구들과 어울리지 못했고, 겉돌던 나는 그들과 점차 멀어져만 갔다. 그렇게 나는 친구라고 부를만한 관계가 없어졌다.

그 시절의 나는 '세상은 돈이다.'라는 생각에 사로잡혀 학교까지 그만두며 아르바이트에만 몰두해 있었다. 일하는 곳에서의 사람들과 관계도 얕았다. 서로 떠들면서 즐겁게 일하는 모습을 보며 일만 하면 되는데 '뭐하러 친분을 쌓고 있나.'라고 생각하기도 했다.

원체 낮을 가리는 것도 있지만, 타인과의 대화가 좀 어려웠던 것 같다. 대화가 끝난 후에는 '아! 이걸 얘기한 거였구나.'라며 뒤늦게 깨달은 적이 종종 있었다. 집에 돌아와서는 그 장면들이 생각나서 스스로 부끄러워하며 '입을 열면 안 되겠다!'라며 이불을 뻥 차기도 했다. 천천히 말 수는 줄어들어만 갔다. 입을 닫으니 사람들은 나에게 관심이 사라졌고 점점 침묵을 즐기게 되었다. 그렇게 혼자에 익숙해져 갔다.

성인이 되고 나서는 할 것이 많아졌다. 대부분 타인의 도움 없이 혼자 알아보고 해결했던 것 같다. 혼자 대학도 알아보고, 월세방을 알아보면서 '아, 혼자서도 충분히 해낼 수 있구나.'라며 뿌듯해했다. 그렇게 "어차피 인생은 혼자야."라는 말을 되뇌며 인생의 좌우명으로 삼아왔다.

보통 사람들과 달리 절친이나 연인 없이도 외롭지 않을 수 있다고 믿었다. 누구에게도 의지하지 않고 혼자 살아가는 것이 멋진 삶이라고 생각했던 것 같다. 하지만 사실은 누구보다 사랑과 관심을 원했던 것 같다. 다만 그게 쉽지 않을 거라고 생각해서 일찌감치 포기하자고, 원하지 않으면 실망할 일도 없다고 마치 나는 원래 쿨한 사람인 양 스스로를 속였던 것 같다. 귀찮아서, 또는 별로 필요하지 않아서, 또는 두려워서 등의 다양한 이유로 외롭지 않다고 포장해왔다.

그러다 이 아이를 만나게 되었다. 반평생을 혼자 지내왔던 나에게 뜻하지 않게 찾아온 어색한 타인이었다. 함께 9개월을 한 몸으로 지내며 같은 음식을 먹고, 잠을 자고, 24시간을 함께 해왔다.

신기했다. 세상은 나 혼자서 스스로만 잘 챙기면 된다는 개인주의였는데 이 아이를 위해 나는 뭘 먹으면 안 되는지, 어떤 걸 조심해야 하는지, 어떻게 해야 조금이라도 태교에 도움이 될지 하면서 나와 함께하는 이 생명체를 위해 최선을 다하고 있었다. 나 스스로가 너무 낯설었다. 불러온 배를 보며 노래를 불러주고 혼잣말을 하며 매일 안부를 물었다. 24시간 대화할 친구가 생긴 것이다.

출산일이 다가왔고 제왕절개를 하기 위해 수술실에 들어갔는데 이럴수가…. 보호자가 필요하다고 한다. "보호자는 없다. 혼자서는 안 되냐" 물어보니 보호자가 와야 수술을 할 수 있다고 한다. 너무 당황스러웠다. 몰랐었다.

세상은 혼자서도 충분히 해낼 수 없는 순간이 있다. 타인의 도움이 필요한 순간이 존재한다. 급하게 일하고 있는 엄마를 가까스로 불러 예정된 시간대에 출산할 수 있게 되었다. 엄마는 태어난 아기를 본 후 바로 다시 일을 하러 갔다. 보호자의 역할을 해준 엄마에게 너무 고마웠다.

수술실에 들어가 척추에 주사를 맞는 순간부터 병실에서 눈을 떴을 때까지 너무나 외롭고 서러웠다. 코로나로 한창일 때라 날 돌볼 이가 아무도 없었다.

혼자서도 잘할 수 있을 거라 생각했는데 출산은 아니었나 보다. 기세등등하던 나의 모습은 어디에도 없었다. 병원에서의 나는 누구보다 타인의 손길이 절실했다. 다행히도 병원 관계자분들이 수시로 찾아와 안부를 여쭤봐 줬고, 그게 그렇게나 고마웠다.

출산일 이후 혼자서는 할 수 없는 일이 존재하고, 타인에게서 위로가 받는다는 게 얼마나 따뜻한지 알게 되었다. 아기가 태어나고 이틀 뒤에서 볼 수 있었다. 선생님이 아이를 안고 유리창 너머로 나를 향해 보였을 때 나도 모르게 눈물이 흘렀다. 비 오는 날의 장맛비처럼 그냥 계속 흘렀다.

그 뒤로 회복 중에 아기를 보러 갈 때마다 매번 울었다. 감격에 겨워서 눈물이 났다.

내가 평생을 사랑할 타인이 생긴 것이다. 태어나 남에게 무한한 애정을 준 것이 처음이었다. 눈, 코, 입 하나하나가 모두 사랑스러웠고, 감동이었다.

이 아이와의 관계는 너무 명확하며 쉽다. 내가 줄 수 있는 사랑을 주기만 하면 된다. 이 아이는 사랑을 받기만 하면 된다. 타인과의 관계가 어려웠던 나에게 아이의 탄생이란 내 기준을 바꿔버린 계기가 되었다.

이제 나에게는 '세상은 돈'이 아니라 '사랑하는 가족과 함께하는 삶'이다. 늘 상대방이 말을 걸면 단답으로 회피하기 바빴던 내가 이제는 아이를 향해 질문을 하며 무엇을 원하는지, 아이가 어떤 것을 하고 싶어 하는지, 궁금해한다. '나부터'가 아니라 '아이부터' 생각하게 되었다. 자기중심적이었던 나의 모습은 전혀 보이지 않고 나보다는, 아이를 우선으로 생각하게 되었다.

"아이 하나를 키우려면 온 마을이 필요하다."라는 속담이 있다. 이 속담이 말하듯 아이는 혼자 힘으로는 키울 수 없다는 것을 깨달았다. 한부모로서 부족한 면들이 아이에게 상처가 될까, 혹여라도 나중에 제대로 해내지 못할까, 많은 불안감에 한동안은 힘들었다.

하지만 미혼모들을 지원해주는 많은 도움의 손길들이 나에게 찾아왔고, 나

역시 그분들의 많은 도움을 받아 지원을 받다 보니 내가 가지고 있던 불안감이 많이 사라지고, 좀 더 나은 엄마가 되어가고 있다는 것을 느껴갔다. 그들의 도움을 받은 나는 큰 위안이 되었다.

난 이제 타인의 도움을 받고 살아간다. 그 도움으로 인해 난 이전보다 안정적이고 점점 채워지고 있는 것이다. 난 이제 함께하는 것에 익숙해졌다. 더 이상 혼자 스스로 해결하지 않는다. 많은 이들의 도움이 나의 성장의 발판이 되었고, 아이도 마찬가지였다.

나의 웃음이 훗날 아이의 미래가 될 것이라 생각하며, 오늘도 힘차게 웃어본다.

양육하며 기억에 남았던 에피소드
- 나만 혼자 알고 있는 일

3월 봄날, 아기가 태어났다.

출산 후 친정집에서 지냈었는데 첫 2주 동안은 산후돌봄서비스를 이용했다. 선생님께서 아기를 돌보는 게 너무 쉽게 보였다.

2주의 시간이 지나고 이제는 내가 종일 아기를 돌봐야 했다. 선생님의 모습을 보고 너무 안일한 생각을 했나. 아기는 밤낮없이 3시간 간격으로 울면서 밥 달라, 기저귀 갈아달라, 놀아달라 하는데 오롯이 나 혼자 해냈어야 했다. 사람은 적응의 동물이다. 잠을 못 자는 것이 익숙해지고, 아기 울음소리만 들어도 뭐가 필요한 건지 알게 되었다.

한 달이 지나고 얼추 아기를 돌보는 것이 익숙해졌다. 집안일도 하게 되고, 아기를 유모차에 태워 외출도 하며 여유를 즐기게 되었다. 목 가누기도 안 되는 신생아여서 누워있는 것 빼곤 할 수 있는 게 없었다. 정말 자그마했다. '누워만 있는 아기가 혹시 심심해할까? 아기를 안고 어떤 걸 해볼까?' 하며 집 이곳저곳을 배회했다.

그 순간 베란다 건조대 위에 있던 아기띠가 눈에 들어왔다. 중고거래로 구비해 둔 진회색의 아기띠였다. 아기를 안고 집안일을 하고 싶어 가지고 오자마자 손으로 조물조물 빨래도 하고 건조대에 널어둔 아기띠였다. 다 말랐는지 확인한 뒤 아기를 조심스레 거실의 이불 위에 내려놓고 건조대 위에 있는 아기띠를 후다닥 꺼내왔다.

아기는 눈을 뜨고 요리조리 눈을 굴리고 있었다. 모빌을 갖다놓고 음악을 함께 틀어주었다. 혼자 아기띠를 앞으로 메고 허리에 맞춰 끈을 조절했다. 거울을 보며 '오~ 아기엄마 같은데?' 감탄하며 아기띠를 하고 요리조리 움직여본다. 제법 엄마 티가 나는 것 같아서 괜스레 쑥스럽다. 지금 생각하면 '거기서 그만하고 아기나 봤으면…' 했지만, 그때는 많이 서툴렀고 안일했었다.

아기띠를 한 채 소파에 앉아 모빌을 보며 꼼지락꼼지락하는 아기를 냅다 안고서는 아기띠에 앉혔다. 아기를 품에 안는 자세로 앉혀놓고 아기띠의 어깨끈과 앞 띠를 최대치로 꽉 조여도 조금 여유가 있었다. '이 정도야 뭐 괜찮겠지.' 하면서 소파에서 일어나본다.

행여나 놓칠까 두 손으로 꼭 안고 제자리에서 아가와 둥실둥실해본다. 한걸음 걸어보는데 괜찮은 것 같았다. 거실을 한 바퀴 돌고 나서 좀 더 여유로워진 발걸음에 거실에서 주방으로 걸어갔다. 주방에 설거짓거리가 눈에 보였다. '집안일을 해볼까?' 하면서 오른손으로 수도꼭지에 물을 틀었다. 아기는 보채지도 않고 얌전했다.

양손을 들어 수세미에 세제를 묻히고 설거지를 하는데 거침이 없었다. 후다닥 설거지를 다 하고 반대로 몸을 트는 그 순간 아기띠와 내 어깨 사이의 공간으로 아기가 바닥으로 떨어졌다. 내가 팔을 벌려서 생긴 그 공간에 아기가 턱하고 떨어진 것이다.

너무 놀라서 아기를 안고 서둘러 소파 앞 이부자리로 눕혀서 이곳저곳 살펴봤다. 아기는 까무러치게 울기 시작했다. 숨도 쉬지 않고 울음을 그치지 못했다. 오른쪽으로 떨어졌는지 왼쪽으로 떨어졌는지가 기억이 안 난다. 부어오른 곳도 보이지 않는다.

'뇌진탕인가? 머리뼈가 깨졌을까? 병원!'

패닉이 온 동시에 택시 어플을 깔았다. 다운로드 되는 이 시간마저도 너무 길게 느껴졌다.

'왜 신삭 해 놓지 않았을까….'

자차로 이동할 수 있었지만 내 정신으로는 운전할 수 있을 것 같지 않았다. 다른 누군가가 있어 날 도와줬으면 했지만, 현실은 그렇지 않았다. 아이의 보호자는 나 한 명뿐이다. 아기띠는 이미 풀어헤쳐 저 어딘가에 나뒹굴고 있었고, 아기를 안고 달래며 한 손으로는 응급실을 검색했다.

근처 응급실에 전화 걸어 신생아인데 아기가 낙상사고 치료가 가능한지 물어보니 6개월 이상부터 진료 가능하다고 한다. 다른 병원도 마찬가지였다. 다른 시에 있는 응급실에 전화했다. 다행스럽게 봐줄 수 있으니 데리고 오셔라 하였다.

택시를 부르고 택시가 올 때까지 아기를 안고 달래며 가방에 분유와 텀블러에 온수, 젖병과 옷가지를 쑤셔 넣으며 아기를 겉싸개에 둘러 집 밖으로 나왔다. 엘리베이터를 타고 내려오는 시간이 왜 이렇게 긴지…. 아기는 계속 울고 있다. 속이 탄다. 서럽다. 죄책감이 든다.

곧 택시에 탔고 출발하는 차 안에서 겉싸개에 안겨 울고 있는 아기를 보니 나도 모르게 눈물이 난다. 도착할 때까지 아기는 울음을 멈추지 않았다. 응급실에 가서 접수하고 기다리는데 아이는 울지…, 짐은 있지…, 자리는 없지…, 대기는 많지…, 손은 없지…. 속이 타들어 가고 정신은 없었다. '정신 차리자, 정신 차리자.' 하면서 정신을 부여잡길 수십 분, 차례가 왔다.

상황을 설명하고 진료를 보니 X-레이 찍어 상태를 보자고 하셨다. X-레이실로 들어가 울고 있는 아기의 속싸개를 풀고 아이의 자그마한 두 다리를 꼭 잡고 촬영을 마쳤다.

곧 결과가 나오고 선생님께서 다행히 두개골이 깨지거나 출혈이 있거나 라는 큰 이상이 없다는 얘기를 듣고 너무나 안심했었다. 뇌진탕은 지금 바로 알 수는 없고 상황을 지켜봐야 한다는 소리에 다음 진료까지 예약을 잡고 응급실을 빠져나왔다.

'바깥 공기가 이렇게 시원했었나. 긴장이 풀려서일까?' 탄식이 흘러나왔다.

"아, 감사합니다, 감사합니다, 정말 감사합니다."

시계를 보니 집에서 나온 지 3시간이 훌쩍 지나있었다. 아기가 배고플까 응급실 앞 화단에 짐을 놓고 젖병과 분유를 꺼내서 텀블러에 담아왔던 온수를 담아 젖병을 물려주었고, 아기는 울다 지쳤는지 연신 꿀꺽꿀꺽 분유를 삼키며 잠이 들었다. 잠든 아이를 안고 택시를 타 집으로 향했다.

집으로 돌아오는 내내 많은 것들이 생각났고 만감이 교차했다.

'이 소중한 것을 잃으면 어쩌지.'

'이 아이 없이 어떻게 살아가지.'

'난 아기 없으면 못 살 거 같은데.'

잠든 아기를 이불 위에 내려놓고 나서야 숨을 돌릴 수 있었다.

이 일은 아무에게도 말하지 않았다. 나만 혼자 알고있는 일이었다. 말하는 순간 엄마의 자격이 사라질 것 같아 꽁꽁 숨겨왔다. 누군가에게 말하면 질책을 받을 것 같아 무서워 말하지 못했다.

이젠 말해도 될 것 같다. 그런 일이 있었다고, 그때의 일은 이제 걱정 안 해도 될 만큼 뛰어다니는 아이를 보고 안심하며 이젠 그럴 일 절대로 다신 없을 거라고 다짐한다.

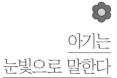

아기는
눈빛으로 말한다

우리 아이는 태어날 때부터 저체중으로 작았다. 예정일보다 더 일찍 태어나서 그런지 모든 게 조그마했다. 위도 작아 토하는 일도 잦았다, 그럼에도 배가 고픈지 연신 젖병을 물고 살았다.

손바닥에 다 들어오지도 않는 얼굴을 보니, '우리 아기가 언제 크나~?' 하면서 꼬박 백일을 걱정 반 설렘 반으로 지냈다. 백일이 되었을 내 아이는 정상체중이 되었고, 다리도 통통하니 키도 쑥쑥 크고 있었다.

고갯짓을 좀 빨리한 편이라 생각했는데 백일 때는 스스로 뒤집기도 했었다. 아이의 첫 뒤집기 순간이 마치 영화의 명장면처럼 내 기억 속에 남아 있다. 작고, 엄마만 찾으며, 눈도 제대로 못 뜨던 아기가 스스로 뒤집고 고갯짓을 하며, 기어 다니다가 이젠 걷고, 뜀박질도 한다. 순식간에 지나가 버린 찰나의 순간들이 아쉬워서 사진으로 영상으로 매 순간을 기록했다. 불과 2년도 안 되는 시간 동안 아이는 정말 쑥쑥 잘 자라주었다.

아이의 모든 성장 과정을 눈으로도 담고 영상으로도 저장했지만, 아이와 함께하는 시간이 부족했다. 어느 순간마다 아이가 새로운 걸 배우고, 따라 하고, 성장하는 것이 너무 빠르게 지나가는 열차 같았다.

세상을 좀 일찍 나와서 그런지 성장 속도가 다른 아이보다도 빠르다는 게 내심 뿌듯했다. 우리 아이는 천재가 아닐까 싶었다. 너무 빨랐던 아이는 두돌 때 조금 멈춰버렸다. 처음 배웠던 '엄마'라는 단어를 이제는 엄마밖에 말하지 못했으며, 내 흉내를 곧잘 내던 아이는 더이상 따라 하지 않았다. 원하는 것을 더이상 표현하지 않고 그저 울기만 했다. 똑똑하다고 칭찬하던 사람들은 조금씩 의아해하기 시작했다. 걱정스러운 마음에 병원을 갔고, 다른 아이들보다 언어발달이 한참 늦다는 진단을 받았다.

한 삼 일 정도는 집에 틀어박혀서 원인을 찾으려고 했던 것 같았다. 처음에는 현실부정도 해보고, 자책도 하며, 못난 엄마라서 너무 늦게 알았다고 아이에게 사과도 하고, 마음 한구석에 무거운 돌덩이가 얹어진 느낌이었다. 아이의 잠시 멈춰버린 성장에 나의 잘못이 존재한다는 것을 인정하지 못했다. 여러 가지 방법을 찾고 이 힘든 순간을 극복해내고 싶었다.

언어치료 전문가의 조언하에 난 새로운 시도를 하였다. 나의 육아 방식을 하나하나씩 바로잡기 시작했다. 그제야 아이의 눈빛이 보이기 시작했다. 아이는 나에게 이렇게 말하고 있었다.

"엄마, 내 얘기를 들어주세요."

난 아이의 눈빛을 읽는다. 아이는 여태 말로 표현하지 못하는 것을 눈빛으로 표현했다. 말로 표현을 못한 것뿐이지 사실은 끊임없이 나에게 말을 하고 있었다. 미처 알아채지 못한 난 이제야 우리 아이가 무엇을 보고 있었는지 무엇을 말하고 싶었는지 아이의 시선으로 바라보니 알 수 있었다.

아이의 첫입을 떼는 것은 힘든 일이었지만, 새로운 소리를 입 밖으로 뱉을 때마다 아이의 눈동자 속에 비친 내 모습은 희망이 가득 차 있었다. 나는 세상의 모든 아름다운 말들을 아기에게 들려주고 아기는 아름다운 말들을 눈에 담아 나에게 들려줄 것이다.

물어보지
않았으면

임신 소식을 알았을 때, 나는 고민이 많았다. 미혼모, 세 글자만으로도 수많은 물음표가 따라온다. 미혼모인 나의 사연을 사람들은 상상한다. 나는 그 속에서 견딜 수 있을까? 따라다니는 시선의 궁금증을 나는 다 해결해야 하는 걸까?

수많은 생각과 고민 끝에 나는 아이를 낳겠다는 결심을 했다. 아무에게도 알리고 싶지 않아서… 회사에서도 비밀로 했었다. 불러오는 배를 두꺼운 옷과 계절의 탓으로 돌리며 숨기고 지냈다. 의심하는 사람은 없었다. 내 비어있는 손가락 덕분에 아무도 모르게 아홉 달을 채웠다.

출산 휴가를 위해서 출산 한 달 전 회사에 알렸고, 회사 사람들은 궁금해했다. 궁금증이 많은 눈을 피해 침묵하며 간신히 도망치듯 출산 휴가를 받았다.

출산 휴가를 마치고 복직했을 때 나는 그동안 잊고 있던 시선을 느꼈다. 많은 사람들은 궁금해했지만, 쉽사리 입 밖으로 꺼내어 나에게 묻지 않았다. 등본에 기재되어 있는 아이의 이름과 내 이름, 새로 부임한 인사팀원이 다가와 물었다.

"결혼했어요?"

입에 빵을 문 것처럼 쉽사리 대답이 나오지 않았다.

"아니요, 왜요?"

"결혼을 안 했는데 등본에 아기가 있어서요. 이게 말이 되나?"

뒤이어 나오는 질문은 나를 혼란스럽게 만들었다. 이유를 설명해야 하는지 아니면 불편한 사실들을 말해야 하는 건지, 한 가지 확실한 건 그의 눈에는 악의가 없다는 걸 알고 있었다.

그저 궁금했을 뿐. 모를 뿐이다. 나의 대답으로 그의 질문에 대한 갈증이 해소된다면 나에게 남겨지는 건 스스로 대답하면서 부서져 내리는 나의 다짐이었다.

어렵사리 마땅한 대답을 찾아냈다.

"그럴 수도 있죠."

아마 그분에겐 틀에 박힌 가정의 형태만이 존재했을 것이다. 상황이 불쾌했다. 나의 대답에 상황을 읽었는지 "아, 그냥 궁금했어요."라며 곧 자기 자리로 돌아갔다. 어색한 분위기 속, 근무는 계속되었고 사람들의 시선이 나에게 몰렸다. 난 다시 침묵했다. 자리에 앉아 일하는 내내 몰래 눈물을 삼켰다. 각오는 했지만, 막상 "왜요?"라는 물음에 대답할 준비가 안 되었다는 것. 그 시간이 나에겐 불편했다는 것.

그런 것들이 나를 못 견디게 힘들게 만들었다. 앞으로 얼마나 많은 사람들에게 이런 질문을 받게 될까? 질문을 받기 전 내가 스스로 밝혀야 하는 걸까? 차라리 물어보지 않았으면….

그들의 질문에 난 아직도 쉽사리 대답하기가 힘들다. 그냥 이런 형태의 가정도 존재한다는 것에 알아줬으면 좋겠다. 미혼모와 자녀가 아닌 엄마와 아이로 바라봐줬으면 좋겠다.

아이가
아파할 때

계절 내내 감기를 달고 살았다. 여름 감기부터 겨울 감기까지 사계절 내내 감기였다. 작년에는 감기가 끝나고 코로나까지 걸렸었다. 매번 잔병치레를 할 정도로 우리 아기는 건강하지 않았다.

태어나고 4개월차부터 어린이집을 다녔는데, 늘 어린이집 가방에 약을 챙겨 등원하기 일쑤였다. 나는 직장에 나가고 있었기에 아픈 아기를 어린이집으로 보낼 수밖에 없었는데, 밤새 아프다고 쌕쌕거리며 겨우 잠든 아기를 깨우고 약을 챙겨 어린이집에 보냈다. 어린이집에서도 내 사정을 알고 아기를 맡아주셨지만, 감기에 걸린 아기를 맡기고 출근하는 날이면 가슴이 아팠다.

한번은 일하는 중에 어린이집에서 전화가 왔다.

"아기가 열이 많이 납니다, 어머님. 일단 어린이집에 상비하고 있던 해열제를 먹였으니 혹시 빨리 와주실 수 없으실까요?"

선생님의 다급한 말에 나는 정신이 없어졌다. 급하게 가고 싶어도 갈 수 없었기 때문이었다.

"죄송하지만, 현재 아기를 데리러 갈 사람이 없고 제가 퇴근하고 최대한 빨리 가면 7시까지는 갈 수 있으니 그때까지 봐주실 수 없을까요…?"

말을 하면서도 매정한 엄마가 된 것 같단 생각에 마음이 아팠다.

"네, 알겠습니다. 최대한 빨리 와주세요."

난 열이 끓어 오르는 자식한테 한달음에 달려가는 엄마가 될 수 없었다. 곁에 있어 주는 엄마가 되지 못했다. 생계를 위해 일을 해야 했고, 아이의 곁을 종일 지켜줄 수 있는 환경이 아니었다. 난 매정한 엄마가 되어버렸다.

정신이 반쯤 나간 채, 일을 마무리하고 퇴근을 했다. 운전대를 잡은 내 손엔 땀이 나기 시작하고 마음이 초조해졌다. 꽉 막힌 도로 위에서 나는 수많은 생각이 들었다.

'1분이라도 더 일찍 가야 돼.'

'선생님들이 날 뭐라고 생각하실까?'

'왜 이럴 때 난 혼자인 걸까.'

머릿속에선 온갖 다양한 형태의 죄책감과 한탄이 시작된다. 잡생각에 휩싸인 채 꾸역꾸역 차를 몰고 어린이집에 도착하고, 현관 앞 신발장에 덩그러니 놓인 아이의 신발이 아이를 닮아 왠지 외로워 보였다.

"늦어서 죄송합니다. 아기는요?"

"자고 있어요. 잠시만요."

선생님의 품에 안겨 잠들어있는 아기를 건네받고 아이의 상태를 확인한다. 다행히 열은 떨어져 있었다. 얼굴이 발갛게 올라 쌕쌕 자고 있는 아이의 얼굴은 날 마음 아프게 한다.

"아가, 엄마 왔어. 미안해, 엄마가."

나의 속삭임에 아기가 눈을 비비며 깨어나 환한 미소로 나에게 파고든다. 벌겋게 오른 얼굴로 칭얼대며 "엄마, 보고 싶었어요."라고 눈빛으로 말을 한다.

아이의 아파하는 모습은 날 마음 아프게 한다. 곁에 있어 주지 못한 내가 너무 못난 것 같아 자책한다.

10년 전의 나에게
– 지금의 내가 그때의 너에게 말해주고 싶다

스무 살의 너를 애써 기억해내며 하고 싶던 말을 전해본다.

불안하고 불안정했던 나의 스무 살아, 목적지를 찾지 못해 여기저기 방황했던 나의 아팠던 스무 살아, 너의 지금은 갈 곳을 잃어 이끌어줄 무언가를 찾고 있을 거야. 그것이 '사랑'이라고 정의한 너에게 조심스럽게 말해주고 싶다.

'사랑'이란 단어에 목메며, 아무것도 아닌 것에 '사랑'을 부여하며, 내 마음의 텅 빈 곳을 채워줄 거라 생각했지. 그렇게 의미 없던 시간들이 너에게 많은 깨달음을 주었겠지만, 그런 경험은 나에게 필요 없는 순간이었어. 채우지 못해 새까맣게 얼룩진 마음만이 남았어. 그러니 좀 더 나은, 좀 더 가치 있는 사랑을 배웠으면 좋겠어. 넌 생각보다 괜찮은 사람이고, 대우받을 수 있는 사람이라고 자신을 평가했으면 해. 스스로를 가치 있게 생각해줬으면 좋겠어.

놀랍겠지만 지금의 나에게 자그마한 동반자가 생겼어. 나에게 새로운 삶의 의미를 준 친구야. 이 친구는 아직 많이 어려서 나의 도움이 필요해. 세상을 잘 몰라서 내가 이것저것 알려주고는 있지만, 아직은 잘 모르는 눈치야. 혼자 화장실도 못 가고, 밥도 못 먹고, 옷도 못 입어.

어려서 그런 것도 있겠지만 하나하나씩 천천히 알려줘야 해. 어떻게 알려줘야 할지 몰라서 공부도 많이 하고 있어. 아직 모르는 게 많지만 내 눈엔 그 모습들조차 너무 사랑스러워. '사랑'이라는 단어로도 부족할 정도로 이 친구를 많이 사랑하고 있어.

놀랍지 않니? 그 누구보다 가까이에 존재하는 '사랑' 내가 누군가를 돌보고 있다는 것이. 내가 누군가를 사랑한다는 것이. 그러니 걱정하지 마. 너도 사랑할 수 있고, 사랑받을 수 있어. 지금의 내가 이 아이의 사랑을 받는 것처럼. 그 누구와의 사랑보다 이 아이와의 사랑이 그 무엇보다 특별하다는 걸 지금의 내가 너에게 말해주고 싶다.

10년 후의 나에게
- 너의 소중한 시절의 내가 너에게

　　　　　　안녕, 10년 후의 나에게 알 수 없을 이유로 힘들어할 너에게 편지를 보내 지금은 너는 어떤 엄마일까? 나의 아이는 어떻게 성장했을까? 힘들단 말론 부족하겠지 지나온 행복과 시련의 나날보단 처음 겪는 어려움에 도움 구할 곳이 없어 혼자 절망하고 있진 않을까?

　눈물 섞인 삶에 스스로를 책망하고 있진 않을까? 걱정이 꼬리에 꼬리를 물어서 이 순간을 같이 고민하고, 극복해줄 소중한 이야기를 담아 너에게 보내려 해. 우리 아이와의 소중한 나날을 말야.

　시작 때도 어린 너는 고민이 많았어. 하지만 아이를 낳기로 결심했고, 엄마라는 이름표에 걸맞은 사람이 되기 위해 네가 버려야 했던 것들, 포기했던 꿈들, 수많은 이들의 도움까지, 다 네가 스스로 노력해서 얻어냈었지.

　팔다리가 아파도 아이를 끌어안고 버티던 너의 모습, 아픈 아이를 뒤로하고 일터로 달려가야 했던 너의 모습, 내가 아파도 아이는 아프지 않길 바라며 눈물로 지새우던 밤들, 아이에게 그저 든든한 엄마가 되고자 기다리고 기다리던 마음들, 모든 게 모여서 지금의 네가 된 거야.

　아이가 때론 널 못살게 굴고 괴롭혀도 엄마니까, 엄마여서, 우리 엄마였어도, 사랑하는 내 새끼라서, 눈에 넣어도 안 아플 내 소중한 아이라서. 한 번 더 생각하고 참고 기다리면 아이는 더 성장한 모습으로 너에게 성큼 다가와 지쳐 있던 널 안아줄 거야. 그러니 조금만 더 기다려줘.

사랑한다는 말을 돌려주며, 나의 엄마여서 고맙다고, 기다려줘서 고맙다며 너를 안아줄 거야. 그 순간 힘들었던 시간들이 한순간의 신기루인 것처럼 사라질 거야. 오직 그 순간만을 위해 우린 달려가는 거야. 쉬지 않고 숨이 차고 너무 힘들어서 모두 그만두고 싶다며 눈물로 지새던 날들도 부서질 것처럼 아리던 마음의 상처들도 모두 너의 성장에 발판이 되어 더욱 높게 도약하게 될 테니 너무 조급하게 생각하지 마.

너의 조급함이 아이에게 전달되지 않도록 조금 더 여유롭게 지켜봐 줘. 지금 너에게 필요한 건 부모로서 훈계, 훈육이 아니라 자식의 고민을 함께 나누며 마음의 짐을 덜어주고 힘을 북돋워 주는 친구 같은 엄마일 거야.

나의 사춘기처럼 힘든 성장통을 겪을 나의 아이에게 너 또한 엄마로서 성장통을 겪는 거니까. 괜찮아, 조금은 서툴러도. 우린 괜찮을 거야. 사랑하는 마음은 항상 여전할 테니까.

너의 소중한 시절의 내가, 너에게

나의 엄마에게
- 나의 든든한 지원군

엄마, 아이가 태어났을 때, 내 아기 때 모습이랑 붕어 빵처럼 닮았다고 했잖아요. 아이가 자라면서 나랑 똑같이 닮았다고, 어릴 적 하는 짓이 똑 닮았다고, 안 좋은 부분만 닮았다고, 늘 그랬잖아요. 고집부리고 떼쟁이에 장난만 치고, 잠투정 심하고, 안 좋은 것만 닮았다고 그랬잖아요. 난 기억도 안 나는데 엄마는 어떻게 30년 전 이야기를 기억하고 있으세요?

아이와 함께하는 제 모습을 볼 때마다 마치 어제 일처럼 얘기해주는데, 나도 아이의 지금을 30년 뒤에도 기억할 수 있을까요?

엄마! 엄마! 엄마는 서른 살에 어땠나요? 난 엄마가 처음이어서 힘들었는데, 엄마는 지금의 내 나이 때 어떻게 지냈어요? 난 아직도 하고 싶은 것이 많아서 조바심이 나는데, 초등학생이었던 전 항상 일만 하던 엄마의 모습만 기억 속에 남아 있어요.

엄마는 그 꿈많은 젊은 시절에 어떻게 우리를 키우면서 어떤 것을 꿈꾸면서 지냈었어요? 이제야 엄마의 꿈이 궁금해졌어요. 엄마의 꿈을 지금이라도 듣고 싶고, 늦지 않았다면 같이 해보고 싶어요.

사랑하는 엄마! 이젠 자식을 위한 '엄마'의 인생이 아닌 '자신'을 위한 인생을 살았으면 좋겠어요. 고단한 매일매일을 보내던 엄마의 손에 상처들이 쌓이고 쌓여 엄마의 고운 손을, 엄마의 고운 얼굴을 이젠 떠올릴 수가 없어요. 그동안의 힘들었던 세월을 대변하듯 부서진 몸이, 해변의 모래성처럼 어느 순간 무너질 것만 같아서, 더이상 일어날 수 없을 만큼 약해진 것만 같아 겁이 나요. 때로는 모질게 "제발 건강 좀 챙겨라.", "수술해라." 말했지만, 그 모든 게 저희를 위해서 희생했음을 알기에 속으로는 많이 속상했어요.

전 철없고 미성숙했던 시절을 지나 지금도 많이 부족하지만, 좀 더 성숙해지고 어른이 되는 중이에요. 이젠 '가족"이 그 무엇보다 소중하다는 걸 알게 됐어요.

엄마가 없는 삶이 아직은 너무 두려워요. 함께해줬으면 하는 욕심이 커요. 정말 오래 살아줬으면 좋겠어. 오랜 시간 우리와 함께 해줬으면 좋겠어. 내 아이가 커서 성인이 되어가는 것도, 내가 늙어가는 모습도 봐줬으면 좋겠어. 그러니 함께 해줘요, 나의 든든한 지원군.

나의 '엄마'여서 감사해요.

나도 이제 '엄마'로서 남은 삶 살아갈게요.

사랑해요.

P.S.

내 아이에게 훗날 아이의 어린 시절을 얘기해줄 날이 올까요? 너와 닮은 너처럼 말괄량이에 말도 안 듣는 고집쟁이 꼬마라고요. 아이도 나와 같을까요?

아이는 나를 어떤 엄마로 기억해줄까요?

나의 아이도 지금의 저처럼 편지를 적어줬으면 좋겠어요.

참여
소감

우선 이런 기회를 제공해주신 이화여대 도전학기제 고 애진 진행자님께 감사의 인사 드립니다. 초등학생 시절 매일같이 학교도서관 에서 책을 빌리며 독서일지를 기록하던 시절이 생각납니다. 숙제로 일주일에 한 번씩 독서일지를 작성해 제출했었고, 담임선생님의 칭찬이 듣고 싶어 하루 에 몇 권씩 책을 읽어가며 독서일시를 한 권 채우고, 새것으로 받고, 또 쓰고, 또 써서 담임선생님께 제출했었습니다.

그때 칭찬 도장과 함께 "우리 반에서 제일 책도 많이 읽고, 숙제도 잘해오 고, 이렇게 이쁜 친구가 있어서 선생님이 기쁘다." 하는 말씀을 해주셨습니다. 결국, 전교생 다독 독서왕으로 상장을 받으며 졸업을 했습니다. 어린 시절에 선 생님의 칭찬이 저에겐 동기부여가 되어 열정이 불타올랐었습니다. 잠시지만 작가라는 꿈도 마음속에 담고 있었습니다.

하지만 제 인생 최고로 책을 가까이 둔 시점은 그때뿐인 것 같아요. 점차 성 장하면서 책은 덮어두었고, 더이상 펜을 집어 들고 무언가를 적어 내려가지도 않았습니다.

어른이 되면 많은 할 일들이 생기지요. 아기 엄마가 된 저는 당장 널브러진 장난감들, 유통기한이 지나가는 음식들, 쌓여가는 빨랫감 등, 많은 일을 퀘스 트 하듯이 무심하게 해결해가고 있었습니다.

무언가에 열중하고 싶었던 저의 모습이 그리웠던 걸까요? 전 무언가를 간절히 바라고 있었습니다. 이 프로젝트에 참여하게 되면서 제 안의 무언가를 느끼게 되었고, 그 시간을 글자로 옮겨가는 과정이 열정을 다시 피어나게 했습니다.

덕분에 더 활력있는 일상을 살아가게 되었습니다. 오늘날 이 시간들이 저에게 동기부여가 되었고, 좋은 추억으로 간직할 수 있게 되었습니다. 저의 슬럼프를 함께 이겨내 주셔서 감사합니다.

별을사랑한나

'별을사랑한바보'이 닉네임을 현재까지 쓸 정도로 어릴 적 정말 감수성이 예민했던 '별을사랑한나'입니다. 음악을 들으며 하루의 일과를 기록하고, 나의 감정들을 일일이 기록하며 나의 감정을 들여다보았던 시절이 떠오릅니다. 그때는 그게 너무 좋았는데 어느 순간부터 나의 감정을 들여다보는 게 너무 두려워졌습니다. 즐거운 일보다는 괴롭고 힘들었던 순간들이 많이 기록되어서 그렇겠죠? 그래도 글 쓰는 것에 관심이 많고, 시도해보려는 의지는 잃지 않은 것 같습니다. 이번 과정에 도전한 것을 보면 말이죠.

저는 어릴 적 시골에서 자라다 보니 자연과 늘 가까이에 있었습니다. 자연 속에서 놀고, 쉬고, 가끔 농사일을 도울 때도 있었지만, 시골 생활이 저에게는 정서적으로 좋은 영향을 주었던 것 같습니다. 지금도 꽃과 식물을 다루고 있고 좋아하거든요.

저는 아들과 막냇동생과 함께 살고 있어요. 아들이 제가 식물과 꽃을 좋아하다 보니 관심을 가끔 가지는데, 우리 아이가 정말 로맨틱하더라고요. 요즘 말로 '츤데레'라고 하죠? 무심한 듯 아닌 듯 챙겨주는 어느 날은 베란다 밖에 벚꽃이 이쁘게 폈다며 알려주고, 어느 날은 나무에 초록 잎이 돋았다며 알려주곤 합니다. 이런 아들과 함께하니 너무 행복합니다.

저는 운전도 좋아합니다. 드라이브를 하면서 음악을 듣기도 부르기도 하며 지나가는 풍경들을 바라보면 너무 힐링이 됩니다. 그런데 요즘 기름값 너무 하더라고요? 어디든 내 마음대로 갈 수 있는 유일한 나의 시간인 것 같습니다.

창피하지만 열심히 자기소개를 해보았습니다. 더는 어떻게 나를 소개해야 할지 잘 떠오르지 않네요.

엄마가 되기 이전의 삶과
이후의 삶

어릴 적 시골에서 자랐던 나는 산과 밭, 그리고 모든 것들이 저의 놀이터였고, 여유로운 시간을 보내었다. 곤충과 개구리, 그리고 동사무소에서 꽃씨를 받아서 화단을 꾸미기도 하고, 부모님을 도와 농작물을 심고, 거두는 일을 도와드리기도 했다.

대신 정말 버스도 한 시간에 있을까 말까 하는 동네여서 타지 외출이 쉽지만은 않았다. 그런 환경들이 청소년 시기를 겪으면서 정말 답답했었던 기억이 있다. 매우 가난했었고 동생들도 많았던 터라 가지고 싶었던 것, 친구들이 필수로 가졌던 것들은 가지지 못했던 경우가 많았다.

대학을 갈 때 차비가 없어서 동생들과 엄마와 함께 몇 주 내내 천 마리 종이학을 접어서 3만 원을 마련해서 간 적도 있었다. 나에게는 정말 최선을 다해주었다는 생각이 들어서 그래서인지 성인이 되면 무조건 돈을 벌어서 집에 보탬이 되어야겠다는 생각이 강했다.

공부를 잘하는 편이 아니었던 나는 전문대학에 가게 되었고, 취업을 바로 하기도 했다 낮에는 사무직, 밤에는 호프집 알바, 이렇게 매일 돈벌이에 바빴고, 주변 지인에게도 정말 성실하고, 생활력이 강하다는 소리를 많이 들었다.

그러던 중 아이 친부를 만나게 되었고, 내 생각과는 달리 함께하지는 못하게 되었고. 지금 나와 아이 둘만의 행복한 생활을 보내고 있다. 처음 임신 사실을 알았을 때 '설마?'라고 생각이 들어서 두 번이나 임신테스트기를 했었다. 그리고 병원에서 아기집을 확인했고, 그 순간부터 나는 아이를 키우기로 했다. 이유는 단 하나, 우리 부모님이 사 남매를 어려워도 절대 포기하지 않고, 사 남매를 길러주셔서 나도 할 수 있다는 생각이 먼저였다. 사회에서도 생활력 강하고 성실한 '나'이기 때문에 가능할 것이라고 생각했다.

처음 부모님이 임신 사실을 알았을 때는 자녀를 낳기 일주일 전이었다. 나는 춘천에서 조산으로 한 달 정도 분만실에 입원 중이었고, 멀리 계신 부모님은 농사일로 바쁜 시간이었는데, 어느 날인지 내가 보고 싶다면서 온다고 했다. 일 때문에 부모님을 볼 수 없으니 그냥 오지 말라고도 했는데 그냥 반찬이라도 놓고 가겠다고 말이다. 그렇게 분만실에서 나를 보게 되었고, 그로부터 일주일 뒤 우리 아이를 만나게 되었다.

너무 속상하셔서 조심스레 친부 집에 보낼 수 없는지, 혹은 임신 중단을 할 수 없는지에 대해 물어보셨지만 나는 혼자 키울 것이라고 이야기했다. 그렇게 집으로 돌아가시고, 며칠 뒤 부모님에게도 소중한 자식인 나인데 나의 자식인 우리 아이를 보내고 우리가 어떻게 살 수 있느냐고 너에게도 소중한 자식일 텐데 키우자고 이야기하셨다.

이렇게 가족의 지지를 받고 나는 아이와 헤어지지 않고 잘 살 수 있었다. 아이를 낳고 나는 다짐했다. 무슨 일이 있어도 길거리에 나앉아도 절대 헤어지지 않을 것이라고…! 아이와 내가 만나게 된 건 정말 하나님이 주신 최고의 선물인 것 같다. 아이에게 부끄럽지 않고, 열심히 살려고 노력하도록 해준 아이에게 너무 감사하다. 지금도 여전히 부족하고, 배울 것이 많은 엄마라 미안하지만… 중1이 된 아이의 뒷모습을 볼 때면 흐뭇하고 듬직하다. 아이를 만나고의 나의 삶은 행복이고, 선물이고, 기회이다.

양육하며
기억에 남았던 에피소드

　　여러 가지 에피소드가 무엇이 있었을까 고민하다 보니 일곱 살 무렵 팔 골절로 인해 수술까지 했던 기억이 났다. 퇴근하던 중 어린이집에서 전화가 왔고, 놀이터 미끄럼틀에서 떨어져서 팔이 다친 것 같아서 응급차로 병원에 가고 있다는 연락이었다. 가슴이 덜컹 내려앉았고, 다행히 퇴근 중이어서 바로 병원으로 갈 수 있었다.

　　아이도 마침 응급차에서 내리던 찰나에 나를 보게 되었는데, 나를 보니 엉엉 울기 시작했다. 얼마나 무서웠을까? 나를 보고 우는데 오면서 참았을 아이를 보니 나도 울 뻔했다. 나도 같이 울면 아이가 무서워할 것 같아 참았다.

　　엑스레이를 찍고, 아이는 골절이 되었다는 진단을 받았고, 수술해서 핀을 박아야 한다고 했다. 병원에서의 수술은 가족 중에도 없었기 때문에 너무 걱정되었다. 나는 정밀 검사를 위해 정오가 넘은 시간까지도 잘 수가 없었다. 그래도 다쳤다는 소리에 모자원에 있던 언니들이 설렁탕을 사 들고 와서 우리 모자가 끼니를 때울 수 있었다.

　　수술은 다음 날 오전 진행이 되었고, 모자원 언니가 수술이 끝날 때까지 함께 있어 주었다. 수술회복실에서 아이의 모습을 보니 너무너무 속상했다. 마취가 풀리고 나니 너무 춥다고 해줄 수 있는 게 없으니 마음이 더 아팠다. 그렇게 일주일간 입원 후 퇴원을 했고, 아이는 당분간 깁스를 하고 지냈어야 했다.

　　다행히 아이는 잘 놀았고, 그 팔로 활도 쏘고, 나무도 타고, 모자원에서 타

잔이라고 부르기도 했다. 약 1년여 동안 핀 제거도 하고, 이상은 없는지에 대해 확인도 하고, 회복이 잘 되었다. 병원에 갈 때면 언니들이 사줬던 설렁탕을 꼭 먹었다.

아이를 키우면서 아플 때가 가장 힘든 것 같다. 특히 한부모들은 직장도 걱정이고, 돌볼 사람도 나 혼자라 주변에 누가 없다면 아플 때 정말 서러운 것 같다. 그때의 언니들과는 여전히 연락하고 있다. 그래서 나도 그런 일이 있을 때 최대한 도와주었고, 앞으로도 그럴 것이다.

에피소드를 적다 보니 '주변에 감사한 분들이 많았구나.'라는 생각이 들어 마음이 따뜻해지며 마무리를 한다.

13년 전
너에게

안녕~! 오늘도 산책을 갈 거니? 가끔 걷던 그 산책길에는 아직도 꽃나무가 있겠지? 그 꽃나무가 너무 예뻤거든, 잊지 말자고 사진까지 찍었던 것 같은데 그 사진은 지금 없어, 그런데 기억에 남아.

그날 정말 아이랑 잘 살자고, 엄청 다짐한 날이었는데, 잘은 모르겠지만, 그때의 다짐대로 열심히는 살고 있어 무얼 해도 아이 하나 못 책임지겠냐고 생각한 네가 참 순진하면서도 그 선택을 해주어서 지금 얼마나 감사한지 몰라.

생각보다 좋은 엄마보다는 욱하고, 바쁘고, 잘 못 챙겨주는데 그래도 둘이 오붓하게 잘살고 있어. 요즘은 중학생이라고 친구들이랑 놀러도 가고, 피아노랑 복싱도 열심히 배우고 있어. 공부는 나 닮았나 봐. 하하. 피아노는 조금 일찍 시켜주는 게 좋을 것 같아. 최근 디지털 피아노를 구입해 주었는데 엄청 열심히 하고 있거든.

네가 걱정하던 일들은 아직은 일어나지 않았고 앞으로도 일어날 것 같진 않아. 그러니까 너와 아이를 믿고 미안함도 걱정도 하지 마. 네가 할 수 있는 한 열심히 할 거니깐 그리고 좋은 사람들도 많이 만나.

아이를 만나서 정말 좋은 기회들이 많았어. 그 기회들을 너는 놓치지 말아줘. 혹시 다시 달려오고 있다면 말이야. 팁이니깐 잘 챙겨둬.

지금 나는 카페에서 애플민트티를 마시면서 주말을 즐기고 있어, 아들은 놀러 나갔어! 아주 자유야, 자유. 넌 아들이랑 다정하게 쇼핑하고 외식하는 걸 꿈꾸겠지만, 하하, 꿈 깨라.

아무튼, 고맙고 힘내고, 그때의 당당함을 잘 유지해줘! 너한테 글 쓰는데 왜 마음이 짠하니? 울지 말고 힘내자!

2023. 4. 주말 오후

안녕? 어떻게 지내고 있니? 아들도 이제 스무 살이 되었어, 대학생이 되었을지 군대를 갔을지 혹은 취업을 했을지 너무 궁금하다. 지금은 음악을 좋아하는 아이인데 그때는 어떤 아이로 자라났니? 여전히 음악을 좋아하겠지?

지금 너무 운동하기 싫은데 그때는 좀 해야겠지? 주름살도 많이 늘었을 거야~. 나는 아직도 우리 엄마 아빠를 떠올리면 30대 엄마, 아빠의 젊은 시절이 떠올라. 젊은 엄마, 아빠여서 너무 좋았는데, 내가 일찍 할머니 할아버지를 만들어 버렸지. 아들은 어떤 엄마를 기억하고 있을까?

오늘은 참 나에게 잘해주었던 사람들이 생각난다. 다 갚아주려고 했는데 생각만 하고 선뜻 전화 한 번 못하고, 그때는 조금 여유가 생겨서 그렇게 할 수 있을까? 조금은 그런 여유가 있었으면 좋겠다. 시간도 그렇고 경제적으로도, 그랬길 바라. 6년 참 짧지만 말이야.

그동안 참 고생 많았다. 그런데 이제 다시 시작인 거 알지? 또 다른 걱정과 불안이 있겠지만, 끊임없이 무언가 해야겠지만, 그게 정말 감사한 거더라고. 그때의 너는 더욱 성숙할 테니까 걱정 없다. 힘내.

오늘 정말 따뜻한 주말 오후야.

그때도 그런 날이길 바라. 사랑해.

글쓰기가 어려운 나는 글쓰기 과정이 있다고 해서 고민을 했다. 글을 잘 쓰려면 글을 써야 하는데… 생각이 정리되지 않아서인지, 아니면 거창하게 작성하고 싶어서인지… 글이 잘 안 써진다.

핑계 삼아 미루고 미루다가 닥쳐서야 글을 쓰게 되어서 많이 아쉽다. 어릴 적 꿈이 자주 바뀌던 시절에 방송작가가 되는 게 꿈이었다. 작년인가 동생이 내가 기록한 일기, 공책들을 본가에서 가지고 와주었는데, 그중에 내가 쓰다가 만 제목이 『농부의 딸』이라든지 한창 유행하던 귀여니 소설 비슷하게 연애소설을 작성하다가 만 것들을 발견하고는 손발이 오그라들기도 했다.

글 쓰는 것에 흥미는 있었으나 소질은 없었던 나는 자신이 없었다. 그래도 어린 시절의 감수성은 싸이월드 일기장에, 교환일기에, 다이어리(일기장과는 약간 다른 느낌)에, 나의 감정들을 일일이 적었던 때가 그립다. 하루하루를 기록하고 내 감정의 동태를 살피던 그 시절이 말이다. 요즘은 하루하루 어떻게 지나가는지도 모른 채 이 시간이 되곤 한다(12시가 넘은 시간).

이번 글쓰기 참여는 너무 빠르게 흘러간 것 같아서 글을 쓴다기보다는 그냥 아무 말 대잔치를 했던 것 같다. 만약 다음번 참여가 가능하다고 하면 조금은 여유롭게 글쓰기 참여를 하고 싶다. 나의 게으름 때문이겠지? 다들 너무 부지런들 하다.

다양한 삶의 이야기를 들을 수 있어서 좋았다. 이렇게 멋지게들 살고 있구나! 모두가 당당하고 자기 삶의 목표를 향해 나아가는 모습들이 나에게도 힘이 된다. 진행해주시는 고애진 선생님께도 감사드린다!

자기 소개

비비네

안녕하세요. 경기도에 거주 하고 있는 92년생 비비입니다! 저는 너무나 이쁜 10살 딸과 애교쟁이 9살 아들 연년생 남매와 셋이 함께 살아가고 있는 싱글맘입니다. 다른 가족들과는 조금은 다른 가족의 형태이지만 너무나 행복하고 즐겁게 셋이 지지고 볶으면서 지내고 있습니다.

저의 어린 시절은 경제적으로 유복하진 않았지만 따뜻한 엄마와 언니 두 명과 함께 지냈습니다. 철없고 어린 시절엔 가난한 가족이 가끔은 원망스럽기도 하고, 왜 나한테만 이런 불행만 올까 싶었지만, 지금 생각하면 저희 가족이 없었으면 어떻게 살았을까 싶을 정도로 큰 힘이 되어주고 있는 가족들입니다. 힘든 어린 시절이 있었기에 힘든 일이 왔을 때 무너지지 않고 버틸 수 있는 힘이 생긴 거 같아 오히려 감사합니다.

지금은 유치원 교사를 하면서 유아 교육 공부. 심리학 공부도 함께 꾸준히 하면서 지금 내 삶에 감사함과 소소한 행복감을 느끼면서 살아가고 있습니다. 또한, 더 큰 꿈을 꾸면서 나로 인해 많은 사람들에게 더 큰 힘과 행복을 줄 수 있는 사람으로 성장할 수 있도록 노력하면서 지내고 있습니다.

또 시간이 날 때 취미 활동도 많이 하면서 스트레스와 에너지를 충전하는데, 그중 등산과 러닝을 가장 좋아해요. 힘든 시기에 동네 산에 갔다가 조금씩 스트레스를 풀고 그렇게 조금씩 하던 등산이 이제는 이곳저곳 찾아다니면서 즐기면서 하고 있어요. 오를 때는 힘들지만 올라가서의 뿌듯함과 자연을 보고 있으면 자연스럽게 힐링이 되더라고요! 또 좋은 분들의 강연을 듣는 것도 좋아해요. 생각보다 세상엔 다양한 사람들이 있고, 다양한 생각들이 있고, 나만의 생각으로 살기엔 너무 좁은 인생 많은 좋은 이야기를 다 듣고 흡수하려고 노력하면서 지내고 있습니다. 힘든 시기에 김창옥 교수님 강연을 듣고 정말 큰 힘을 얻으면서 나도 사람들에게 좋은 영향력을 주는 사람이 되고 싶다는 꿈도 꾸게 되었습니다.

제가 성장하고 즐거운 일에는 언제나 열정이 넘치는 성격으로 즐거운 일은 찾아가서 하는 활동적인 사람이에요. 여유가 없고 힘든 시기엔 내가 어떤 사람인지 잘 모르고 살았던 것 같은데 나를 알아가고 내가 좋아하는 것을 찾아가면서 더욱 즐겁게 인생을 살고 있습니다.

사는 게 매일 좋을 순 없겠지만, 힘든 순간도 웃으며 여유롭게 힘든 시간을 지나길 수 있는 여유 있는 삶을 살길 원해요. 지금의 내 삶에 만족하며 더 나아가 더욱 내가 꿈꾸는 삶을 살기 위해서 우리 아이들과 더욱더 행복한 삶을 살아갈 수 있도록 꾸준히 즐기며 노력하고 살아가고 있는 비비입니다!

외유내강

      내 나이 21살 6월 처음으로 내 뱃속에 또 다른 생명이 있다는 걸 알게 되었다. 어느 날, 눈부신 오후 대학교 쉬는 시간, 평소와 다른 생리 주기, 불안한 마음에 혹시나 하는 마음에 임신테스트기를 사서 도둑질하듯 숨어서 학교 화장실에서 임신 테스트기를 해보았다.

    처음 해 본 임신테스트기는 왜 이렇게 어려운 것 같은지, 테스트기를 하고 불안한 마음에 눈을 지끈 감고 기다린 오 분, 진한 두 줄로 나에게 자기의 존재를 알리는 아이를 처음 알게 되었다.

    그렇게 첫째와 나와의 인연은 그렇게 시작되었다. 무섭고 불안했다. 꿈인 것 같았고 테스트기가 불량품일 거라고 생각했다. 하지만 산부인과에 가서 확인한 젤리곰이 나를 보고 움직이고 심장이 뛰고 있었다. 아이를 본 순간 외면하려고 했던 내 마음이 너무나 미안하고 또 미안했다. 남자친구에게 이야기했고, 우리는 좋은 부모가 되기로 약속했다. 그렇게 나는 남들과는 빠른 나이에 엄마라는 이름이 생겼다. 나쁘지 않았다. 아니, 오히려 좋았다. 함께할 수 있는 가족이 있다는 것 어릴 때부터 가지고 싶었던 화목한 가족을 내가 만들 거라고 생각하고 우리가 함께 꿈꿀 미래에 미소 지으며 지냈다. 그렇게 첫애를 출산하고 주말부부에서 한 가정에서 사는 가정이 되었다.

    첫째를 출산한 1월 날이 몹시 추웠다. 그래도 내 마음만은 따뜻했다. 이 작은 아이가 나의 아이라는 게 믿기질 않았고 우리 가족의 10년 뒤를 생각하며 미소 지었다. 미래만 상상하고 매일 웃기엔 추운 날도 많았다. 내 마음 같지 않던 결혼생활, 나의 모습은 많이 초라했고, 나의 생활은 없었다. 행복할 것 같았던 결혼생활도 매일 눈물과 함께했다. 상대방은 사회생활을 한다는 이유로 밖에 있는 시간이 더욱 많았고, 함께여서 더 외로웠던 시절이었다. 그때 나는 자립심도 없었고, 나보다는 상대방에게 많이 기대는 철없는 이름만 엄마인 어린아이였다. 부부싸움은 하루하루 많아졌고, 예전엔 내가 눈물만 보여도 어쩔 줄 모르던 사람이 나에게 욕을 하고, 어느 순간 그 사람에게 맞고 있는 내 모습을 발견했다.

그래도 나는 가정을 지키고 싶었다. 우리 아이에게 아빠라는 이름을 없애고 싶지 않았다. 내가 참으면, 내가 이해하면 이 가정은 행복하고 평온할 거라고 생각했다. 연년생으로 둘째도 생기고 우리는 네 가족이 되었다. 남들이 보기엔 젊은 엄마 아빠에 행복한 연년생 남매 하지만, 그 안에 나는 많이 망가지고 있었다. 겉은 웃지만 속은 매일 울었다.

나의 존재를 잃어갔다. 내가 누구인지, 내가 좋아하는 건 뭔지, 내가 무엇을 할 때 행복한지, 하나도 알지 못했다. 그냥 평온하게 지내고 싶었다. 평온하게 그렇게 나는 육아를 하다가 둘째가 16개월이 될 때 어린이집에 보내면서 일을 시작했다. 대학교 졸업을 한 나는 유치원 교사가 되었다. 이제 맞벌이를 하고 우리 가족은 더욱 안정적이게 지낼 수 있을 거라고 생각했다. 하지만 나의 작은 바람을 비웃듯 가정생활은 내 마음 같지 않았다.

폭력성은 뒤로 가기가 없다는 말, 믿고 싶지 않았지만 믿어야 했던 말이다. 결국, 칼까지 든 상대방의 모습에 경찰이 오고 나는 아이들과 긴급쉼터라는 곳을 처음 가보게 되었다. 그곳은 위치가 어디인지도 나에게 알려줄 수 없다고 하였다. 핸드폰도 제출하고 낯선 곳에 나와 우리 아이들, 우리 셋은 거기서 며칠을 지내게 되었다. 그렇게 외줄타기 하듯 불안한 결혼생활을 이어졌다. 그러다 문득 정말 이렇게 살고 싶지 않다는 생각을 했고, 이혼을 강하게 요구했다.

이혼을 요구한 건 처음이 아니었다. 각서만 해도 10장이 넘을 정도였으니 상대방은 이혼을 해주지 않았고, 혼자 변호사 없이 이혼 소송을 준비했다. 이혼 소송은 시간과의 싸움이었지 생각보다 어렵지 않았다. 그렇게 드디어 이혼을 했고, 그때부터 나는 진짜 엄마가 되었다. 엄마도 되었고, 아빠도 되었다.

나는 '외유내강'이라는 사자성어를 참 좋아한다. 겉은 부드러우나 안은 대단히 강함. 겉모습은 부드러우나 속마음은 단단한 심성을 가리키는 표현이다. 엄마가 되어 달라진 나의 가장 큰 점은 외유내강으로 변했다.

결혼생활에 겪은 많은 일들이 나를 단단하게 만들어주었다. 비 온 뒤 땅이 굳어지듯 그렇게 나는 많은 일을 겪으면서 많이 단단해졌다. 중간중간, 흔들릴 때도, 포기하고 싶을 때도 많았지만, 지금의 나는 어떤 어려움도 이겨낼 자신이 있다. 어려움이 다가와도 나에게 더 큰 행운이 오려고 잠시 어려울 뿐이라는 거, 이것 또한 지나가고 더 좋은 일이 날 기다릴 거라는 것을 알게 되었다. 힘든 결혼생활, 이혼 기간 그때 나는 세상이 끝날 것 같았다. 이혼을 하면 나의 인생은 끝이고 바닥일 것이라고 생각했다. 나는 혼자 아이를 키워낼 수 없을 것이라고 생각했다.

하지만 나는 생각보다 강한 사람이었다. 이걸 엄마가 되어서 알게 되었다. 또 나 자신을 알게 되었다. 엄마가 아니었으면 몰랐을 나를 알게 되었다. 지금 나에게 다가온 불행과 시련이 너무 모질고 힘들어도 시간이 지나면 그 불행과 시련이 나에게 더 큰 행운으로 오는 날도 있다는 것을 깨닫게 되었다. 나는 아이들을 키운다는 생각보다 함께 자라고 성장하고 있다고 생각한다. 이렇게 나는 아이와 성장하면서 세상을 배우고 있었다.

맹장 수술

평소와 같았던 아침, 1학년 첫째가 "엄마 배가 좀 아픈 것 같아…;"라고 이야기했다. 워킹맘인 나는 그날도 출근준비, 등원준비로 바쁜 상태였고 "어제저녁을 조금 먹었나? 아침 많이 먹어!" 하면서 아이에게 평소보다 아침을 더 주면서 대수롭지 않게 넘어갔다. 그렇게 출근을 하고 일을 하는데 학교에서 전화가 왔다. 딸이 배가 아프다고 양호실에 왔다는 거였다. 다행히 친정 언니에게 전화해서 언니가 아이들 데리고 병원에 가보겠다고 했다.

그때까지도 나는 '배탈이 났나?' 하며 크게 생각하지 않았다. 무엇보다 일이 무척 바쁜 시간이라서 생각할 시간이 없다는 게 맞을 거 같다. 그렇게 언니가 소아과를 데리고 갔고, 소아과에서는 '괜찮은 것 같은데 아프다고 하는 부위가 맹장일 수도 있지 않을까?'라고 이야기하셨다고 했다. 엑스레이를 찍기 위해서 큰 병원에 갔고, 나는 퇴근하고 부랴부랴 병원으로 갔다. 병원 응급실에 누워서 피검사 결과를 기다리고 있었고, 언니와 배턴 터치하고 내가 간호인으로 옆에 있었다.

검사 결과 맹장염이 발견되었고 수술을 해야 한다고 했다. 맹장 수술, 어른들은 별거 아니라고 하지만 이 작은 아이가 수면 마취를 하고 수술할 생각을 하니까 너무나 무서웠다. 지금은 시간이 늦어서 안 되고 다음 날 아침 일찍 수술하기로 결정했다. 병실로 이동했고, 3살 때 갔던 병원 이후로 처음 입원이란 것을 했다. 병원 냄새는 너무나 싫었고, 아이가 너무나 걱정됐다. 사실 첫

째보다 내가 더 무섭고 걱정됐다.

그렇게 거의 뜬눈으로 밤을 지내고 아침이 되어서 수술을 하러 침대로 이동을 했다. 수술하기 전 소독약도 바르고 아이에게 링거를 맞히는데 얼마나 우는지 모르겠다. 엄마가 강해야 하는데 그냥 모든 게 미안했다. 아침에 아픈 애를 아침 더 먹으라고 한 것도, 그렇게 등교를 시킨 것도, 병원도 엄마가 아닌 이모와 처음 온 것도, 수술실에 가는 길에 엄마 혼자만 옆에 있어 주는 것도 모든 게 미안했다.

오히려 딸은 울지도 않고 괜찮다고만 이야기했다. 수술실에 처음 들어갈 때 많이 무섭고 떨릴 텐데 딸은 오히려 나에게 "엄마 울지 마, 수술하고 없애면 되는 거잖아. 울지 마, 나 정말 괜찮아. 엄마 울지마." 내가 딸을 안심시켜줘야 하는데, 우린 반대였다. 무서운 나를 첫째가 달래주고 있었다. 그렇게 수술실에 들어가고 한 시간을 밖에서 기다리면서 정말 많이 울었다.

그렇게 수술이 끝났고, 수술은 정말 잘 되었고, 회복도 다른 아이들보다 빠르게 잘 회복하고 상처도 잘 아물었다. 다른 아이들은 맹장 수술 하면 5박 6일 입원하는 경우도 있다는데, 우린 금요일 밤에 입원해서 월요일에 퇴원했으니 3박 4일 입원한 거면 정말 회복이 잘됐다고 의사 선생님께서 이야기해주셨다. 그 주 주말은 병원에서 하루종일 있었지만, 오랜만에 딸과 단둘이 많은 이야기를 한 것 같았다. 학교 이야기 친구 이야기 동생 이야기도 하면서 둘이 끊임없이 수다 떨고 시간을 보냈다. 월요일 출근해야 하는 엄마가 오시고 출근 후 반차를 내고 나는 퇴원 수속을 했다.

그러면서 이렇게 아이들을 키우면서 이런 일 저런 일 있다는 걸 깨닫고 감사함을 느꼈다. 맹장이 터지지 않고 발견되어서 정말 다행히 미리 수술로 제거할 수 있다는 것에 감사했다. 또 주말에 입원해서 내가 하루종일 함께할 수 있다는 것에 너무나 감사했다. 수술실 들어갈 때 옆에 있어 줄 수 있었다는 것에 너무나 감사했다.

이렇게 우리는 처음 일어난 일이 나에게 불행을 준 것 같지만, 그 안에도 감사함은 있었다는 걸 딸아이와 이야기하면서 느낄 수 있었다. 아이와 살아가려면 이건 작은 에피소드에 불과하다고 생각한다. 더 큰 일들이 일어날 수 있을 거고, 그런 일들도 우리는 함께 이겨낼 연습을 하고 있다. 많이 서툴고 무서워도 서로 의지하면서 우리 가족은 그렇게 함께 단단해지는 거라고 생각한다. 오늘도 함께 저녁을 먹으며 웃고 이야기하고, 두 남매가 가끔 다투는 모습 또한 우리 가족의 모습이다. 건강하게 있어 주는 것 그것만으로도 너무나 고맙고 소중하다는 걸 배운다.

가장 힘든 시기를
겪고 있는 나에게

비비야 안녕, 난 2023년 32살의 비비야! 요즘 많이 힘들지? 피하고 숨고 싶던 순간들을 정면으로 맞이하고 준비해야 한다는 게 쉽지 않을 거야. 요즘 너에게 가장 행복한 건 무엇이야? 행복이 뭔지도 잊고 지낸 지 오래일 거야. 지금 당장의 순간들이 너무 힘들고, 이 순간만 빨리 지나가길 바라고 있을 수도 있겠다.

근데 너의 그 소중하고 빛나는 20대를 힘든 순간, 괴로운 순간들로만 지나가지 않으면 좋겠어. 생각보다 우리의 삶은 많은 행복으로 가득 차 있더라. 나는 네가 행복이라는 단어를 꼭 거대한 커다란 생각으로 하지 않고 작은 행복을 찾았으면 좋겠어. 힘든 순간에도 순간순간 네 주변엔 많은 감사함과 행복이 있을 거야. 지나가는 길 날씨가 좋아 느끼는 바람도 느낄 수 있다는 게 얼마나 감사하고 행복한 일인지 네가 깨달았으면 좋겠어.

삶이 하루하루 괴로운데 날씨가 좋은 게 느껴지냐고? 힘들겠지만 작은 것보다 여유를 가지고 세상을 바라봐! 그 힘든 순간에도 하루에 10분만 이라도 다 잊고 아무 생각하지 말고 네가 가장 좋아하는 순간을 상상이라도 하는 여유를 가져봐.

네가 가장 좋아하는 게 무엇인지, 무엇을 할 때 가장 즐거운지, 네가 좋아하는 음식은 무엇이고 무엇을 할 때 가장 미소 짓게 되는지 생각해보고 짧게라도 너의 행복을 찾아갔으면 좋겠어.

시소만 서에 웃고 감사하고 억지로라도 웃다 보니 조금씩 마음에 여유가 생기더라. 어떤 힘든 일도 마음에 여유가 없으면 더욱 힘들게 느껴질 거야. 마음에 여유를 갖는 네가 됐으면 좋겠어. 마음에 여유라는 게 생각보다 거창한 게 아니더라. 하루에 작게 3개라도 감사한 마음, 작은 거에도 감사한 마음을 가지면 지금의 힘든 시기도 잘 이겨낼 수 있을 거야. 넌 충분히 잘하고 있고 더 잘할 거야. 세상이 언제나 좋을 수만은 없겠지. 힘든 것도 네 삶의 일부분일 거야. 근데 사람이 계속 힘든 법은 없잖아?

힘든 게 있다면 그것도 시간이 지나면 지나가고 너에게 또 다른 행복이 기다리고 있다는 걸 잊지 말고 힘든 시기도 잘 버티는 네가 되었으면 좋겠어. 우리의 인생 그래프는 직선이 아니라 곡선이라자나. 지금 너의 힘든 시기는 또 다른 곡선을 그리기 위한 한 부분일 거야.

힘들겠지만 거울을 보고 미소 지어봐! 너를 응원히는 사람들 무엇보다 너는 네 안에 커다란 내면의 힘이 있다는 거 잊지 마. 넌 잘할 수 있고 힘든 이 시간이 지나면 더 좋은 일들이 기다리고 있을 거야. 언젠가 네가 이 글을 보고 너의 소중함을 느끼길 간절히 바라면서 안녕….

10년 뒤
나에게 보내는 편지

2033년 42살 비비야, 안녕, 나는 2023년의 비비야. 네가 이 글을 읽고 있을 때 넌 지금 어떤 표정을 짓고 있니? 너무 궁금하다 웃고 있을지, 울고 있을지, 어떤 감정을 느낄지. 나는 지금 가장 빛나는 30대를 보내고 있어. 아마 더욱 빛나는 40대를 준비하기 위해서겠지.

네가 이루고 싶은 꿈 가정폭력&한부모 가정 상담은 잘하고 있어? 혹시 아직 그 꿈에 가고 있는 중이라면 그래도 잘하고 있을 거야. 누구보다 너를 너무나 잘 알고 있으니 천천히라도 멈춰 있지 않을 거야. 너에게 10년 동안은 무슨 일들이 있었니 행복했을 때도 있었을 거고, 힘들었던 일, 슬픈 일도 있었겠지. 그래도 그 시간들 다 견디고 지나온 네가 너무 기특하고 자랑스럽다.

사회에서 한부모로 가장의 역할을 하면서 살아내는 게 쉽지 않았지. 그래도 참 잘했어. 첫째는 이제 20살이 되었겠네. 첫째도 원하는 꿈 이루면서 자존감이 높은 아이로 잘 자랐지? 모두 네가 열심히 잘해온 결과야. 수고했어. 혹시 지금 아이들과 어색하고 사이가 예전처럼 좋지 않다면 네가 먼저 다가가서 말도 걸어보고 아이들의 어렸을 때 모습, 초등학교 때 모습을 생각해봐. 셋이 함께라서 즐거웠던 캠핑 셋이 열심히 롯데월드 마감까지 찍으면서 놀았던 날, 셋이 첫 여행으로 갔던 완도 펜션 아이들과 함께해서 너의 빛났던 그 순간순간을 잊지 말고 아이들의 소중함을 항상 생각하면서 화목한 가정이었으면 좋겠어.

매 순간 행복할 수만은 없겠지만, 틈틈이 삶의 여유를 가지고 살아가고 있었으면 좋겠어. 여유롭게 사계절의 변화도 만끽할 수 있는 그런 어른이었으면 좋겠어. 힘든 일에 쉽게 흔들리고 무너지지 않고, 그렇다고 무조건 버티고 견디는 게 아니라 그 순간도 지나갈 수 있는 단단함이 있는 어른의 모습이라고 생각하고 있어!

너의 20대 30대 아이들을 위해서 열심히 살아왔잖아. 이제는 너의 삶을 살 수 있는 나이가 되었으니까 네가 원하는 꿈을 즐기면서 가족과 행복하게 지내고 있을 것 같아. 그리고, 건강은 꼭꼭 챙겨 건강이 최고인 거 알고 있지? 비타민도 챙겨 먹고 운동도 꾸준히 하면서 건강식으로 아무리 좋은 돈, 좋은 곳도 건강하지 못하면 즐길 수 없고 느낄 수 없잖아. 건강하게 삶의 신념을 가지고 세상에 영향력 있는 사람이 될 수 있도록 포기하지 않고 꾸준히 노력하는 모습이었으면 좋겠어.

여행도 많이 다니고 항상 삶의 목표를 두고 지금처럼 언제나 건강하고 지혜롭게 살아가자. 우리의 삶이 아직 살아온 날보다 살아갈 날이 더 많으니깐. 살아갈 날을 더욱 빛나게 노력하면서 살아가자!

42살 비비, 수고했어 너 정말 멋진 엄마고 아빠야. 여태 살아온 것처럼 남은 인생도 누구보다 멋지게 살아보자! 비비, 잘하고 있어 사랑해!

2023년 4월 21일 내가 나에게.

❀

편견

      나는 편견과 선입견을 싫어한다. 아마 내가 한부모 가정이라서 그럴까? 어쩌면 내 안에 나도 모르게 만들어진 자격지심일지도 모른다고 생각한다.

    이혼 소송의 마지막 단계에 왔을 때의 일이다. 집에 송장이 왔다. 그 당시에 법원에서 수도 없이 송장을 보내고 서류를 제출하고 한 상태라서 놀랍지도 않았다. 송장의 내용은 변호사 없이 진행된 이혼 소송에서 마지막 판결일엔 꼭 참석해야 한다는 내용이었다. 받자마자 내가 확인한 것은 참석 일정이었다. 워킹맘인 내가 참석을 하려면 직장에 말할 수밖에 없었다. 나의 직업은 유치원 교사이기에 더 머리가 복잡했다. 원장님은 나의 사정을 모르시고 계시던 분이었다. 어떻게 어디서부터 말을 해야 할지 거짓말을 하고 가야 할지 많은 생각과 고민에 빠졌었다.

    그러면서 나도 모르게 내 머릿속에 선생님이 이혼녀라면 내가 원장님이라도 좋게 보실 순 없겠다는 편견을 내가 만들었다. '내가 아이 혼자 키우는 게 뭐가 어때서. 난 예전보다 더 잘살고 있어.'라고 말하면서 저런 생각을 하는 모순을 하고 있었다. 나는 지금 가장 중요한 게 무엇인지 많은 생각을 한 끝에 나는 '그래 사실을 다 말씀드리고, 그리고 안 좋게 보시면 그런 오너 밑에서 나도 일하고 싶지 않아! 있는 그대로를 말씀드리자.' 생각하고 원장님께 가서 말씀드렸다. 이혼 소송을 하고 있고, 마지막 판결일엔 꼭 참석해야 정말 끝이 날 것 같다. 조퇴를 하겠다고 했다.

원장님의 반응은 내 예상과 다르게 너무나 무덤덤하셨다. "그런 일이 있었냐, 당연히 다녀와야지." 다녀오라고 하셨다. 그렇게 나는 이혼 소송 마지막 재판에 참석할 수 있었다. 혼자 열심히 서류도 보내고 했지만, 코로나로 법원 참석은 처음이었다. 상대방은 나오지 않았고, 다른 이혼 소송들은 대부분 변호사분들이 오신 것 같았다. 나에게 본인이냐고 묻고 이혼의 이유에 관해서 물으시고 짧게 마지막 변론은 끝났다.

짧았지만 나에겐 놀이동산에서 엄마를 잃은 아이처럼 모든 게 두렵고 1분이 10분처럼 길게 느껴졌다. 그렇게 다시 직장으로 갔다. 사실 무슨 정신으로 다시 가서 일을 한지도 모르겠다. 유치원이라 아이들은 하원한 상태였지만 다음날 수업준비를 했다. 그때 원장선생님께서 나를 부르셔서 오늘 저녁 먹고 갈 수 있냐고 물으셨고, 급하게 잡힌 저녁에 원장선생님, 주임 선생님, 동료 선생님 세 분과 저녁을 먹었다.

원장님은 따뜻한 엄마처럼 나에게 아무것도 묻지 않으셨고, 잘 먹고 기분전환을 해야 한다고 내가 좋아하는 음식을 사주셨다. 저녁을 먹고 있는데 주임 선생님이 화장실에 다녀오신다고 하더니 갑자기 케이크를 가지고 오셨다. 아직도 어제 일처럼 또렷이 기억이 난다. 토끼 케이크였다. 처음엔 어리둥절했는데 새 인생을 축하한다며 노래도 불러주셨다.

이혼하고 온 날 이렇게 나는 이혼 파티도 하게 되었다. 처음으로 직장에서 펑펑 울었다. 누군가 나의 아프고 힘들었던 지난날들을 안아주는 따뜻한 느낌이었다. 이혼 소송을 하면서 많이 힘들었다. 폭력을 당해서 입원했던 병원에 가서 병원진단서도 다시 받고 칼까지 나와 경찰에서 검찰로 넘어갔던 사건기록도 받으러 다녀야 했고, 상대방에 했던 욕설 기록과 맞은 상처 사진들도 다 모아야 했다. 상간녀와 찍은 사진을 모아서 제출해야 했다.

잊고 싶은 상처의 기억들을 내가 다시 찾아가서 모은다는 건 생각보다 많이 괴롭고 힘들었지만 해냈고, 그렇게 모든 게 끝나던 날 나는 위로를 받았으니 눈물이 안 날 수가 없었다. 그러면서 머리를 세게 맞은 것 같았다. 여태 내가 무슨 생각을 했던 걸까? 이혼녀라고 안 좋게 볼 거라는 편견은 내가 만들었다는 걸 뼈저리게 깨달았던 날이다.

나는 아이들을 혼자 키우게 되면서 더욱 열심히 살았다. 일도 더 좋은 곳으로 이직하기 위해서 더 공부하고, 책도 많이 읽었다. 책을 그렇게 안 읽던 내가 이제는 심심할 땐 핸드폰이 아닌 책을 읽을 정도로 책을 좋아하게 되었다. 그러면서 아침형 인간이 되려고 3달을 알람을 맞추고 6시에 기상하고 기상한 것을 인증샷을 혼자 찍으면서 그렇게 열심히 습관을 바꿔갔다. 그러다 보니 지금은 일어나기 싫어도 아침 6시에 눈이 떠지는 습관이 생기기도 했다.

아침에 일어나서 운동을 하거나 독서를 하면서 나의 시간을 가지고 아이들을 깨우고 출근준비 아이들 아침밥을 먹이고 아침 등교 준비를 하면서 나의 하루를 시작한다. 그렇게 출근을 하고 하루 하루를 열심히 살아가고 있다.

내가 이렇게 열심히 살아오게 된 것의 처음 시작은 편견과 선입견이 싫어서 그랬다. 다른 사람들이 보는 한부모 가정의 편견은 '힘들 거야, 불쌍할 거야, 외로울 거야.' 이런 편견이 있지 않을까 하는 내가 만든 편견과 선입견 속에 선입견이 싫다고 열심히 지내왔던 거 같다. 이제는 정말 편견과 선입견 없이 나 자신과 우리 가족을 위해서 열심히 즐겁게 하루하루를 살아가고 있지만, 편과 선입견은 누가 만든 게 아니라 나 자신이 만든다고 생각한다. 생각보다 사람들은 나에 대해서 깊게 생각하지 않고 있었고, 혹 안 좋게 보는 사람을 마주하는 날도 있지만, 그건 그 사람은 나에 대해서 모르는 사람이고, 그런 선입견을 가지고 있는 사람이라면 나도 나의 인맥에 넣고 싶진 않다.

오히려 잘된 일일지도 모른다. 예전엔 내가 이혼했다고 이야기를 하면서 뭔가 이혼한 이유에 대해서 말해야 할 것 같았다. 아마 난 열심히 살았는데 억울하다고 이혼녀라는 선입견과 편견이 너무 억울하다고 말하고 싶었던 것 같다. 하지만 이젠 아니다. 이젠 혼자 아이를 키우는 것을 당당히 이야기하고 굳이 나의 많은 이야기를 하지 않는다. 나를 아는 사람이라면 알 것이다.

내가 어떻게 살아가고 있고 어떤 사람인지 나의 가치를 몰라 봐주는 사람은 나도 나의 가치를 설명하고 싶지 않다. 지금처럼 나는 당당히 또 멋지게 인생을 살아갈 것이다.

편견과 선입견은 다른 사람의 생각이 아닌 본인이 만든 생각이니까 나는 오늘도 편견과 선입견 없는 세상 속에서 세상을 즐기면서 하루하루 소중히 살아갈 것이다.

참여
소감

한 달간의 시간, 나에겐 정말 뜻깊던 한 달이었다. 처음 시작할땐 '내가 글을?'이라는 생각도 많이 있었지만, 일주일마다 주제를 정하고 글쓰기를 할 때 강의해주신 내용들도 잘 생각하면서 쓰기 시작했던 것 같다.

일과 육아를 병행하면서 글을 쓰는 건 쉽진 않다. 짧은 글이라도 처음 써 본 나에겐 막막하고 무슨 말을 써야 할지 감도 오지 않았지만, 금새 여러 이야기를 쓰면서 울고 웃는 내 모습을 보면서 많은 걸 느낄 수 있었다.

먼저 나는 지금 너무 잘 지낸다고 잘 지내는 내 모습만 생각했지만, 난 참 많은 시간을 이렇게 잘 지내기 위해서 애써왔구나. 내 모습을 뒤돌아보게 되었다. 그러면서 그 당시 느꼈던 감정들을 다시 한번 뒤돌아보고, 그 감정을 만져 줄 수 있었던 시간이 되었던 것 같다.

상처가 생기면 상처를 돌봐주고 약을 발라서 치유해야지 딱지나 흉터가 생기지 않고 새살이 돋아날 수 있던 건데 나는 약을 발라주기보다 그냥 그 시간을 벗어나기 위해서 순간순간을 버티고 달려왔던 것 같다. 뒤돌아보면서 힘들었던 나를 그 누구보다 스스로 위로해주고 안아줬어야 했던 것 같은데 무심했던 모습도 돌아보는 계기가 되었다. 그러면서 내가 살아가면서 힘든 일이 생길 때 내가 어떻게 이겨나가야 할지 다시 한번 생각하고 깨닫는 시간도 되었다.

또, 참여하면서 가장 좋았던 건, 나의 꿈에 내가 한 발 더 다가갔다고 생각

만나. 예전이라면 정말 생각도 할 수 없었던 서점에 나의 글이 나온다는 꿈을. 완벽하지 않더라도 작게 시작할 수 있었던 좋은 계기가 된 것 같다.

예전에 힘든 시기를 극복하며 혼자 강연을 보곤 했을 때 많이 생각했었다. '나도 언젠간 나의 상처를 이겨내서 이 상처의 극복을 다른 사람에게 희망과 용기를 주고 싶다.'라는 생각을 문득 한 적이 있었다. 그러면서 나의 꿈이 한부모 가정 상담사라는 꿈과 연결되어가기도 했었는데, 나의 이야기를 보고 단 한 명이라도 삶을 이겨낼 용기를 가질 수 있게 된다면 이번 프로젝트의 내가 참여한 이유를 완벽하게 성공했다고 생각한다.

내가 꿈꿔왔던 일들을 위해서 내가 사소하지만 작게 조금씩 바꿔갔던 나의 생각과 행동 습관들이 좋은 기회를 만나서 작게나마 세상에 나온 것 같다. 이 프로젝트를 진행해주신 분들에게도 너무나 감사하다.

이번 싱글맘 프로젝트는 나의 꿈에 있어서 아주 작은 시작일지 모르겠지만, 그 시작을 할 수 있다는 것만으로도 정말 가슴 벅차게 행복한 일이었다. 지금처럼 나의 마음들과 생각을 잊지 않고 오랫동안 나의 인생에 기억하고 기록하며, 내 삶을 꾸준히 되돌아보면서 감사와 성장으로 발전해 나가고 싶다.

삼 년 뒤, 오 년 뒤, 십 년 뒤 더 빛날 나의 인생을 기대하고 싱글맘이 세상에서 더욱 빛나고 상처를 이겨낼 수 있는 더욱 단단한 사람이라는 걸 많은 사람들이 알았으면 좋겠다.

저자 소개
뿌이

안녕하세요. 26살 뿌이라고 합니다. 저는 9개월 된 아기와 시끌벅적 지내고 있습니다. 아기가 발달되면서 혼자 앉아서 놀기도 하고, 가구를 잡고 일어나기도 하지만 그만큼 점점 말썽 피우는 범위도 넓어지고 있습니다. 저는 사회복지학을 전공했지만, 아기와 살면서 현재는 이것저것 배우면서 일을 하기 위해 많은 노력하는 중입니다.

저의 성격은 많은 사람 앞에서는 매우 소심한 편이지만 막상 친해지면 매우 활발한 성격의 소유자입니다. 또한, 다른 사람의 이야기를 들어주는 걸 좋아합니다. 처음 출산하고 나서 많은 일이 있었지만, 그럼에도 불구하고 가족들이 아이를 키우는 과정에서 정말 많은 도움과 조언을 해주고 있습니다. 덕분에 저 역시 아기를 키우면서 정말 많은 노력을 하고 있으며, 많은 걸 배워가는 중입니다.

시간이 지나면 아이와 둘이 살면서 많은 것이 변하고 새로운 환경에도 적응해야 하기에 지금 이 힘든 시기를 아기와 함께 이겨나가고 있습니다. 아기가 생기기 전 인생을 돌아보면 고쳐 나가야 할 부분이 정말 많은 것 같습니다. 그래도 한 아기의 엄마이기에 빨리 고쳐 나갈 수는 없더라도 하나씩 천천히 고쳐가려고 합니다. 힘들지만 제가 선택한 길이기에 사명감을 가지고 인생을 살아가려고 합니다.

제가 출판 작업이 처음이라 글이 어색할 수 있겠지만, 그래도 제 이야기를 봐주셨으면 좋겠습니다. '아마 저의 아기도 크면 이 책을 읽을 기회가 오지 않을까?'라는 생각으로 글 중간중간 짧게 하고 싶던 이야기도 작성에 보았습니다.

글 쓰는 게 쉬운 게 아니더라고요. 정말 생각도 깊이 해야 하고, 육아 퇴근을 해야 집중이 돼서 시간 비우기도 어렵더군요. 살면서 정말 많은 고민과 생각으로 머리가 꼬여 복잡하지만, 이 작업을 하면서 복잡하고 어려웠지만, 즐겁고 행복했습니다.

저처럼 미혼모가 된다고 처음부터 너무 두려워하지 않으셨으면 좋겠어요. 제가 그랬거든요. 막상 미혼모 되니 자신감도 조금씩 생기고, 엄마라는 모성애도 생겨 혼자라도 이 아이를 지켜야겠다고 생각이 애 낳고 문득 정신이 나더라고요.

미혼모라고 다들 안 좋은 시선으로 보지 않는다는 걸 애 낳고 알았어요. 다들 안 좋은 시선으로 볼 줄 알았는데, 제가 걱정했던 것보다 더 좋은 시선으로 봐주셔서 너무 기쁘더라고요. 주변에서도 정말 많은 도움 주셔서 아기에게 필요한 물품은 다 구비하고 살고 있는 거 같아요.

지금 이 책을 읽고 계시는 분들은 미혼모/부에게 너무 나쁜 시선으로만 안 보셨으면 좋겠어요. 미혼모/부를 선택할 때에는 정말 많은 고민과 생각을 하고 후회 없는 선택을 하는 거라 좋은 시선으로 응원해 주셨으면 정말 좋을 거 같아요.

내가 여름을
좋아하게 된 이유

나는 뜨거운 불처럼 활활 타오르는 여름이 너무 싫었다. 햇볕이 뜨거운 날이면 추운 겨울을 찾고 있는 나였다. 그러나 어느 순간 나에게 찾아와준 사랑스러운 아기가 활활 타오르는 여름을 좋아하게 만들었다.

나는 우여곡절 끝에 대학을 무사히 졸업하고 취업을 준비하던 아주 평범한 취준생이었다. 나는 졸업 후 21년도에 간호조무사를 취득하였고, 21년도 12월에 나에게 아주 작은 콩알만 한 생명이 찾아왔다.

처음 알게 되었을 때는 무섭기도 했고 떨리기도 했다. 어떤 날에는 '이 아이를 지우는 게 맞겠지?'라는 생각을 하다가도 그래도 살겠다고 바둥바둥 움직이는 아이를 지켜야겠다는 큰 결심을 했다. 나는 임신 사실을 가족들에게 말할 수 없었다. 알리고 나면 그 후가 두려워서 알리지도 않았고, 병원도 갈 수 없었다. 사실 병원에 가서 아기 심장 소리 한번 들어보고 싶었고, 초음파 사진 한 장이라도 남겨 놓고 싶었지만, 갈 자신이 생기지 않아서 출산 전까지 가지 못했었다. 그렇게 혼자 버티다 7월 출산일 새벽에 진통이 오기 시작했다.

나는 혼자 인형을 끌어안고 악몽을 꾸듯 끙끙대며 이를 악물고 있었다. 몇 분을 그러고 있을 때 엄마가 내 방에 들어와 구급차를 급하게 불렀고, 나는 응급실로 실려 갔다. 그곳에서 나는 엄마에게 임신 사실을 알렸고 그렇게 분만실에 들어갔다. 나에게 의사가 다가와 말을 꺼냈다. "아기 아빠는 누군지 알아요? 연락은 가능해요?"라고 나에게 질문을 했다. 나는 정신이 오락가락한 상태에서 "누군지 아는데 연락이 안 돼요."라고 대답을 하였다. 그 말을 끝내고 진통 30분 만에 아기가 세상을 향해 짧은 소리를 내뱉기 시작했다. 나는 아기를 한번 안아보고 싶었지만 그럴 수 없었다. 세상을 향해 울던 아기가 갑자기 숨이 멈춰 인공호흡기를 달고 내 옆을 지나 신생아 중환자실로 옮겨졌다. 나는 그렇게 아들인지 딸인지 보지도 못한 채 입원실로 옮겨졌다. 그래도 다행히 간호사 선생님께서 아기 사진을 찍어주셔서 아기 얼굴을 볼 수 있었다.

아기를 안아 볼 수는 없지만 이렇게 볼 수 있어서 너무 감사했다. 그렇게 2박 3일 동안 혼자 입원생활을 하고 엄마랑 집으로 돌아왔다. 아기는 퇴원일이 명확하지 않아 퇴원할 수 없었다.

나는 퇴원을 하고 아기가 퇴원하기를 하루하루 기다렸다. 그렇게 시간이 지나고 8월, 신생아 중환자실에서 연락이 왔다. "아기 퇴원 안내하려고 연락드렸습니다." 나는 그 말을 듣자마자 너무 기뻐서 퇴원 후 입힐 배냇저고리, 속싸개, 겉싸개를 챙겨서 들뜬 상태로 병원으로 향했다. 간호사 선생님이 아기 옷을 입혀주시고 나에게 곤히 잠자고 있는 아기를 안겨주셨다. 나는 아기와 함께 처음 우리 집으로 와서 너무 행복했다. 8월이라는 한여름에 이 작고 작은 아기가 나에게 봄날의 햇살처럼 느껴졌다. 너라는 작고 작은 아기가 뭐라고 나를 자꾸 웃음 짓게 하는 걸까? 모든 게 처음이라 어색하지만 '엄마'라는 단어도, 너의 이름도 차차 함께 적응이 되겠지?

"아가야, 너라는 작은 생명이 엄마에게 또 다른 소중한 가족을 선물해 줘서 그리고 엄마가 가장 싫어하던 여름이라는 계절을 이렇게 좋아하게 만들어줘서 정말 고마워. 아가가 엄마에게 온 계절 여름, 우리 그 뜨거운 계절을 앞으로 좋은 기억과 추억으로 함께 차곡차곡 쌓아보자. 아가야, 특별한 거 하나 없는 엄마한테 뿅! 하고 나타나 줘서 너무 고맙고 사랑해."

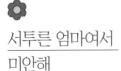

서투른 엄마여서
미안해

　　　　　양육하는 부모라면 에피소드 하나쯤은 다들 있을 것 같다. 나 역시 작은 아가 한 명 양육하면서 다양한 에피소드가 생겼다. 모든 것이 처음이라 모르는 것투성이인 엄마 품에서 수도 없이 많이 고생하는 나의 작은 아가….

　내가 생각나는 에피소드는 첫 영유아 검진 때 일이다. 집에서 차로 약 20~25분 거리인 소아과에 1차 영유아 검진을 하러 갔다. 아직 신생아인 아기에게는 그 짧은 거리 소아과가 멀었다고 느꼈는지 집에 와서 고생을 했다.

　병원에서는 키, 몸무게, 진찰 … 전부 잘 해주었는데 집에 와서 분유를 먹이는데 코와 입에서 토가 나와 혼자 어쩔 줄 몰라 했다. 모든 게 처음이라 혼자 발 동동거릴 때 엄마가 와서 도와주었고, 엄마는 겁에 질려 놀란 나에게 아기가 아직 많이 어리기도 하고 20분 거리도 무리였을 거라고 흔한 일이라고 나에게 설명해 주었다. 그렇게 아기가 차차 진정이 되고, 지쳤는지 이불 속에서 마치 겨울잠을 자는 아기곰처럼 잠에 빠져있었다. 나름 가까운 소아과를 찾는다고 찾아서 간 거였는데 아직 무리였나 보다. 이렇게 힘들어할 줄 미처 생각도 못 했었다.

　사실 이 날만 떠오르면 아기가 딱 6개월 되던 날 처음 심하게 감기 걸린 그때가 생각난다. 그때도 분유 먹다 토하고 많이 힘들어했었다. 아기가 토할 때마다 너무 무섭기도 했고, 걱정도 됐다. 그래도 그때 고생한 덕분에 지금까지 이렇게 건강하게 쑥쑥 크는 거 아닌가 싶다.

"아가야, 엄마가 모르는 게 많아서 너무 힘들지? 미안해…. 엄마도 모든 게 처음이라 많이 서툴러. 그래도 너를 키우다 보면 서툴던 일이 익숙해지는 날이 올 거야. 그러니 너무 힘들어하지 말아줘, 알겠지?"

건조한 피부를 가진
아기의 관리법

우리 아기는 태어나서부터 왼쪽 팔뚝 쪽이 건조했다. 내 피부를 닮아서 아기도 피부가 건조한 것 같다. 아기가 퇴원 후 집에 오고 나서는 건조한 피부와 태열 때문에 고생을 많이 했었다. 인터넷에 검색해서 태열에 효과 좋다는 제품, 아토피에 좋다는 제품 등 좋다는 제품 다 하나씩 다 사서 써본 거 같다.

하지만 좋다고 다 좋은 건 아닌 듯하다. 비싸고 효과 좋다는 제품은 피부에 맞지 않거나 효과가 그렇게 오래가지 못했다. 결국, 좋다는 제품은 다 사용을 못 하고 나랑 엄마가 쓰기로 하였다.

어느 날 친구가 아기 써보라고 사준 일**세라마이드 아토 로션, 탑 토투 워시, 집중 크림을 사용했는데 이 제품은 비싸다는 제품보다 가격도 적당하고 순해서 잘 맞았다. 당연히 효과 역시 좋았다. 나의 팁을 알려주자면 워시로 목욕 후 물기를 닦고, 기저귀를 입힌 다음 집중 크림이나 로션으로 마사지하듯 펴 발라주면 되는데, 심하게 건조한 부위는 집중 크림이 더 효과가 빠르고 좋다. 정말 아기를 위해서 이 제품 저 제품 다 사용해 봤지만, 이렇게 순하고 효과 좋은 제품은 처음이었다.

아기 피부가 건조한 만큼 물도 자주 먹여주고, 가습기도 자주 틀어주는 편이다. 신생아 때 피부가 너무 건조해 병원 진료를 본 적이 있었는데 그때 의사 선생님께서 "지금보다 더 심해지면 아토피로 가요."라는 말을 했었다. 그래서 혹시 몰라 지금까지 꾸준히 관리를 해주고 있다.

그뿐 아니라 아기가 피부로 고생만 하는 게 아니라 침독으로도 고생 중이다. 그럴 때는 수시로 크림과 수딩젤을 번갈아 가며 발라주면 진정도 되고 더욱 효과적이다.

과거의
나에게

22년 7월 평생 잊을 수 없던 날, 더운 여름에 불 꺼진 방 안에서 혼자 인형을 안고 진통을 참고 견디던 너에게 묻고 싶었어. '왜 말을 안 하고 혼자 끙끙거리고 있었어? 아프다고, 병원 좀 데리고 가달라고 한 번 용기를 내보지 그랬어. 아기도 너도 많이 힘들었을 텐데.'라고 너무 묻고 싶었어. 그래도 힘들었을 아기를 위해 끝까지 힘내줘서 고마워!

임신 기간 동안 너는 참 많은 일이 있었어. 병원을 다니지 못해서 태동 없는 날에는 '아기한테 뭔 일 있나? 왜 안 움직이지?'라는 생각도 했었고, 먹고 싶은 음식 있을 때는 또 참아야 했었지. 또 한 가지 걱정된 게 있다면 출산 예정일을 몰라서 언제 나올지 모르는 아기를 기다리는 것…; 그게 제일 걱정이었어.

나는 네가 이렇게 걱정하고, 힘들어하는 걸 알았기에 즐겁게 살려고 많은 노력을 했어. 아기를 위해서 짧지만 음악도 들려주었고, 나를 위해 다양한 재미난 것들을 찾으려고 했어.

그리고 아기를 낳고 나서 네가 많이 우울해해서 그게 좀 걱정이었어. 아기를 매일 볼 수 없어서 혼자 울기도 많이 울었는데, 옆에서 토닥여주는 사람도, 함께 울어주는 사람도 없었잖아. 참 많이 힘들었을 너였는데 너도 너를 알아주지 못해서 그 우울함이 더 길게 갔던 거 같아. 근데 있지, 너무 오래 우울해하지 않았으며 해. 네가 우울해하면 그 우울함이 눈에 너무 잘 보여서 나중에 아기한테도 보일 테니까 너무 오래 우울해하지 말아줘.

나는 네 덕분에 지금 너무 행복해. 네가 힘들었던 그만큼 나랑 아기는 더 행복하거든! 사실 지금도 나는 가끔 우울해질 때가 있어. 그래도 그 우울한 일상에서 이겨나가려고 노력 중이야. 혹시, 지금 네가 내 옆에 있어 줄 수 있니? 만약 내가 어느 날에 육아로 힘들고 우울할 때 하루빨리 그곳에서 이겨 나갈 수 있게 날 좀 토닥여줘 알겠지?

미래의
나에게

'지금은 괜찮아? 힘들지는 않고? 걱정거리는 좀 줄었어?' 너한테 가장 물어보고 싶은 말이야. 나는 지금 저런 말을 할 만큼 괜찮은 것도, 안 힘든 것도 아니고, 걱정은 수도 없이 많아. 그래도 지금의 너는 다 괜찮아졌을 거고, 힘들지도 않고, 걱정도 줄었을 거야. 하고 싶은 일 하며 돈도 벌고, 그 돈으로 아기랑 잊을 수 없는 추억 만드느라 하루하루 행복할 거야. 멀리는 못 놀러 가지만 근처 이곳저곳 놀러도 다닐 거고, 아기랑 둘이 알콩달콩 살아가고 있을 거야.

혹시, 나중에 아기가 많이 크면 한 번만 물어봐 줄래?

'꿈이 뭐야?' '엄마랑 놀러 가고 싶은 곳 있어?'

'엄마랑 둘이 사는데 괜찮아?'

이렇게 물어봐 줘. 혹 아이가 대답을 안 해줘도 너무 뭐라 하지 말아 줬으면 해. 말하고 싶으면 본인이 알아서 말해 줄 테니까. 그리고 나는 너한테도 질문하는 시간을 가졌으면 좋겠어. 어려운 질문도 가끔 해보고 답도 달아보는 시간을 가졌으면 좋을 거 같아.

또 한 가지, 가끔은 너만의 시간을 만들어봐. 너 하고 싶은 거 많았잖아. 그동안 해보지 못한 거 하나씩 다 해봐. 생각만 해도 행복할 거 같아!

마지막으로, 조금만 기다려줘. 내가 너한테 금방 가줄게.

너와 함께
산다는 건

너와 함께 산다는 건 나에게 소중한 선물이자 기적이야.

너와 함께 산다는 건 나에게 롤러코스터 같은 일이야.

나는 너랑 살기 전에는 기적이라는 일이 거의 없었는데 네가 찾아오니 기적의 연속이더라. 나는 너랑 살기 전에는 롤러코스터같이 오르락내리락할 일도 거의 없었는데, 네가 점점 자라서 기어 다니고 잡고 일어나니 긴장을 놓을 수가 없더라. 너는 이렇게 나에게 소중한 선물이 되어주고, 나는 너에게 평생 기억에 남을 수 있게 재미난 추억을 선물해 줄 수 있어서 따뜻한 봄바람이 불어오는 것처럼 기분이 좋아져.

너는 아직 어린 아기지만 '나도 이만큼 자랐어요!'라고 말하는 것처럼 손에 닿는 모든 걸 만지고, 던지고 하는 거 보면 나도 모르게 웃음이 나오더라. 어른들은 "안돼! 안돼!"라고 하지만 나는 말썽 피우는 모습마저 귀여워 보이더라.

거북이마냥 엉금엉금 기어서 신발이 가득한 현관까지 나가 말썽 피우면 정말 아찔하더라. 네가 신발을 잡고 입으로 넣으면 위험해서 한시도 눈을 뗄 수가 없어. 내가 화장실을 가면 너는 그 모습을 보고 엉금엉금 기어 와서 화장실 앞에서 지켜보고 있어서 편하게 볼일도 볼 수 없었어. 그래도 하루하루 너 때문에 웃고, 울고 하며 살고 있는 거 보면 내가 너를 낳기를 잘했다는 생각도 들고, 힘들었던 일도 잊게 돼서 너무 행복해.

나는 네가 하루하루 무슨 생각을 하면서 지내는지 궁금할 때도 있어. 혼자 잘 노는 날도 있고, 혼자 안 놀고 안아달라고만 할 때도 있고, 분유를 잘 안 먹는 날도 있지만 그래도 나는 네가 너무 소중하고 귀하다고 생각해.

아빠 없이 태어나 엄마하고 살지만 우는 날보다 웃는 날이 더 많아서 참 다행이야. 아직 아빠라는 단어를 해본 적도 들어본 적도 없지만, 유치원 들어가면 아빠라는 단어를 들을 수 있어서 사실 걱정이야. 네가 그 단어를 듣고 오는 날에 나에게 와서 '왜 나는 아빠가 없어?'라고 하면 어떤 식으로 얘기를 해줘야 하는지 아직 막막하거든. 그래도 그때 되면 내가 너에게 다 얘기해 줄 수 있을 거야. 네가 이해하기 쉽게 잘 설명할 수 있게 노력해 볼게.

나는 네가 아빠 없다고 기죽지 않았으면 좋겠어. 그때도 지금처럼 환하게 이쁘게 웃으면서 행복하게 나랑 같이 살았으면 좋겠어.

"엄마가 너에게 해 줄 수 있는 건 모두 다 해줄 거야. 그러니 너는 지금처럼 엄마 앞에서, 가족들 앞에서 이쁘고, 환하게 웃어줘. 사랑해 소중한 선물 아가야."

처음 프로젝트를 신청하고 글을 쓰는 동안 재미도 있었지만, 육아를 하면서 글을 작성하기가 쉽지 않았습니다. 그래서 중간에 하차해야 하나 생각도 들었었지만, 지금 생각해 보니 끝까지 글 쓰길 정말 잘했다는 생각이 들어요.

글을 쓰는 동안 많은 생각과 고민을 했습니다. 주제에 맞는 글을 쓰면서 나와 아이의 일상을 어떻게 풀어써야 하고, 나의 생각을 어떻게 해야 전달을 할 수 있는지에 대한 고민도 많이 했던 것 같았습니다.

처음 주제를 받았을 때 어렵다는 생각을 먼저 했었습니다. 하지만 그런 생각도 잠시 '그래도 한 번 써보자!'라는 생각으로 글을 쓰기 시작했고, 생각보다 술술 잘 써지고 있는 것 같아 민들레 씨처럼 날아가는 기분이 들었습니다.

내가 정말 어려웠던 주제는 바로 나에게 편지를 쓰는 주제였습니다. 나에게 편지를 쓰는 시간은 별로 없어서 학창 시절 때 말곤 쓸 일이 없었던 것 같은데, 이렇게 나에게 편지를 쓰는 시간을 가지니 나에 대해 한 발짝 더 가까이 다가간 것 같아 설레었습니다. 과거의 나에게 쓰라는 말을 들었을 때 '과거 언제를 말하는 거지?'라는 생각을 먼저 했습니다. 그렇게 며칠을 고민하고 나는 작년 나에게 편지를 쓰기로 결정했습니다.

주제들이 생각보다 어려웠지만 그래도 시간을 되돌아보면서 '짧지만 생각보다 아이와 많은 시간을 가졌네.'라는 생각도 들었습니다. 이 프로젝트 덕분에 나에 대해 더 알게 되었고, 아이에게 했던 나를 다시 한번 되돌아보는 아주 귀한 시간을 가질 수 있게 되었습니다.

유니스의 꿈

> "자신이 하고 싶은 일을 하는 사람은 세상에서 가장 행복한 사람이다."
>
> – 데일 카네기, 『자기관리론』 中

유니스의 꿈을 이뤄주는 것이 삶의 이유인 버킷리스트 챌린저입니다! 아직은 유치원생인 두 아들이 곁에 있고, 인생 작가를 꿈꾸고 있습니다. 원하지 않는 대로 흘러갔던 삶은 그 정점을 찍고 새 생명을 만나게 되는데, 정신을 차려보니 두 아이를 홀로 키우는 엄마가 되어있었습니다.

사고는 이상적이면서 몰래 혼자 웃는 상상을 좋아하는, 마음이 소녀인 여자라는 생각이 들어요. 많은 사람과 교류하는 것은 아니지만, 소수의 사람과 아주 깊은 우정을 나눠요. 나이가 새파란 때부터 세상과의 소통을 배우는 창으로 고집스럽게 글을 선택했거든요. 그래서인지 글을 통해 확인하는 저를 둘러싼 세계는 때론 모든 것이 낯설게 느껴지고 빠른 세상에 적응하기 어렵기도 해요. 혹시 저와 비슷한 분이 계실까요? 말보다 글이 편하고 감각보다 영감에 더 의존해서 살게 되는 삶을 살고 계신다면 흐뭇하게 웃어주세요.

여전히 하고 싶은 게 많은 이 엄마는 도전을 계속할 생각입니다. 그리고 그 첫발을 내딛는 순간을 이번 이화여대 미혼모, 한 부모 출판 프로젝트와 함께 했습니다. 이제부터 작가 인생 시작이라고 아이의 생일처럼 날뛰며 좋아하는 이 엄마에게서 행복한 글의 향기를 마음껏 맡고 가시기 바랍니다.

토박이로 경기도 수원시에 거주 중이며 6살, 5살 아들이 있습니다. 소개 글부터 조금 슬프긴 하지만 사실 제게 큰아들은 아픈 손가락이에요. ADHD(주의 기울이기, 행동 조절 어려움) 성향으로 최근에는 통합감각 치료를 시작했어요. 하지만 미술 작품을 만들 때는 진심으로 심혈을 기울여 집중하는 모습이 진지하답니다!

둘째 '아드님'은 호칭에서부터 느끼셨겠지만 '똑똑 박사님'이세요. 두 아들이 모두 ADHD 성향이었으면 아마 제 경제력과 체력 수준으로 감당을 못했을 것 같아요. 제게 둘째 아들은 하늘이 도운 셈이에요. 감수성이 풍부하고 언제나 자신에게 시선을 기울여 주기 바라는 애교 많은 아이거든요. 제게도 다정한 표현으로 감동을 주어 생활에 지칠 때 참 고맙답니다. 어린이집에서도 인기쟁이고, 생활 태도와 사회성에 대해서는 선생님들께서 입이 닳도록 칭찬해주세요. 서투른 엄마와 형 사이에 듬직한 친구가 있어 정말 다행이죠?

저는 어린 시절 일찍이 고비를 맞이했어요. 주 양육자가 아빠와 고모에서 엄마로 바뀐 8살 시점부터 힘겨운 삶이 시작되었습니다. 그 이전엔 엄마가 아프셔서 고향에서 외할머니의 간호 아래 요양하고 계셨거든요. 그런데 함께 살게 된 이후 엄마께서 어떤 이유에서인지 저를 무시하셨고 동생을 편애하셨어요. 저의 인사에도, 어떤 질문에도 대답하지 않으셨어요. 그런 엄마에게 1년 정도는 노력했던 것이 기억나는데, 그 이후에는 제 마음에 병이 들어 더 이상의 노력을 멈추고 반항적으로 변해갔습니다.

이 시절의 기억이 제게는 큰 상처로 남아 지금도 사람을 대면할 때 막연한 두려움과 낯선 기분에 눌려 힘들 때가 있어요. 사춘기 시절 어느 날의 일은 그야말로 공포였는데, 엄마와의 다툼이 커져 칼의 위협을 당했을 때, 죽임을 당할 수도 있겠다는 느낌을 받은 거랍니다. 아버지께 힘든 생활을 털어놓아도 달라지지 않는 제 현실에 지쳐 저는 17살에 가출하게 됩니다. 다행히 지금은 두 부모님과 잘 지내기 위해 노력하고 있어요. 물론 쉽지는 않지만요.

지나온 제 삶이 많은 한부모/미혼모분들에게 누가 되지는 않을까 염려하는 마음도 크게 자리 잡고 있지만, 저는 책으로 저의 삶에 대해서 꼭 이야기하고 싶은 게 있었어요. 아이들에게, 자라나는 청소년에게 바른 어른이 되어달라고 강하게 이야기하고 싶었습니다. 저의 의견과 감정을 무시당했다고 생각해온 세월이 길었던 만큼, 제 입을 열어서 생각을 자신감 있게 표현하는 방법을 잊어버렸다고 느낄 때가 많았었는데요. (개인 상담을 통해 다시 배우고 있습니다.) 어렸을 때는 아주 똑순이라고 칭찬을 들었던 아이였는데, (내면 아이가) 때때로 스스로 안타까워요.

　'늘 당당하고 하고 싶은 말이 있으면 자기 입으로 꼭 말해야 한다.'라고 가르쳐주셨던 고모와는 다르게 엄마는 제 의견을 말하면 화를 내셨어요. 엄마와는 조금 다를 수 있는 제 뜻을 이야기하면 대든다고, "내가 네 친구냐?"라며 겁도 주셨지요. 제가 느낄 땐 인격을 무시한 것과 같았어요. 이러한 경험이 반복되면서 저는 점점 입을 닫는 방법, 세상과 등지는 방법을 학습하게 된 거죠. 그래서 제 어린 시절은 원망으로 얼룩져 있습니다.

　그러다 첫아들을 낳고 엄마에게 연민의 마음이 들어 조금이나마 마음을 열게 되었어요. 지금은 상담 치료를 통해 많은 부분 용서했지만, 여전히 엄마를 마주하는 순간은 때때로 고통스럽습니다. 그러나 이제는 용기를 내서 제 상처를 치유하고 두 아이를 키우는 엄마로서 늘 꿈꿔왔던 사랑의 직업, 작가로 새로 태어나려고 합니다.

　왜 작가가 되려고 하냐고 물으면 이렇게 대답할 것 같아요. 글로 풀어내는 내면의 이야기가 자유롭게 헤엄치는 게 가장 반짝반짝 빛이 나기 때문이라고요. 떠올려 보면, 학창 시절 상 받았던 기쁜 기억이 새록새록 나거든요. 정조대왕 효행 글짓기, 장영실 글짓기, 교내 시 대회 등 제가 글에 소질이 있다고 느꼈고, 특히나 시를 쓰면서 희열을 경험했어요. 그리고 매번 상을 받아서 집에 올 때마다 아버지께 가져다 드리면 상 수여식을 재현해 주시곤 하셨습니다.

그 당시에 저는 글에 진심이었던 것 같아요. 제가 글을 쓸 때면 타인이 보기에 초등학생이 눈에 불을 켜고 정신이 나간 듯이 글에 초집중한 모습이 아니었을까 생각됩니다. 그만큼 저는 어릴 적부터 시와 글을 쓰는 것을 사랑했습니다.

이번 이화여대 프로젝트는 정말 작가가 되고 싶다는 간절한 소망 하나로 지원했어요. 제가 생각하는 멋진 사람은 '삶'으로 자신을 보여주는 사람이에요. 저는 자신감이 땅으로 곤두박질친 지 오래되어서 누군가에게 제 꿈이 '작가'라는 사실을 말하지 못했어요. (무려 10살에 가진 꿈인데 28살에 첫발을 내딛어요.) 실행을 할 수 있었던 힘은 심리 상담을 받는 몇 개월간 저에게 많은 변화가 있었고, 저도 마음껏 꿈꾸고 내 꿈을 말하고 그것을 위해 온 마음을 다해도 된다는 확신이 생겼기 때문이에요.

억눌리고 왜곡된 자신을 직접 마주하고 스스로 진솔한 대화를 나누다 보니 누구도 나만큼 나를 깊이 생각하는 사람은 없으며, 아주 작지만 하나뿐인 소중한 한 사람이라는 것을 느끼게 되었답니다. 또 제가 얼마나 다른 사람들에게 관심이 많은 사람이었는지도 새롭게 깨닫게 되었습니다. 앞으로도 제가 행복할 수 있다면 과정과 결과에 상관없이 몰입할 수 있는 일, 글쓰기를 할 것이랍니다. 따라서 이 프로젝트는 궁극적으로 저의 행복을 위하여 참여했다는 것에서 의미가 깊다고 생각해요.

하지만 제 꿈에 가까워진 것과는 반대로, 최근 저의 질환에 합병증이 동반되고 나서 두 아들을 돌보기에 제가 정신적, 육체적으로 매우 힘든 상황에 놓였었어요. 그래서 제게 큰 동기부여가 되어 줄 이번 프로젝트를 통해 힘을 내고 싶고, 한 뼘 더 성장하고 싶어요. 또한, 저자분들 모두가 출판을 위해 합심하는 가운데 앞으로의 글쓰기 인생에 큰 동력을 삼고자 합니다. 그래서 좀 더 '나'다워 지는 것, 행복한 일을 하는 것, 새로운 '정체성'을 갖는 것. 그것이 제가 진정 바라고 있는 소중한 가치입니다. 혼자였다면 감히 상상하기 힘든 외로운 글쓰기의 도전을 함께하게 되어 정말 영광이에요. 멋진 자리를 마련해주신 이화여대 관계자 여러분, 담당자님, 함께하는 어머님들과 자녀분들, 벚꽃이 만발하는 예쁜 날 만나게 되어 반갑습니다. 우리의 프로젝트가 행복한 시간으로, 오래오래 좋은 추억으로 남기를 희망합니다.

새로운 생명,
축복

벚꽃 필 무렵, 나는 대학생이었다. 22살에 첫사랑이 끝나고 세상의 온갖 방황이 다 나의 것인 양 피폐해진 나의 마음을 사랑으로 채우려고 했다. 결국, 이것이 화가 되어 돌아왔다. 급하게 짧은 기간 만나고 헤어진 애인과의 사이에서 아이가 생긴 것이다. 매우 당황스러웠다. 당시 우리 집 밑에 예쁘게 피었던 라일락과 벚꽃들은 이 세상에 피어서는 안 될 꽃처럼 이질적으로 느껴졌다. 또 내가 처한 상황과는 다르게 아름다운 꽃들을 볼 때마다 현실이 너무나 원망스러웠다.

게다가 내가 엄마가 되기 전에는 '삶의 의미'가 없었다. 나는 마치 브레이크가 고장 난 채 관성으로만 폭주하고 있는 마차 같았다. 끊임없이 내 뜻이 아닌 누군가의 지시로만 산다는 느낌을 지울 수가 없어서 '그냥 살았다.'라고 말하고 싶다. 하지만 첫 아이를 가지게 된 순간, 난 특별한 느낌을 받았다. 내가 누군가의 '유일한 지지대가 된다니!' 혹시 내가 최선을 다할 대상이 생긴다면 '삶의 의미'가 생기지 않을까 하는 기대가 생겼다. 그리고 내 마음은 어린아이의 설렘처럼 두둥실 떠올랐다.

하지만 마냥 행복했던 것은 아니다. 아이가 뱃속에서 지냈던 날들을 추억해 보면 순간순간 불행했던 날들이 스쳐 지나간다. 가장 행복했어야 할 시간들이 가장 마음 아팠던 시간으로 뇌리에 남아있다. 내가 생각하는 보통의 자녀계획은 사랑하는 사람과 평생 가약을 맺고 행복한 신혼 생활을 즐기고 계획 후 아이를 맞이하는 것이었다. 하지만 상황이 허락하지 않았던 내게는 감내해야 했던 외로운 슬픔이었고, 당시에는 누군가에게 하소연도 하지 못하는 처지에 놓여서 그저 꿀 먹은 벙어리처럼 살 수밖에 없었다. 누구의 앞에서도 당당할 수 없어서 내 주변 사람들과의 접촉을 피했고, 연락도 먼저 할 수 없었다. 친구는 물론이고 친지들에게 다가가지 못했다. 나는 스스로 중죄를 저지른 사람처럼 낙인찍었다.

그래서였을까. 첫째 아이 때, 내가 먼저 미혼모 센터를 알아보고 집을 나섰다. 다른 사람과 공용으로 거주하는 불편함이 가족이 느끼고 있는 부담과 불안한 마음을 보고 있는 것보다 낫다고 느꼈다. 가족들이 내게 아무 말도 하지 못하고 눈치만 보고 있다는 것을 잘 알고 있었기 때문이다.

첫째 아이를 마주한 곳은 수원시 영통구 시온 여성병원. 2018년 3월 29일 오후, 12시 31분 2.36kg. 그날의 기억을 잊을 수가 없다. 태어난 아이에게서 후광이 나고 내 눈에 보이는 아이는 그저 천사의 자태라고밖에 할 수가 없었다. 세상에서 처음이자 마지막으로 천사를 본 날. 그렇게 '축복이'와의 인연은 시작되었다. (하나님의 축복받은 아이로 자라기를 바람)

그렇게 힘겹게 출산 과정을 거치고, 태어나 처음으로 '누구 엄마'로 불렸을 때가 떠오른다. 굉장히 낯설고, 하지만 뿌듯한 그 호칭은, 엄마였다. 갑자기 어른이 된 것 같았고 얼떨떨했지만, 그래도 기분이 나쁘지만은 않았다. 그 이름 자체로 내가 누군가를 책임져야 할 신분이라는 것을 나타내 주기 때문이 아니었을까 싶다. 무게감이 꽤 나가는 이름, 그 이름 덕분에 열심히 살 수밖에 없는 원동력으로 지금까지 움직였던 것 같다. 그리고 사람들에게 내 아이는 이 세상에서 가장 멋지고 아름다운 한 사람이라는 것을 온몸으로 표현하고 싶었다. 이 아이는 그저 사랑스럽고 자체만으로도 빛나는 아이라고 자랑하고 싶었다. 대개 엄마라면 이러한 감정을 느낀다고 생각한다. 자신의 아기는 이 세상 가장 예쁜 아기니까.

여담으로, 둘째 아들에게는 미안한 이야기지만 당시엔 내가 키울 수 있는지 정말 오랜 시간 고민했다. 둘째 아들 때도 임신 7개월 차에 이혼을 결심하고 기관의 도움을 받았다. (두 아들, 동일 부친) 지금 내게 둘째는 사랑이고 행복이지만, 당시에는 두 아이를 감당하고자 마음먹는 게 참 힘들었다. 하지만 이제 와 돌이켜보면 직접 키울 결심을 해서 정말 다행이라고 생각한다.

임신 때마다 심적 고통을 감수했던 게 아이에게는 불안한 감정을 느끼게 해서 미안하지만, 그래도 감사한 것은 두 아이 모두 미혼모 센터의 도움이 있어서 외로운 임신 기간을 잘 보낼 수 있었다는 것이다. 같은 병원, 2019년 3월 20일 오후, 8시 27분 3.13kg. 나를 만나러 이 세상에 와줘서 정말 고맙다. 내 아들.

"저 이렇게 잘 살고자 노력하고 있어요. 축복이, 행복이 출산을 도와주셨던 '러브더월드', '애란원' 감사드립니다."

'나는
좋은 엄마다!'

"완벽한 엄마가 되는 길은 없다.
좋은 엄마가 되는 수만 가지의 길이 있을 뿐이다."

– 질 처칠(Jill churchill)

잠도 제대로 잘 수 없었던 지옥 같은 시기가 있었지만, 시간은 마치 끝이 보이지 않는 활주로를 내달리는 말처럼 정처 없이 흘러갔다. 이제는 말도 할 수 있고 걷거나 뛸 수도 있어 편한 부분도 있지만, 사람의 욕심은 끝이 없는 것 같다. 때로 자유를 줄 것 같지만 주지 않는 아들들에게 답답한 감정을 느끼곤 한다. 예를 들면, "오늘은 잘 준비 빨리하고 8시 30분에 눕는 게 좋을 것 같아. 엄마가 오늘은 밤에 글을 쓰고 싶거든. 너희가 도와줄 수 있겠니?!", 하지만 대답은 언제나 "아니오!" 두 아이 모두 형제인 경우, 엄마의 속을 박박 긁어대는 것 같다. 얌전한 형제 연년생은 본 적이 드문 것 같고, 현재 내 인생도 그렇다.

결국, 아이들이 내 요청을 거절하면 그때부터는 힘을 쓸 수밖에 없다. 아이들과 뒹굴면서 장난감을 치우고 잘 준비를 힘겹게 마친다. 가까스로 8시 30분에 맞춰 잠자리에 누우면 그때부터 아이들은 수다를 떨고 장난을 친다. 나는 잠이 들게 하는 요정에게 기도한다. 감미로운 자장가는 편안하게 내 머리와 마음, 정신을 휘감고 두 아들은 잠듦과 저항하며 사투를 벌인다. 아이들의 혈기 왕성한 의식은 자장가가 덮어 준 이불에 폭 감싸진 채로 스르륵 잠이 든다. 그리고 시계를 보면 한 시간 내외가 흘러가 있다. 아주 힘든 날은 두 시간 내외다.

이렇듯 밤의 감성으로 글을 쓰고 싶을 때, '아이들을 재우고 편하게 글을 써야지.'라고 속으로 다짐하지만 재우다 보면 같이 자고 일어난 나를 발견하고, 어떨 땐 새벽에 깨서 흘러가 버린 시간을 아쉬워한 적도 많다. 하지만 이러한 소소한 갈등의 감정들 사이에서도 여전히 감사하고 행복한 건 이 아이들 덕분에 내 꿈이 더욱 빛나기 때문이다. 이제 내가 이루고자 하는 꿈은 '나의 꿈'에서 '가족의 꿈'으로 커가고 있다.

"내가 잘되면, 우리 가족은 더 행복할 거야. 아이들은 나를 자랑스러워할 거야. 상황이 열악하다고 해서 내 꿈을 포기하거나 처한 환경과 타협하지 말자. 이것이 아이들에게 더없이 좋은 교육일 거야. 이렇게 말하며 나 자신을 복 돋아 준다. 그리고 매일 확언한다. 나는 좋은 엄마다."

"여자는 약하나
엄마는 강하다."

"여자는 약하나 엄마는 강하다."
– 윌리엄 셰익스피어(영국이 낳은 세계 최고 극작가)

첫째 아이가 태중에 있을 때 만해도 저는 아이를 기르는 것이 어떤 것인지에 대한 감각이 전혀 없었습니다. 그저 저는 잘할 수 있을 거라고 자신만만해 있었어요. 당시에는 지금보다 건강한 몸을 가지고 있었고, 영유아 남자아이에 대한 충분한 경험도 가지고 있지 않아서 대부분 제 뜻대로 육아가 흘러갈 거라는 생각을 했었어요. (현재는 희귀난치병 루푸스와 섬유근육통을 앓고 있고 조울 성향과 최근 생긴 천식도 투병 중이에요.)

부모가 되어보니, 부모가 된 분들의 마음을 조금은 알게 되었습니다. 자녀가 얼마나 나의 바람과 다르게 자신의 의지대로 자라고 싶어 하는지를 인정해야 했고요. 아이의 가치관과 부모의 기준이 다르니 서로 갈등하면서 이 시기를 지혜롭게 지낼 방법을 고민하게 되었어요. 무엇보다 내 아이를 사랑하는 만큼 하나의 소중한 인격체로 대해야 한다는 중요한 사실을 깨닫게 되었습니다.

아이를 키우기 전에는 아이를 통제하지 못하는 부모의 모습을 보면 마음속으로 그들을 나무랐던 제가 이제는 오히려 그 자리를 조용히, 빠르게 지나갑니다. 부모들은 주변의 시선에 눈치를 볼 수밖에 없다는 걸 잘 알고 있으니까요. 육아도 해 본 사람이 알듯이 '아는 만큼 보인다.'라는 진리는 불변의 법칙 같습니다. 그러니 '초보 엄마, 초보 한 부모'라고 해도 더 당당하게 힘내셨으면 좋겠습니다.

저도 처음엔 낯선 기분에 아이에게 어떻게 반응해야 할지 몰랐어요. 제가 육아로 지칠 때, 늘 먼저 키워 보셨던 분들은 응원해주셨던 기억이 나네요. 이 자리를 빌려 감사함을 전하고 싶습니다. 이제는 제가 격려해 줄 수 있는 사람이 되고 싶어요.

ADHD 유아 양육의
어려움

저는 아이와 외출할 때 마음이 아주 무거워요. 특히 ADHD 증상을 가지고 있는 저희 큰아들은 외출 시 혼자 멀리 달려가 버리는 경우가 많아요. 끈으로 묶기까지 했으니 말 다했죠. 소리를 질러도 도망가 버려서 잡으려면 30분~1시간 정도를 할애해야 합니다. 시간적 여유가 없을 때는 머리가 멍해지고 살고 싶은 의지마저 사라지는 느낌이 들어요.

통제 안 되는 상황이 반복되다 보니 ADHD 전문 어린이집, 유치원, 학교가 만들어져서 엄마들의 육아를 도와줬으면 좋겠다고 생각하게 되었고, 그 간절함이 저를 공부하게 했어요. 이 세상에 ADHD 아이들을 양육하면서 고통을 호소하는 분들이 정말 많다는 것을, 공부하면서 깨닫게 되었거든요. 그들에겐 손을 내밀어 줄 사람이, ADHD 전문 교사진으로 구성된 학교가 절실해요.

결론적으로, 최근에는 큰아들이 갑자기 뛰쳐나가 집에 직접 돌아오는 경우를 제외하고는 길을 잃으면 경찰이 동원되어야 했어요. 그런데 이제는 경찰마저도 이야기합니다. 실종되는 일이 반복되면 아동학대 정황으로 의심할 것이라고요.

이렇게 아이 키우기 어려운 세상으로 느껴져서 힘이 드는데, 아들을 안전하게 잘 키우고 싶지만 24시간 안전한 울타리 안에 살지 않는 이상 위험한 일은 또 일어날 것입니다. 그래서 큰아들이 4~5세쯤 되었을 때부터 제가 직접 ADHD 아이들을 위한 공간을 만들고자 다짐했어요. 앞으로의 활동으로 돈을 벌면 그 수입을 ADHD 아이들을 위해 쓸 것입니다. 그래서 더 열심히 집필하고 ADHD 전문가로서의 소양을 쌓기 위해 공부할 것입니다.

저의 어린 시절을 되짚어본다면 ADHD는 비단 저희 아들의 문제만은 아니라는 생각이 들어요. 저를 상담해 주셨던 상담사님께서도 ADHD 성향의 아이를 가진 부모님들은 도움을 늘 필요로 한다고 말씀해 주셨어요. 찾아보기조차 힘든 ADHD 전문 양육 기관이 절실합니다. 지금 제가 직접 겪고 있는 현실이라서 실행은 더욱 필수 불가결하게 되어가고 있습니다. 앞으로 겪어야 할 일들이 많다는 것을 잘 알고 있지만, 마음을 단단히 먹어서 꼭 이뤄내고 싶습니다.

아이들이
아름답다

영원한 생명력이
빛나는 맑은 구슬 속
빛나는 눈동자 위에
시선이 향하는 곳곳마다
아름답게 물든다

아이들의 세계로
그곳에는 잔디와 풀들
그리고 나비들의 향연
춤추며 내딛는 걸음걸음마다
한 폭의 그림이 된다

밝게 웃는 웃음소리
귓가를 간질이는 그 소리
영원한 마음의 안식과 휴식을 준다

그립고 그리운 그 소리들이
사라질 날이 있어 더욱 그 순간에

강하게 들리고 보이는 것을 안다

우리는 지금
빛나는 한 폭의 그림을 본다
맑은 하늘에 옅은 생명력은
불어오는 바람으로 조금 느낀다지만
살아있음을 알게 하는 비단의 눈망울에
오늘도 고개를 든다.

듣기에도 눈부신 그 소리
가만히 느끼고 있노라면
나 몰래 튀어나오는
길 잃은 사랑의 마음
부풀어 날아오르고
따스한 기운으로 감싼다

아이들이 뛰노는 모습을 떠올리며 그때의 감정을 담아 시를 쓰게 되었습니다. 신나게 놀고 있는 모습을 볼 때 저도 모르게 나오는 미소와 행복감은 스스로 살아있음을 확인하는 순간이 됩니다. 말 그대로 아이들이 주는 행복에 힘입어 살아간다고 느껴지는 순간이에요. 언제 고생했냐는 듯이 아이들은 웃고 뛰고 즐거워하며 아이다움을 온몸으로 표현합니다.

시에 "그립고 그리운 그 소리들이 사라질 날이 있어"라는 표현을 썼는데요, 언젠가 우리 아이들이 자라서 저를 떠날 때가 될 순간을 떠올려 보았답니다. 그때는 얼마나 아이의 시절이 그리울까요. 그러니 지금 아이일 때, 조금이라도 더 함께하려는 노력을 지속해야겠습니다.

'길 잃은 사랑의 마음'은 제 안에 사랑에 데인 상처가 있음을 말해줍니다. 그래서 사랑을 온전히 주고받는 데에 서투르고 현재 받는 사랑을 의심할 때도 있어요. 하지만 아이들이 천진난만하게 노는 모습을 볼 때면 오히려 상처받아 묻어두었던 사랑이 살짝 미소 지은 얼굴을 내밉니다.

옅어진 그림자 위로
뛰노는 새

옅어진 그림자 위
뛰노는 새 두 마리
총총 재미나게 노는데

존재들을 지키려
아스라이 경계 사이
아슬아슬 작은 어미 새

서지 못하면 넘어지는
의식을 잃지 않으려
발끝 힘을 꽉 조일 때

양발 끝 새 두 마리
자신들의 무게를
두둑이 얹는다

연약한 내 발끝에 올라타
자신들의 무게로

아이들과 살면서 무너지고 싶었던 순간들이 참 많았어요. 아픈 몸으로 키우는 게 물론 가장 힘들지만, 그에 못지않게 정신적으로 숨이 턱턱 막히는 순간들도 넘쳐났거든요. 그래서 저를 '옅어진 그림자'라고 표현했어요.

온전한 정신으로 살아가기 힘든 지경에 이르러 눈앞이 깜깜했을 땐, 몸이 그림자처럼 당장이라도 사라질 것 같은 느낌이었거든요. 햇빛이 강하게 내리다 구름이 짙어지면 그림자가 옅어지듯 제 인생도 그렇게 느껴졌답니다. 나의 존재가 사라지는 느낌을 감내하면서도 '엄마'라는 이름을 지키기 위해 최선을 다하고 있는 이 세상의 모든 '엄마'들을 존경하고 응원합니다.

10년 전의 나에게
- 인생의 암흑기, 마음의 안정이 필요했던 시기

음, 너에게는 해주고 싶은 말이 참 많아. 10년 전이면 18살이네. 작년부터 방황하느라 참 힘들었지? 여전히 방황 중이겠지만, "자신을 사랑해줘." 이렇게 말해주고 싶어. 하지만 넌 이게 무슨 의미인지도, 어떻게 자신을 사랑하는 것인지 이미 잊어 어렵지 않을까?

지금 너에게 이 말은 너무 모질고 가슴 아픈 말이야. 게다가 정확히 이 말이 어떤 뜻으로 하는 말인지 깊게 이해하지 못하잖아. 지금 너에게 그 어떤 조언도 참 어려운 것 같아. 그래서 나는 화려한 조언은 하지 않을게. 네가 서서히 살다가 지금의 나를 만나러 오게 되면 조용히 얼굴 마주하고 싱긋 웃자. 그 어떤 말로도 우리를 위로할 수 없고 힘 나게 할 수 없다는 걸 잘 아니까. 우리만의 방식으로 밝게 웃어 보이자.

그 당시의 너를 돌아보면, 마음은 평화로움을 원하는데 네 말을 온전히 들어주고 이해해주는 사람이 없었어. 상처받은 네 마음은 마치 백조들 사이에 너 혼자 다른 세상에서 온 오리 신세 같았지. 누가 건드리지 않아도 이미 이불 걷고 눈 뜨는 순간부터 화나 있는 예민한 청소년기 시절이니까. 네가 누구와 마음 터놓고 대화도 하지 못하고 너를 욕하는 사람들 사이에서 힘들었을 걸 알아.

지금은 정말 감사하게도 10년 전의 너에게 편지를 써 볼 기회가 생겨서 이렇게 편지를 써. 우리의 18살, 잘 기억했다가 한결이, 한율이가 청소년기가 되면 잘 적용을 시켜봐야겠어. 미안한 이야기인데 우리에게 아들만 둘이 생겼어. 그런데 내가 혼자 키워. 슬픈 이야기로 들리겠지만, 아이 아빠랑은 인연이 안 돼서 따로 살고 있고 아이들은 내가 맡아 양육하기로 했어.

음, 만약에 지금 네가 이 이야기를 알고 있어서 미래가 변할 수 있다면 '대학 가서 열심히 공부해!'라고 말해주고 싶어. 대신 학과는 심사숙고해서 결정했으면 좋겠어. 가능하면 네가 어린 시절부터 느껴왔던 결핍과 관련된 학과로. '심리학과', '정신건강의학과', '상담학과' 등이야. 참고하길 바라! 꼭 하나 짚어서 말해주고 싶은 건, 구태여 대학교에 가지 않아도 좋으니 너의 솔직한 생각과 감정을 담아 글을 썼으면 좋겠어. 글쓰기는 최고의 치료 약이 되어 줄 테니까.

"아, 그리고 정말 기쁜 소식! 나 지금 작가 도전 중이야!"

꼭 우리의 '작가'라는 꿈을 이루도록 노력할게. 네가 좋아하는 시도 쓰고 그림도 그리고 음악도 할 수 있도록 길을 열어볼게. 네가 하고 싶은 건 다 할 수 있도록 하나씩 하나씩 문을 두드려 볼 거야. 지금 힘들지? 모두가 너의 미래에 대해서 점치려고 하고 조종하려고 하니까 아직 작은 너는 네 의견을 강하게 말할 수 없다는 걸 알아. 그래도 조금만 기다려줘. 10년이 흘렀지만 난 여전히 너의 꿈을 기억하고 있고 이제 다시 노력할 힘이 생겼으니까, 나를 믿고 이뤄낼 우리의 모습을 상상하자!

10년 뒤의 나에게
- 2033년 1월 19일에 열어봐!

"멋진 '유니스의 꿈' 작가님, 반갑습니다!"

넌 지금 막 작가와의 만남 초대 토크쇼에 출연해서 이야기하는 중이야. 지난 삶을 이야기도 하고 앞으로 네가 하고 싶은 창작에 대한 신념과 가치관 그리고 특정 주제들도 풀어놓고 있어. 어떤 글을 소재로 집필하고 있는지, 요즘 가장 영감을 주는 것들은 어떤 것들인지 자연스럽게 말하며 생글생글 기분 좋게 웃고 있어.

지인의 도움으로 미술을 시작하게 된 너는 가장 너답게 너와 너를 둘러싼 것들을 표현하기 위해 애쓰고 있어. 그리고 놓았던 기타와 드럼도 다시 치고 공연도 하고 싶어서 봉사활동과 연계한 음악 활동을 하는 중이야. 이렇게 너는 온몸으로 작품이 되고 문화 집합체가 되어 다양한 모임들에 참여하고 있어. 이게 10년 뒤에 나였으면 하고 바라는 거야.

바라건대, 또 하나 좋은 소식으로 이런 일이 일어나 있으면 좋겠다! 여러 권의 시집과 책을 출판하고 나서 여행을 다녀오는 거야. 너의 꿈은 세계여행이니까. 그리고 너는 자신을 위해서 살 때보다 누군가를 위해서 살 때 더 빛나는 사람이잖아. 그걸 스스로 너무 잘 알고 있지. 여행을 다니면서 네가 이 세상을 위해 할 수 있는 일이 무엇인지 끊임없이 생각해 보면 좋겠어. 주변에서는 바보라고 너부터 챙기라고. 자신도 챙기지 못하면서 누구를 챙기느냐고 많은 구박을 받았던 걸 잘 알고 있지만. 그래서 넌 빛나. 내 눈엔 그런 네가 가장 예쁘고 아름다워.

10년 후에도 네가 행복할 수 있도록 한순간, 한순간을 허투루 살지 않을게. 열심히 살다가 10년 뒤에 다시 만나자! 나는 그때의 네 모습을 꿈꾸는 것만으로도 행복해.

또 지금 이 시점에 가장 궁금한 건 과연 ADHD 학교를 설립하려고 네가 여전히 노력하고 있을지야. 힘든 양육을 견뎌오다가 24시 어린이집에 보낸 이유가 있잖아. 크게 두 가지로 압축하자면 건강상의 문제와 큰아들 ADHD 문제가 가장 컸지. 어디 무서워서 직접 키우겠냐고. 체력은 따라주지 않는데 아들의 활동 범위는 넓어지지, 매일 찾으러 다니기 버거워지지. 결국, 한계의 물결이 턱까지 차올라서 숨쉬기조차 힘들었잖아.

그래도 어린이집의 도움을 받아 가장 힘든 시기를 잘 넘겼겠지? 과거에서 진심으로 응원할게. 난 네가 뜻을 세우고 널 통해서 사람들이 도움을 받았으면 좋겠어. 넌 충분히 할 수 있는 사람이고 할 거야. 언제 해내야 한다는 건 없으니까 끝까지 해 보자. 포기만 하지 않으면 길을 내는 건 시간 문제야. 알지? 우리의 신조!

10년 뒤, 큰아들은 16살, 작은아들은 15살이겠네. 지금 애들도 만만치 않겠다. 아이들이 질풍노도의 절정에 오른 시기네. 울어야 할지 웃어야 할지 생각만 해도 망설여진다. 그래도 셋이 함께하는 미래일 테니까 마음껏 축복할게! 우리 지금도 행복하고 미래에도 계속 행복 하자! 어떤 조건이 되어서 행복한 것이 아니라 우리가 행복하다고 생각해서 행복한 걸로! 이미 그렇게 정하고 사는 거니까, 어떤 것도 우리의 행복을 막을 수 없다~!

24시간
연장반

"엄마, 제 마음이 아파요."

"저도요."

목을 맨 소리로 이야기하는 내 아이들의 진심.

"하루, 종일과 밤 중에 언제 엄마가 보고 싶어?"

"밤이요. 아니 하루, 종일과 밤이요."

첫째아들의 대답은 마치 팽팽하게 시위를 당겨 쏜 화살이 내 걱정 과녁의 중심부를 맞힌 것처럼, 정확히 나의 예상이 적중했다. 내 아들들은 견디고 있었다. 첫째는 표현이 서툴러서 내가 아이의 감정이나 생각을 나중에서야 알아차리는데 그게 늘 미안했다. 둘째는 워낙 말도 잘하고 감정 표현에도 능해서 별다른 말이 없기에 괜찮은 줄 알았다.

때로 ADHD 성향이 있는 큰아들은 표현이 극단적이어서 감정선을 잘 살펴야 한다. 그런데 내가 근래에 몸이 쇠약해지고 새롭게 얻은 질환이 있어 아이들을 직접 돌보기 힘들어졌다. (2023년 4월 중순~말쯤, 이 책의 원고를 작성할 당시) 결국 아이들은 24시 연장 보육하는 곳에 등원하게 되었다. 아이들에게 미안한 처사인데 지금 우리 셋이 다 같이 잘 살아갈 방법으로 마지막 카드를 꺼내 든 것이다. 나도 살아야 하고 내 아이들도 의식주 모두 잘 해결해야 한다는 생각이 강했다.

최근 내 섬유근육통의 통증은 1에서 10까지의 숫자 중에서 8 정도에 해당했다. 흉막염과 천식도 찾아왔다. 내가 도저히 일상생활이 가능한 수준이 아니었다. 몸부림을 치며 자식을 키우는 모습이 안타까웠는지 가족들은 끝까지 껴안고 키우는 것만이 능사가 아니라고 여러 번 따끔한 충고를 했었다. 그리고 이번에는 나도 선택을 할 수밖에 없었다. 이 열정적인 두 아들을 쉽사리 돌봐주기란 어려운 일이었기 때문에 가족에게 손 벌리기도 이제 한계라는 생각이 들었다.

다행히 우리 아이들은 새로운 환경에 곧잘 적응했다. 그러나 엄마의 품이 너무나 그리웠던 아이들. 긴 밤에 편안하게 잠들기 위해서는 나의 살 냄새가 절실한 아이들이었다. 참 미안한 마음이 한가득 올라왔다. 혹독한 현실은 우리에게 늘 달콤한 것만 주지 않아 서럽다. 그런데 이 가운데에서도 참고 잘 견디면 같이 살 집도 구할 수 있고 우리에게 더 큰 시련이 와도 이겨낼 힘이 넉넉히 생기지 않을까 기대하고 바라고 있다.

독한 엄마인지 나쁜 엄마인지 맹목적으로 이상적인 엄마인지 스스로 답이 나오지 않을 때도 있지만 조금만 더 견뎌달라고 부탁할 수밖에 없다. 그래서 난 이렇게 말했다.

"엄마가 건강 조금 더 회복하고 돈 좀 더 모아서 우리 셋이 살 수 있도록 노력할게. 조금만 참고 기다려줘. 우리 아들이 원하는 대로 바로 해주지 못해 미안해. 하지만 여전히 엄마 아들로 태어나줘서 고맙고 기뻐. 엄마는 너희를 사랑해. 사랑해 나의 보물들."

2023년 4월 21일 금요일
날씨 맑음

　　　　　　10년 뒤에 있을 기쁜 상상을 마구마구 했는데, 한편으로는 조금 가슴 쓰라린 이야기도 해야 할 것 같아. 좋은 일이 미래에 넘쳐나려니까 인생 초반에 고생을 많이 하는 가봐. 요즘 난 까마득하게 기억을 잃어서 스스로 단기 기억상실증인가 싶을 정도로 수시로 식겁해. 환하던 방의 불을 끈 직후보다 기억이 사라진 게 더 깜깜해서 무서워져. 자꾸 순간순간 기억을 잃는 내가 두려워.

　10년 뒤의 너는 어때? 이제 제법 기억하는 것이 수월해졌니? 무엇이든 떠올리면 바로바로 생각나? 그렇다면 정말 좋겠다. 지금 나는 근 섬유화로 기억력이 가장 많이 감퇴 되어있는 시기래. (섬유근육통+Brain fog=기억력 저하) 근육이 수축하면서 뇌로 가는 혈관을 좁게 만들어서 이런 증상이 생긴다고 하더라고. 어서 좋아져서 마음이 여유로워졌으면 좋겠어. 지금은 하려고 했던 게 뭐였는지 기억이 잘 나지 않아서 현재 행동과 이어질 바로 다음 행동을 자연스럽게 할 수 없는 것이 가장 불편해. 그래도 계속 노력할 거야. 미래의 네가 잘살 수 있도록 최선을 다할게. 나중에는 웃으면서 이 힘들었던 시절을 이야기할 시점이 올 거라 믿어.

　최근에 시작한 건 헬스야. 제대로 해 보려고 마음을 먹었는데 사실 나 기구 다룰 줄 모르잖아. 그런데 고맙게도 내가 처음 헬스장에 갔을 때 트레이너님이 대화를 걸어주셨어. 내가 가진 질병을 들으시고는 운동 방법을 친절하게 알려주시더라.

"2가지 희귀난치병, 루푸스도 있고 섬유근육통도 있어요. 의사 선생님이 운동은 선택이 아닌 필수라고 해서 왔어요."

이렇게 말씀드렸는데 원래는 돈 내고 해야 하는 PT를 그냥 가르쳐 주시더라고. 참 감사하지? 그래서 늘 나보다 더 어려운 처지에 놓인 사람을 생각하라고 하는 가봐. 내가 도움을 줄 때가 있으면 받을 때가 있듯이 그렇게 사는 것이 아름다운 것 같아. 10년 뒤에 이 글을 읽고 있을 너를 생각해 본다. 지금 너 흐뭇하게 웃고 있을 것 같아.

한결, 한율이에게
– 너희의 한부모 가정을 위로하며

1
너희의 한부모 가정을 위로하며
자랑스러운 올망졸망 두 밤톨이
행복함에 우리 인생을 가둬두자

우리가 벗어나고 싶어도
애써도 벗어나지 못하게
더욱이 빛나고 선명하게

가장 연약한 것이 강하고
가장 강한 것이 연약하다.
마음으로 외치고 다짐한 말

너희를 키우기 위해서
조금 다르다는 것을
애써 포장하지 않으려

조금 다른 것이 부끄럽지 않으려

괜찮은 척하고 넘겼던 수많은 날
나는 점점 더 세월 속에 단단해져 갔다

울어도 되지만 울면 안 되는 날들
눈물이 허락됐지만, 울어선 안 되는 날들
가슴으로 울어서 빨개진 품으로 다시 널 안았다

2
아련한 얼굴 잊지 않으려고
하루 한두 번은 꼭 떠올려 보는 얼굴
사랑하는 아들, 내 자식, 내 새끼

뜨겁고 화끈거리는 온몸에
따끔한 침으로 나를 찔러대도
나는 기어코 핸들을 잡는다
그곳까지의 거리 7.3km
4일 밤을 날아 너에게 간다

만나서 너를 확인하는 그 순간
동그란 반죽에 검은콩 두 알
조금 솟아오른 작은 구멍 두 개 난 동굴
옹알옹알 이야기하는 짹짹이의
나뭇잎 만두 모양 포개 논 입술

여전히 내 자식이라서 귀한 내 새끼
양 두 볼을 내 얼굴로 비벼댈 수 있어서 고맙다
세상에 태어나줘서 고마운 내 사랑아
기쁨으로 가득 찬 네 얼굴을 내 가슴에 묻는다

시를 쓰며

아이들이 자라남에 따라 아빠 없이 엄마 홀로 양육하는 것을 깨달아가면 꼭 읽어주고 싶어요. 엄마 역시 혼자 키우는 것에 대해서 남 부끄럽지 않게 생각하려고 노력하고 부족한 것 느끼지 않게 하려고 더 많이 생각하고 행동해왔다는 것을요. 그리고 절대 두 사람에서 한 사람으로 줄어들었다고 해서 그 사랑의 크기마저 줄어들지 않았다고요. 이것은 반드시 알아주기를 바라요.

또 지금 다니고 있는 어린이집에서 24시간 생활하고 있다 보니, 아이들은 4일 밤 자고 나면 엄마를 만날 수 있다는 말에 희망을 안고 살아가고 있어요. 두 아들에게 어떤 일이 있어도 엄마가 한 약속에는 증표가 걸려있다는 것을 말해주고 싶어요. 그 무엇보다 '약속'을 강조했던 '육아'였기 때문에 저와 아이들은 '사랑의 약속'으로 꽁꽁 묶여 있다고 해도 과언이 아니죠. 어떤 일이 있어도, 온몸이 아파도, 그런 오늘도, 금요일인 오늘은 아이들을 데리러 갑니다.

"글은 병든 마음을 치료하는 의사다."
– 아이스킬로스 (그리스 최초 극작가, 고대 그리스 비극 시인)

제 마음의 치유 장치, 글쓰기를 통해서, 주신 기회 덕분에 제 인생에 좋은 한 장면을 쓰게 되었습니다. 제 삶이 너무 캄캄해서 이제는 다른 선택지도 없고, 내가 하고자 했던 꿈을 위해 살아봐야겠다고 결심했을 때 이렇게 행운의 손길을 잡을 수 있어서 정말 감사해요. 제가 준비되어 있어서 이런 기회를 잡을 수 있었다고 누군가에게 말할 수 있게 된다고 해도 그건 너무 창피한 얘기가 될 것 같습니다. 거저 주신 좋은 환경에 저는 사뿐히 올라탔다고 말씀드리고 싶어요. 그래서 그 감사함에 힘입어, 최선을 다할 수 있었고, 지금의 제가 있게 된 것 같습니다.

이 글쓰기 경험이 저에게 큰 동력이 되었고 지금은 새롭게 쓸 소설과 또 다른 수필을 구상하고 있습니다. 작가라는 인생에 첫 막을 이 책을 통해 열게 되어서 매우 기쁩니다. 저의 이야기가 담긴 책이 세상에 나왔다는 사실을 자신 있게 말할 수 있게 되어서 정말 기뻐요!

또 하나는 아이들과 함께 살 미래에 대한 기대가 커진 것이에요. 아무래도 제가 자신감이 떨어진 상태에서는 무엇을 해도 성공하기 어렵잖아요. 저에게 부여된 새로운 정체성으로 더 열심히 살아가 보려고 합니다. 오래오래 지켜봐

주세요. 책으로 다가가겠지만 이렇게 글을 나누는 과정을 통해서 또 다른 새로운 기회를 맞이하고 저 또한 내뱉은 말들을 지키기 위해서 매 순간 노력하게 될 것입니다. 그리고 제가 알게 모르게 제 삶을 이끌어 주시고 때로 상상하지 못했던 선물을 주신다고 느끼는 제 마음속에 계신 하나님께 진심으로 감사를 드립니다.

　마지막으로 하고 싶은 이야기는, '아이를 홀로 키우는 것은 나의 영혼을 갈아 넣는 것과 같다.'라는 것이에요. 이 이야기를 꼭 강조하고 싶어요. 제가 느꼈던 많은 고충의 상당 부분이 감정적으로 매우 불안해지는 것이었어요. 아이를 돌보는 것은 육체적인 고통일 뿐인데, 그와 더불어 찾아오는 마음의 병이 있었어요. 나와 평생 함께할 사람이 없다는 것, 내가 힘들 때 나를 다독여 줄, 교감하고 소통할 메신저가 없다는 것은 때때로 너무도 슬프게 다가왔습니다.

　힘들 때마다 누군가에게 매달려 내 이야기를 들어달라고 할 수는 없으니 감당해야 한다는 것은 알고 있지만, 그것은 마지막 남은 자존심이었을까요? 괜찮은 척을 해야지만 남들이 내 아이를 불행하게 여기지 않고 불쌍하게 쳐다보지 않을 것 같아서 이를 악물고 살아냈습니다. 정말 살아냈다는 표현이 맞는 것 같아요. 지금도 그렇게 살고 있을, 이제 그렇게 살아내야 할, 이미 그렇게 살아오신 모든 홀로 양육의 어머니, 모두 고마워요, 고마워하겠습니다, 고마웠습니다. 치열한 그 인생을 생각만 해도 뭉클해져서 눈앞이 흐릿해지네요.

　하지만 우리가 함께라는 생각을 잊지 말아요. 언제든 찾으면 닿을 거리에 있다는 것을 기억해 주세요. 우리가 한 팀이 되어서 서로를 돕고 산다면 좋겠어요. 이제 저도 그렇게 함께 사는 방법을 찾아갈게요. 손 내밀어 줄 사람을 찾고 계시면, 제가 기꺼이 도움을 드릴 그 순간에, 그 시간에 운명처럼 만나요, 우리.

육아하는 대학생

안녕하십니까 육아하는 대학생 신주영입니다. 서른일 곱에 두 번째 대학생이 된 신주영입니다.

저는 가수 신화를 좋아합니다. 신화를 좋아해서 중학교 때 용돈을 모아 신화창조(팬클럽)에 가입했고, 아끼던 주황색 우비를 아직도 잘 간직하고 있는데, 요즘은 아버지가 할머니 산소 벌초하러 가실 때 입으십니다.

신화를 좋아해서 신화 데뷔일에 결혼했고, 또 신화 데뷔일에 이혼을 했는데, 이 이야기를 해주면 듣는 사람들이 재미있어하더라고요. 제 이혼 스토리가 누군가에게 재미를 줄 수 있는 요소라니, 저는 그게 또 재미있어요. 장래희망이 말 잘하는 개그맨이었거든요.

다가오는 6월에는 제 나이가 서른다섯으로 내려갑니다. 얼굴에 각이 하나도 없는 동그랗게 생긴 다섯 살 아들과 함께 살아요. 지금은 다섯 살이지만, 아들도 다가오는 6월에는 다시 세 살이 됩니다.

지나가던 사람들이 동그란 아들을 보고 "어머 귀엽다. 몇 살이니?"라고 물어보면, 손가락 다섯 개를 펴고 "나 여덟 살."이라고 하는 귀염둥이에게 "너도 곧 있으면 다시 세 살 아기가 된다." 얘기해줬는데 알아들었을지는 모르겠습니다.

중학교 고등학교 때는 출결 때문에 졸업을 못 할 만큼 오락실과 피시방을 드나들며 열심히 혼자서 놀던 학생이었어요. 다시 그때로 돌아간다면 너무 좋을 것만 같아요. 혼자 컴퓨터 앞에 앉아서 PC 음악 방송을 하며, 웰치스 포도

맛 마시는 시간을 좋아했습니다.

졸업하고 마땅히 할 게 없어 만만하게 실용 음악과 보컬 전공으로 대학 입학을 했다가, 2학년이 되면서부터 악보 보는 것도 어려워져서 자퇴하고 백화점, 은행, 피부 학원, 피부과, 치과 분야를 넘나들며 하고 싶었던 일은 다 하고 살았던 것 같습니다. 늦바람 들지 않을 만큼 이십 대 후반까지 아주 신명 나게 놀았던 기억이에요.

하고 싶은 건 바로 해야 하고, 하고 싶은 말도 담아두지를 못합니다. MBTI 별로 믿는 편은 아니지만, 공신력 있는 기관에서 매년 두 번씩 에니어그램과 MBTI를 의무적으로 하게 되어 있는데 항상 ENTP에서, E, N, P는 극으로 한쪽으로 치우쳤고, T와 F만 1점 정도 차이 나는 성격이에요.

어떠한 일을 시작하게 되었을 때 발등에 불 떨어질 때까지 기다렸다가 몰아서 할 때 집중도 더 잘되는 타입이에요. 노래와 랩을 좋아합니다. 요즘은 머쉬베놈과 저스디스를 좋아하고, 원래는 스윙스, 그리고 지금은 입에 올릴 수 없는 이름을 좋아'했'습니다.

이십 대부터 삼십 대까지, 아가씨 때부터 출산 후 이혼을 겪는 기간 동안 치과에서 일했는데, 환자들을 상담하면서 수술동의를 얻을 때 제일 기분이 좋았던 것 같아요. 성취감도 있었고요.

지금은 갑자기 SNS 마케팅 강의를 합니다. 매주 수강생들 만나는 시간이 즐겁고, 수강생들이 협찬을 받았다며 자기도 인플루언서가 된 것 같은 기분이 든다고 말해줄 때 저도 뿌듯하고 기분이 좋아지더라고요.

좋아하는 것은 내가 이야기를 하면 상대방이 들어줄 때인데, 가만히 생각해 보면 남의 얘기를 할 때보다 내 얘기를 하고, 그것을 듣는 사람이 재밌어해 줄 때 기분이 좋더라고요. 그래서 치과에서 남의 치아 사진을 화면에 띄워놓고 의사가 내린 진단을 환자가 알아듣도록 설명하는 일 보다, 현재 하고 있는 블로그 강의라는 콘텐츠에서 나의 사례를 얘기해주며 SNS의 기능을 설명하는 일이 좀 더 재미가 있는 것 같습니다.

막연하게 책을 쓰고 싶다는 생각을 계속하고 있었고, 혼자서 노트북에 끄적 거리는 정도 몰래 하고 있었습니다. 책은 읽는 것도 좋아하고 쓰는 것도 좋아요. 필사하기도 좋아합니다.

우연히 인스타그램을 하면서 친하게 된 동생이 갑자기 제 생각이 난다며 '언니 이야기 한번 써 볼래?' 하고 추천을 해주더라고요. 그 동생에게 제가 책 읽는 이미지는 전혀 아니었을 텐데, 책 쓰는 이미지는 더 아니었을 텐데.

어쨌든 결혼을 했고, 결혼 2년째 결혼기념일에 사별 같은 이혼을 했고, 이혼 하면서 치과도 그만두게 되었습니다. 이혼 소송을 진행하던 중 국가에서 주는 양육수당이 꾸준히 비양육자인 구남편에게 입금되고 있어서, 수당 계좌를 제 아이 명의로 변경하러 했더니 "계좌 변경을 위해서는 현재 입금받고 있는 구 남편의 동의가 필요하다."라는 구청 주무관의 안내에 열 받았던 기억이 나요. '한부모, 그리고 양육비 정책에 큰 구멍이 있구나.' 하는 생각에 무작정 복지공 부를 해야지 생각했어요. 그래서 다시 한번 대학교에 입학합니다.

사회복지사 노동의 대가가 평생 최저임금에 머물러 있다는 현실을 알았더 라면 '그냥 하던 일 계속할걸.' 싶은 생각이 하루에 골백번도 더 들지만, 아는 만큼 요구해야 하고, 요구하는 만큼 내 아이의 권리도 보장받을 수 있는 것이 우리나라의 현실이기에 지금은 다른 일을 하고 있지만, 아마도 복지정책에 관 한 공부는 놓지 않으려는 생각입니다.

재판 이혼으로 진행했는데 판사가 "혼인 기간 비례해서 최근 동안 가장 많은 위자료를 받았다."라는 얘기를 위로랍시고 저에게 해 줄 만큼 다사다난했던 저의 2년의 시간을 누군가에게 들려주고 당장 힘들어하는 사람들에게 "힘내라."라고는 이야기할 수 없겠지만, 너무 힘들게 살았던 저의 이야기를 들려주면서 그럼에도 "버텨내서 이겼다. 무조건 존버가 이겨."라는 이야기를 꼭 들려주고 싶습니다.

우리 다들 파이팅.

엄마가 되기 이전의 삶과
이후의 삶

더블싱글 침대에 20일도 안 된, 이제 막 신생아 딱지를 뗀 검고, 양수에 불은 피부가 아직 마르지도 않은 쭈굴쭈굴한 물체와 나란히 누웠다. 얼굴을 마주 보고 누웠는데 불현듯 이 작은 것에서 무섭다는 느낌이 들었다.

"이게 내 새끼라고?"

벌떡 일어나서 방에 불을 켰는데 거멓게만 보이던 쭈굴하고 작은 것이 귀여운 물만두처럼 보였다.

"아, 이게 내 새끼구나."

나는 가부장제를 좋아했다. 1950년대에 8남매 막내아들로 자란 아버지를 둔 덕분에 장녀로 태어난 나는 '큰딸은 살림 밑천' 소리를 들으며, 원하는 모든 것을 하고 자랐다. 초등학교 때는 사물놀이, 축구, 판소리도 배웠던 기억이 나고, 중학교 때는 당시 친구들 사이에 몇 대 없던 컴퓨터와 휴대폰도 가지고 있었다. 사방에 능통해서 밑천으로써 잘 쓸 수 있으리라 기대했던 부모님의 심정을 나는 잘 받으며 자랐다.

흙수저 집안에서 금수저처럼 자란 나는 세상 물정 모르고, '새로운 것을 하는 것'에 대한 두려움 없이 20대와 30대를 맞이했다. 30대 초반의 나는, '성향이 맞지 않는 사람과 결혼해서 아기 낳고 사는 것도 해볼 만하겠지.'라고 생각을 했다, 임신했다는 사실을 알기 전까지만 하더라도.

구남편 전남친의 계모임에 따라다니며 "나 비혼이에요, 결혼은 생각 없어요."라고 말하며 다닐 때까지만 해도 '그래도 하면 난 또 잘하고 살겠지.' 하고 생각했다.

그러다 혼전임신. 당시 치과를 다니고 있던 나는 배 속에 있는 아이에게 전자파가 해로울까 근무 중에 무전기도 빼놓고 일을 했고, 원장님께 초음파 사진과 함께 당당히 임신확인서를 제출하고 두 시간 단축근무도 했겠다, 미혼인 주제에.

구남편이나 나나 연봉 형편이 좋은 편이 아니라서 결혼은 조금 더 미룰까 생각했지만, 부모 없는 구남편에 비해서, 우리 부모님은 '집안의 장녀'인 내가 결혼식을 하지 않으면 잃을 게 너무 많았다. 더군다나 하나뿐인 여동생은 여성 평등을 외치는 여성단체 활동가. 확실한 비혼주의자였기 때문에(아직도) 두 딸들이 전부 비혼하지는 않을까 노심초사하던 중 나의 혼전임신은 듣던 중 반가우셨으리라.

아이를 뱃속에 가지고 결혼식을 준비하던 중 재밌는 에피소드도 있었다. 나는 종이 청첩장 200장을 만들고, 단 한 장도 누구에게 주지 못하고 쓰레기통으로 버려야 했다. 구남편이 결혼식 일주일 전까지 잠수를 탔기 때문이다.

전세금을 들고 도박에 탕진하고, 김해 부엉이바위에 죽으러 다녀왔다던 멍청한 구남편을 나는 남편으로 맞이하지 말았어야 했다. "그래도 돈 잃은 게 어디고. 니 몸 안 다치고 건강하니까 정신 똑바로 차리고 열심히 살아보자." 말하지 말았어야 했다.

화해의 의지로 웨딩 촬영을 하게 되었는데, 구남편은 결혼 전 액세서리로 끼던 명품 짝퉁 은반지를 왼손 네 번째에 끼고 와서 웨딩 촬영을 했단다. 촬영 날에는 나의 뭉친 배와 추운 날씨 때문에 그놈의 네 번째 손가락까지는 신경 쓰지 못했는데 촬영 원본을 받아보고 알게 되었다.

'웨딩 촬영을 하면서 결혼반지도 아닌 액세서리를 왼손 네 번째 손가락에

끼고 온다고?' 사진 작가님에게 반지를 포토샵으로 지워달라는 부탁을 드렸고, 작가님의 늘어난 작업 덕분에 웨딩 사진 보정본을 결혼식 날 쓰지 못했던 기억도 난다.

우여곡절 끝에 아버지는 청춘을 바쳐 근무하셨던 회사 정년퇴직을 일주일 앞두고 나의 결혼식을 치를 수 있었다. 방명록에 빼곡히 적힌 부모님들의 지인들은 나의 결혼식 날 나보다 더 빛나셨으리라.

나의 용기는 30대의 당돌함이었을까.

뱃속의 동동이 덕분이었을까.

양육하며 기억에
남았던 에피소드

　　두 번째 결혼기념일에 변호사 사무실에서 이혼하겠다
고 480만 원을 일시불 카드결제를 했다. 여러 사무실을 둘러본 것도 아니었다.
무슨 생각에서였는지, 당시 아가씨일 때에 자주 들여다보던 맘 카페에 광고로
올라온 변호사사무실로 바로 선택을 했다. 내가 혼인 기간 동안 당한 일들을
설명하면 어떤 사무실이라도 내 손을 들어줄 것으로 생각했다. 그게 얼마나
멍청한 판단이었는지.

　　내 이혼은 조정으로 진행했다. 개인회생 되어있던 구남편의 신분을 채무탕
감의 상태로 만들어 준 지 1년이 채 지나지 않아, 또다시 주식과 도박으로 인
한 연봉보다 많은 빚이 생겨 있었던 것이었다. 처음에는 협의로 이혼해서 그
저 구남편과 빨리 법적 부부관계라는 것에서 탈출하고 싶은 생각이었지만, 소
송이혼을 해도 못 받는 게 양육비인데, 협의이혼을 해서 구남편이 양육비를
제대로 줄 리 없다는 것이 내 주변의 의견이었고, 나도 동의했다.

　　협의로 하겠다고 할 때는 양육권을 "엄마인 네가 가져가는 게 맞지."라고
하더니, 소송이혼으로 진행하겠다고 하자 "그럼 나도 변호사 선임해야 하는데
내가 양육권을 주장 못 할 리가 없지."라는 게 구남편의 태도였다.

　　나는 만삭의 몸까지 출퇴근을 하다 예정일 일주일을 앞두고 출산휴가를 썼
다. 산후조리원에서 2주일을 있으면서 함께 있던 조리원 동기들에게 국가에서
지원해주는 산후도우미 제도를 이용할 수 있다는 정보를 받아 구남편에게 "산

후도우미 신청하자." 하는 얘기를 했다. 구남편의 대답은 'NO.'

산후조리원에 1주일만 있어도 되었을 걸 2주일이나 있겠다고 해서 돈을 더 많이 쓰게 되었는데, 산후도우미까지 쓰게 되면 또 돈을 들여야 한다는 거였다. 국가에서 지원을 해주는 부분이라 몇 퍼센트만 우리가 부담하면 되는 부분이라고 설명하고, 코로나 시국으로 사실상 산후조리원에서 신생아 케어하는 법에 대한 교육이 제대로 이루어지지 않아, 퇴실하고 집에 가서 당장 혼자 분유 주는 것도 어렵고, 목욕시키는 법도 모르는데 국가지원 받아서 산후도우미를 쓰자고 설명했으나, 그는 "니가 집에 있는데 산후도우미를 왜 써야 하는데? 그럼 장모님께 부탁해라." 말했다.

산후조리원에서 퇴실하고 젖몸살로 '앞으로 나란히' 자세도 못하던 때에 구남편은 '모유 수유'를 권유했다. 나는 "분유라도 괜찮다. 내가 너무 힘들다. 24시간 동안 잠 못 자는 것도 힘들고, 젖몸살로 통증이 너무 심해서 물리기 힘들다." 했으나, 구남편 왈 "모유가 아기한테 좋단다. 다른 엄마들은 다 하는데 니는 왜 못하노?"

"모유가 아기한테 좋데."라는 말 뒤에 숨어서 구남편은 인터넷으로 휴대용 침대를 사서, 밤 10시가 되면 핸드폰을 들고 옆 방으로 들어가 새벽까지 웹툰을 보며 방구석 프리덤을 누렸다.

신생아를 혼자 돌보기 2주차부터 나에게 구남편은 '돈 압박'을 하기 시작했다. '기저귀는 이것보다 싼 거 사면 안 되는지.', '손수건을 이렇게 많이 사야 하는지.', '아무것도 모르는 애한테 그림책을 왜 사는지.' 등 나를 개념 없는 사치녀 취급하기 시작했다.

"아토피 피부로 아무 기저귀나 쓰니 발진이 났다.", "계속 토를 해서 손수건을 샀다.", "초점 훈련을 해줘야 해서 초점책을 샀다." 아무리 이유를 들어도 구남편은 그것을 '돈 쓰기 위한 변명'으로만 들었다. 결국, 나는 아들을 낳은 지 한 달 만에 "니가 돈 안 번다고 쉽게 쓰나?"라는 말을 들었다.

출산 한 달만에 세 군데의 치과에 이력서를 넣었고, 두 달만에 새로운 직장에 취직했다. 첫 출근에 꽤 근사하게 일을 잘 해내어 그들의 테스트에 통과한 나는 '젖몸살이 심해서 하루 네 시간만 근무하게 해달라.'라는 조건이 받아들여져 다시 출근을 시작했다.

막상 일을 시작하게 되니 목도 제대로 못 가누는 아기를 맡길 데가 친정엄마밖에 없었다. 처음에는 출근할 때 친정에 맡기고, 퇴근해서 아기를 데려오고, 주말에는 독박하는 생활을 했다. 아기를 낳기 전에는 주5일 하던 구남편은 출생신고와 동시에 주말에도 출근이라는 핑계로 밖에 나가기 시작했지만, 월급은 기본급에서 전혀 늘지 않았다.

몇 개월 하다 보니 산후우울증이 왔다. 침대 옆에 누워있는 아기를 보면 무섭고, 도망가고 싶고, 죽고 싶었다. 옆방에서 웹툰 보며 웃고 있는 구남편의 목소리가 벽 너머로 들릴 때는 내 손에 식칼을 쥐고 있는 상상도 했다. 밤마다 울어대는 신생아를 독박으로 보는 나에게 구남편은 문을 쾅 차고 들어와서는 "일하러 가야 하는데 이 시간에 내 잠도 못 자게 일부러 아기 울리는 거제? 내 혼자 자는게 그렇게 꼴보기 싫나?"라고 했다. 그 말만은 절대로 하지 말았어야 했다.

짐을 몇 번이나 싸고, 풀고, 1년 중 "이혼하자."라는 이야기를 700번 이상은 했던 것 같다. 나는 살기 위해서 아기를 친정엄마께 맡기기로 했다. 하루 4시간, 주 3일만 근무하기로 계약했던 치과를 그만두고, 나는 주5일 정상근무를 하는 치과로 옮겼다. 일요일 밤에 친정에 아기를 맡기고, 금요일 저녁에 데려오며 직장생활을 하기 시작했다. 집안에 평화가 찾아오는가 싶었지만, 그 속에서 환갑을 바라보는 친정엄마의 삶은 건강과 함께 녹아내리고 있었을 것이다.

이혼 소송을 준비하는 과정에서 구남편은 변호사 선임과 동시에 양육권을 주장했고, 나는 그 주장을 '학대'라고 말했다. 하지만 상대 변호사는 '경제적 능력, 경제적 참여'를 외치며, "여자보다 남자가 돈을 더 많이 벌 수 있는 가능성이 많다. 안정적인 양육을 위해서는 경제력이 최우선이다."라며 구남편이 양육권을 가져와야 한다고 주장했다. 몇 개월 동안 소송준비를 하면서 제일 힘들게 했던 것이 양육권 문제였다.

구남편이 "나도 양육에 참여했다."라며 '내가 아기를 안고 있는 사진'을 제출했는데, "아내가 아기를 보는 동안 내가 관심을 가지고 있었다."라는 이상한 주장을 하며, 양육권을 주장했다. 나는 아직도 내가 아들을 안고 있는 사진이 어떻게 구남편이 양육 증거로 제출했는지 이상하고 우습지만, 그러면서도 '양육권을 뺏기는 게 아닐까?' 하는 생각을 떨쳐낼 수 없었다.

분리배출 요일인 어느 금요일 아침, 박스를 정리하던 중 분홍색 노트를 박스 속에서 발견하게 되었다. '이게 뭐지?' 노트를 펴 본 나는 비로소 양육권에 대한 긴장감을 놓게 되었다. 친정엄마는 매일 아침 혈압약을 챙겨 드시는데, 그것도 매일 까먹고 알람과 달력에 표시하며 "오늘 먹었나?" 하신다. 분홍색 노트 안에는 그런 친정엄마가 아기에게 1년 동안 수유를 한 기록이 빼곡히 적혀 있었다.

새벽 5시 분유, 새벽 7시 분유, 아침 9시 끙, 아침 11시 분유 …, 저녁 8시 끙 아가 딱딱

'내가 이겼다.' 싶었다.

'음대 자퇴생도 나름 멋진데?'

어렵게 입학한 음대를 1년 만에 자퇴하고 백화점에서 와이셔츠를 팔던 어느 날, 아침 조회시간에 매니저님이 나를 일으켜 세웠다.

"이달의 판매왕 신주영."

와이셔츠 좌판 구석에 묻어놓은 판매일지에, 늘어나는 택 스티커만큼 내 안티도 들었다.

"내 매대 구경하는 사람한테 니가 먼저 인사하는 거 반칙 아니가?"

"그건 니가 못 파는 건 내 알 바 아니고."

1년을 승승장구하며 와이셔츠를 팔던 어느 날, 매니저님이 점심을 먹고 내려오면서 "주영아, 니 왜 그러는데." 하며 소리를 질렀다.

"왜요?"

손님인 척 물건을 너무 쉽게 많이도 사 갔던 중년의 여성 한 명이 사실은 손님이 아니라 백화점 CS를 담당하는 직원이었던 것이다. 현금영수증으로 한참 민감하던 15년 전, 백화점 상품권으로 구매한 고객에게 "현금영수증 하시겠어요?"라고 물어보지 않은 스물두 살의 주영은 비참하리만큼 수많은 직원이 보는 앞에서 죄인이 되어야 했다.

"그만둘게요."

나는 죄송하다는 말은 끝내 하지 않았다.

아버지로부터 "성인이 되어서 대학교도 그만둔 주제에 알바도 그만두고 방탕하게 살면서 장래희망이 거지냐?" 하는 소리를 듣고 바로 은행에 입사했다.

'서류에서 떨어지려나?' 싶었지만, 말 잘하는 달란트 더하기 "정 팀장 조카라고?" 하고 물어보던 면접관이 나를 붙여준 것이 틀림없다고 아직도 생각한다,

그렇게 남들 부러워하는 지역 은행 본점에서 무경력자에, 고졸이 무려 행번을 부여받고, 행원으로 근무하게 되던 1년차.

"내일 당장 염색하고 와."

월급 110만 원 중 20만 원을 털어 탈색과 염색을 몇 번이나 하고 형광에 가까운 주황 머리를 하고 출근한 나에게 팀장이 "안녕?" 대신 했던 말이었다.

다음 날 나는 검정 머리 염색 대신 검은색 헤어스프레이를 뿌리고 실핀 열 개로 잔머리까지 고정시켰지만, 나를 한 번 고깝게 본 팀장이 유야무야 넘어가 줄 리 없었다.

20대 나의 자존심이던 은행이여 안녕.

타의 반 자의 반으로 퇴사하고 나온 은행. 국비로 학원을 다니면 자격증을 딸 수 있는데, 학원 다니는 기간 동안 한 달에 20만 원 차비도 준다는 말에 솔깃해서 피부미용학원을 등록했다. 같이 다니던 친구들은 전부 재수, 삼수 만에 실기까지 합격하고 자격증을 발급받기 시작하는데, 나는 숫자 하나도 안 뺀 7전 8기 만에 자격증을 취득할 수 있었다.

피부미용사들만 가입할 수 있는 카페에서 소통하던 몇천 명 중 나는 '전국의 시험장을 다 돌아다녀 본 의지의 한국인'으로 유명해졌다. 그렇게 1년 만에 자격증을 땄다.

어렵게(돈 많이 들여서) 딴 자격증으로 이제는 좀 자리를 잡나 보다 싶으셨을 부모님께는 미안하지만, 피부미용사 자격증이 하등에 쓸모없는 치과에서

일하게 되었다. 그 덕분에 아버지는 지금 틀니 대신, 부의 상징인 '전악 임플란트'를 얻게 되셨고, 엄마의 지인들은 치아가 안 좋을 때마다 나에게 무료상담을 받게 되었다. 동생은 매년 16,400원의 보험 스케일링을 무료로 받고, 턱관절이 아픈 원인도 알아냈다.

　잘했어, 신주영.

미래
신주영

2023년 1월 블로그 강의를 오프라인에서 공식적으로 시작하게 되었다. 창원시 마을도서관 활성화를 위한 일환으로 '돈 벌기'보다 '재능기부'의 목적으로 시작하게 된 강의. 첫 시간 때 내 강의를 들으러 온 사람들에게 내가 누구인지를 알려야 했다.

지인들에게 "나 이혼했어."라는 이야기를 '재미있는' 대화의 소재로나 사용해봤지 나를 처음 보는 사람들에게 나를 '이혼 블로거'로 소개하는 게, '이게 맞나?' 하는 생각도 잠시 들었다.

"안녕하세요, 육아하는 대학생 신주영입니다. 책 리뷰를 하고 있습니다. 블로그 닉네임은 '책오'입니다. 일주일에 5일은 책을 읽겠다는 뜻이에요."

"이혼이라는 스펙터클한 일을 경험하고, 그 안에서 블로그라는 재미를 찾았으니 너희들도 한번 해 봐. 블로그는 레드오션이지만, 블루오션이기도 해."라는 얘기를 들려주던 시간에 나는 결국 과거 신주영의 이야기를 꺼냈다.

앞으로 두 달 동안 매주 만날 사람들이고, 어차피 블로그에 내 이야기가 낱낱이 포스팅되어 있었기에 '이혼'이라는 단어를 쏙 빼고 나를 소개하는 것이 더 그림이 이상하다고 생각했기 때문이다.

"나는 나의 화려하고도 이상한 이력을 바탕으로 마케팅의 힘을 알게 되었으며, 비교적 안정되지 않은 싱글맘이라는 상황에서, 일과 육아를 혼자 병행하기에도 정신없을 시기에 블로그를 시작했고, 대학 입학도 했다. 나처럼 바쁜 와중에도 생각보다 빨리 블로그라는 플랫폼으로 수익화까지 진행되었으니 당신도 할 수 있다."라는 것을 강조해서 동기부여를 하였지만, 그 날의 내 소개를 들은 수강생들은 이혼보다 더한 나의 파란만장 신주영 그 자체에 반했을 것이다.

'할까? 말까?' 생각을 하면 결국 하고 마는 주영아, 앞으로도 누군가에게, 무언가에게 얽매여 전전긍긍하는 삶 대신 20대의 때처럼 막힘없는 선택을 하기를 바란다.

'훈이 때문에' 못 하는 것이 아니라, '훈이 덕분에' 해내는 엄마의 삶을 살길!

내 아들은 짐이 아니라, 힘이니.

참여
소감

저는 매일 글을 씁니다. 블로그에는 책 리뷰를 쓰고요. 인스타에는 협찬받은 제품과 광고 글을 올려요. 특히 광고하는 제품의 글을 쓸 때는 정해진 글자 수와 가이드에 맞춰 글을 써야 하다 보니 꽤 까다로운 편입니다.

그럼에도 불구하고 글 쓰는 것은 재밌습니다. 글을 쓰기 위해서 생각하는 시간도 재미있고, 요즘은 노트북으로 작업 할 때 타닥타닥거리는 느낌도 재밌어요.

'내 이혼 이야기를 누군가에게 들려줘야지.'라는 생각을 항상 하고 있었는데, '내 이야기를 듣고 누군가에게 영향력을 주기 위해서는 내가 먼저 영향력이 있는 사람이 되어야 한다.'라고 생각했습니다. 신주영에게 동기부여를 받을까, 이부진에게 동기부여를 받을까를 생각해 보면 저라도 이부진에게 동기부여 받으려고 할 테니까요.

그런데 이렇게 글을 쓰다 보니 내가 '누군가'에게 동기부여를 주는 것, 그 누군가에 저 또한 포함되겠더라고요. 과거의 나와 현재의 나, 미래의 나를 곰곰이 생각하다 보니 내가 겪어온 삶에서 나 스스로가 동기부여 받게 되었습니다.

제 글을 읽은 첫 번째 독자 신주영, 글 씀으로 인해 앞으로 더 잘 싸우며 살아가야 할 동기를 부여받았으니, 성공적인 시간들이었다는 생각이 듭니다.

저는 21살에 아기 엄마가 되어 이제 4년 차 싱글맘이
자 워킹맘입니다. 작은 도시에서 말괄량이 딸아이와 우당탕탕 하루를 보내며
오순도순 살아가는 중입니다.

아이와 여행 다니며 추억 쌓아가는 것이 삶에 힐링이고, 지친 하루에 위로
입니다. 어린 나이에 아이를 출산하며 돌아오는 모진 말들에 상처도 많이 받
았고, 산후우울증까지 오며 힘든 시간을 지나왔습니다. 그러다 보니 나도 모르
게 아이의 존재를 숨기게 되고 나의 출산을 숨겨왔던 것 같아요. 그만큼 내 삶
이 떳떳하지 못하다 생각이 들었고 늘 약한 사람이 되어 있었어요.

이제는 조금 더 당당한 엄마로 아이에게 멋진 엄마로 살아가고 싶어 이 책
을 쓰게 되었습니다. 저의 당당함이 아이에게도 전해져 아이가 앞으로 살아
갈 날들이 기죽지 않고 멋있고 당당하게 살아갔으면 합니다.

엄마로
살아가기

학창 시절부터 나는 우리 집에 돌연변이자 골칫덩어리였다. 어쩌면 '아직'일지도 모르겠지만 말이다. 학교생활에 적응하지 못해 학교를 가지 않은 적이 태반이었고, 그저 놀기 좋아하고 꾸미기를 좋아하는 철부지였다.

하고 싶은 건 해야만 했고, 하기 싫은 것은 곧 죽어도 하지 않았으며, 누가 조금만 화를 돋우어도 욱하고 들이박아 버리는 뾰족하고 늘 가시가 선 사람으로 살아왔다.

아이를 낳고 나서 제일 많이 생긴 것은 책임감 아닐까 싶다. 직장 상사가 아무리 더럽고 치사해도 참을 수 있게 되었고, 나를 가꾸는 시간보다 아이를 챙기는 시간이 늘어나고, 친구를 만나는 것보다 아이와 여행을 다니고 추억을 쌓아가는 시간이 더 소중해졌다.

자연스레 친구들과는 멀어지고 인간관계는 소홀해지며 그러다 보니 정리가 되었지만, 나에겐 친구 같은 소중한 아이가 곁에 있어 하나도 아쉽지 않다. 아이를 낳고 21살 20대 초반이란 어린 나이엔 정말 많이 울었던 것 같다. SNS 속 친구들은 예쁜 옷에 예쁜 구두를 신고 술을 먹고 여행을 다니는 사진이 올라오고, 나는 혼자 집구석에서 혼자 목이 늘어난 티셔츠에 산발이 된 머리에 아이 분유와 침이 묻은 옷을 입고 홀로 육아를 하고 있는 모습이 거울에 비칠 때면 보면 너무 서글프고 참아왔던 감정이 솟구쳤던 것 같다.

지금은 아이가 말을 하고 내 말을 이해하기 시작하며 대화가 통하며 서로 감정을 공유하는 너무 소중한 아이가 있기에 친구 열 안 부럽다. 조잘조잘 쉴 새 없이 말을 하는 까닭에 외로운 틈이 없을 지경. 지금도 귀에 딱지가 앉을 것만 같다.

이젠 가끔은 조금 외로워도 될 것 같기도 하다. 아이를 낳아보니 그제야 부모님의 마음을 이해하게 되는 것이 아닐까 싶다. 그땐 마냥 잔소리로 여기던 것이 사랑이었음을 아이를 낳고 키워 보며 배운 것 같다. 아직도 나는 부모님이 내게 베푼 사랑만큼 아이에게 주려면 내 그릇은 한없이 얕고 작은 것 같다.

아이를 홀로 키운다는 것은 많은 희생과 포기할 것이 생긴다. 혼자 책임을 다해 한 아이를 위해 살아간다는 것은 결코 쉬운 일이 아니지만 나는 오늘도 한 아이의 엄마로 열심히 살아간다. 내 삶의 이유이자 목표가 되었고, 난 엄마가 된 것을 후회하지 않는다. 힘든 날도 우는 날도 많았지만, 힘든 세상을 스스로 이겨내는 법을 아이를 통해 배운 것 같다.

광안대교 하늘에
너의 이름을 띄우다

　　　　　　우당탕탕 말괄량이와 초보 엄마가 지낸 4년이란 시간 동안, 첫 뒤집기를 하던 순간 처음으로 엄마라고 옹알이를 하던 날, 아장아장 걸음마를 하던 그 걸음, 그 어떤 것 하나 잊을 수 없지만, 그중 가장 기억에 남는 일을 떠올려 보라고 하면 나는 부산 광안리 높은 하늘 위로 오직 나와 아이를 위해 500대에 드론이 날아오른 날을 잊을 수가 없다.

　부산광역시 수영구청에서 주관하는 드론 쇼에 나와 아이의 사연이 당첨되어 드론 축제에 참가한 적이 있었다. 아직 글을 모르는 아이를 위해 내가 직접 뽀로로 캐릭터 본사에 전화해 저작권 허락을 받았고, 하늘 위로 뽀로로와 아이의 이름을 띄워주었다.

　많은 사람들의 환호 속에 아이의 이름이 하늘에 새겨졌고, 나와 아이의 둘만의 세계에 있는 것 같은 기분이 들었다. 행복하던 아이의 모습 예쁘다며 내 귓가에 조잘조잘 얘기하던 너의 목소리, 지금도 가슴이 벅차오르고 나에겐 황홀한 시간이었다.

　아이는 자라나면서 기억이 점차 흐려지겠지만, 나는 아직도 그때의 그 감정 그 온도를 기억한다. 아직도 그때 드론이 떠오르며 나오던 노래를 아침 출근길에 들으면 그때 그 감정이 다시 떠오르면서 몽글몽글한 하루를 시작할 힘을 얻는다. 나에게 이런 값진 시간이 주어진다는 것은 다 아이가 내 곁에 있기에 내가 또 다른 도전을 할 수 있는 용기와 힘을 주는 것 같다. 혼자라면 감히 시도조차 하지 않았을 것 같다. 그런 나에게 너는 큰 삶의 행복이다. 너는 기억하지 못할 모든 순간을 하나도 빠짐없이 내가 다 기억하고 있을게. 내 삶을 너로 채워 갈 수 있음에 그저 감사하다.

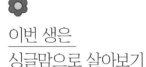

이번 생은
싱글맘으로 살아보기

둘이 키워도 너무나 벅찬 육아를 혼자서 감당하며, 일과 육아를 병행한다는 것은 결코 쉬운 일은 아니죠. 또한, 아이에게 아빠의 빈자리를 느끼며 살아가야 한다는 것 때문에 늘 아이에게 죄인으로 살아가는 것 같아요.

그 빈자리가 느껴지지 않을 만큼 관심과 사랑으로 채워주겠다고 다짐하지만, 그것도 마음만큼 쉽진 않아요. 일에 치여 피곤한 몸을 이끌면 괜한 성질을 부리기도 하고, 엄마란 늘 아이에게 죄인이 되는 게 아닐까 싶어요.

저 역시 처음엔 혼자 이 모든 것을 감당한다는 것이 너무 어려웠어요. 내가 선택한 일이고 내가 짊어지어야 하는 무게라 생각했지만, 21살 이란 어린 나이에 감당하기엔 너무 버거웠죠. 지금은 어느 정도 시간이 지나 나이도 먹으며, 아이도 자라고 아이가 자라며 신생아 시절에 비해 육아도 수월해졌고, 자존감도 많이 회복되며 평온한 일상을 유지해 오고 있는 것 같아요. 가끔 울컥 화가 치밀 때도 있지만요.

처음엔 아빠와 자전거를 타고, 아빠 목마를 하고 동물원을 구경 하는 아이들을 보면 눈이 왈칵 나곤 했었지만, 이젠 덤덤해지고 무뎌진 거 같아요! 그까짓 것 목마 제가 해주면 되죠, 뭐.

내 아이를 내가 지키려면 나부터 단단하고 강한 사람이 되어야겠다고 수없이 다짐하고 살아가고 있어요. 현실은… 개복치이지만요.

육아를 공감하고 마땅히 털어놓을 사람이 주위에 없다 보니 가끔은 외로움이 파도처럼 휩쓸고 오지만, 파도는 다시 휩쓸어 가는 것처럼 또 시간이 지나고 보면 어느새 외로움도 다시 밀려가 버린답니다.

셋이어서 힘들었던 시간을 떠올리면, 둘이 사는 싱글맘으로 살아간다는 것도 나름 괜찮은 것 같아요. 오늘도 하원 후 엄마를 제일 사랑한다며 나를 안아주는 우리 딸, 소중한 아이가 곁에 있기에 전 오늘 하루도 무사히 버텨냅니다.

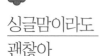

싱글맘이라도
괜찮아

　　　　　내가 싱글맘으로 혼자 아이를 키워나가게 될 거라고 누가 감히 생각이라도 했을까요. 화목한 가정에서 사랑만 주며 키우길 꿈꿨지요. 그렇듯 삶은 언제나 예측 불가능한 일들에 연속인 것 같아요. 하다못해 매일 아침 방송되는 일기예보마저 오늘 날씨를 틀리는 것처럼 말이에요.

　어떤 날은 폭우가 내리치듯 혼자라 너무 서글픈 감정이 요동치기도 하고, 또 어떤 날은 언제 그랬냐는 듯 내 자리에서 씩씩하게 일어나 아이를 등원시키고 일터로 향하지요.

　갑자기 내리던 소나기가 개고, 맑은 하늘에 예쁘고 푸른 무지개가 떠오르듯 저와 아이에게도 그런 날이 올 거란 믿음으로 하루하루 열심히 살아나가는 것 같아요. 그렇게 잔잔한 일상을 이어가다 보면 또다시 예상치 못한 난관에 부딪히겠지만, 지금 주어진 시간에 감사하며 살아갈 거에요. 그냥 살아도 너무나 힘든 세상인데 남과 비교하며 나를 힘들게 하고 싶지 않아요.

　아빠란 존재가 있어야 행복하고 없다고 불행한 삶은 그 어디에도 존재하지 않으니까요. 끊임없이 자책하고 비교할 시간에 조금 더 사랑을 채워주는 엄마로 살아가고 싶어요.

쉽지 않았던
결정

싱글맘이란 혼자서 아이를 키우는 엄마를 뜻한다. 나는 아이를 혼자서도 당차게 키워가기로 결정했다. 나의 치부를 내 입 밖으로 꺼내기엔 아직 나에겐 너무 어려운 일이지만, 이젠 치부가 아닌 나의 자랑이라 생각하며 글로 써내려가 보려 한다.

뜻하지 않았던 갑작스러운 임신, 작은 검은색 화면에 하얗고 강렬히 요동치던 아이의 심장 소리, 그것이 바로 내가 아이를 외면하지 못했던 이유.

내 귓가에 맴도는 그 소리를 나는 모른 척할 수가 없었고, 그렇게 나는 엄마가 되었다. 당시 남자친구였던 아이 아빠와 이별을 생각할 때쯤, 아이의 존재를 알게 되었고, 세상에 태어나자마자 아빠가 없을 아이에게 미안한 마음에 난 이별을 생각했던 마음을 접어두고 결혼생활을 택했다.

나의 행복은 바라지도 않았고, 그저 아이의 행복과 아이에게 내가 우리 아버지한테 받은 사랑만큼 아이도 아빠에게 사랑받길 원했다. 그건 나의 오만과 착각이었으며, 나의 지옥스러운 결혼생활은 그때부터 시작이었다. 아이를 낳겠다고 주위 사람들에게 의사를 밝혔을 때 가족, 친구 할 거 없이 모두가 반대했으며, 하다못해 가슴에 아직도 못이 박힌 말들을 내뱉는 사람도 있었다.

그렇게 힘들게 아이를 지켜낸 만큼 누구보다 잘살아가고 인정받고 싶었다. 그래서 나는 행복한 척 괜찮은 척 잘사는 척을 해야만 했다. 내 선택이 틀렸다는 것을 인정하고 싶지 않아서 하지만 나는 점점 지쳐갔고, 결혼한 지 한 달

만에 머릿속에 이혼이라는 단어만 넘쳐났다. 이혼만이 내가 숨을 쉬고 살아 갈 수 있는 유일한 탈출구였다.

나는 아이를 낳은 지 고작 한 달, 한창 몸조리를 해야 할 시기, 당장 일을 할 수도 없고, 아이를 맡길 곳도 마땅치 않았으며, 경제적인 거라곤 내 명의로 된 전셋집 하나, 이마저도 만삭의 몸으로 홀로 30일 중 30일을 출근하며 아등바 등 아이와 살 집을 위해 일해 번 돈으로 마련한 집, 나에겐 고작 그 집과 아이 가 전부였다.

남편이 있었다 한들 달라지는 건 없었지만, 모든 것이 두렵고 무서웠다. 내 가 혼자 아이를 잘 키울 수 있을지, 이 각박한 세상에서 내가 잘 살아남을 수 있을지, 혼자 둘의 몫으로 좋은 엄마가 될 수 있을지, 어떻게 살아가야 할지 하루에도 수백 가지의 고민과 걱정이 나를 괴롭혔고, 나는 점점 우울이라는 동굴 속에 깊게, 더 깊숙이 들어갔다.

하루하루 아기 분윳값을 걱정해야만 했고, 24시간 이뤄지는 독박육아에 나 는 점점 피폐해져만 갔다. 아이의 방긋방긋 웃는 모습에 잠시나마 웃었다가, 아이가 잠들고 나면 혼자 흐느끼는 날이 늘어갔으며, 잠이 들 때면 내일이 오 지 않길 원했고, 그냥 다 내려놓고 눈을 감고 싶었으며, 해가 쨍쨍한 창문을 바 라보면 저 빛으로 들어가고 싶단 생각이 나를 감쌌다.

그렇게 의미 없이 죽지 못해 하루하루 삶을 이어 나가며 문득 그런 생각이 들었다. 내가 죽으면 우리 아이는 어떡하지? 내가 지금 이렇게 불행한데 과연 아이는 행복할까? 있는 게 없는 거랑 다를 게 없다면 없어도 되지 않을까? 차라리 있어서 고통스럽고, 없어서 내 마음이라도 편하면 덜 힘들지 않을까? 내가 행복해야 아이도 행복할 수 있겠다는 생각이 들었고, 나는 이혼을 결심 했다.

그렇게 난 이혼을 원했고, 이혼하는 과정도 순탄하지만은 않았다. 일단 나 는 남편에게 경제적인 지원을 받지 못했고, 양육비조차 한 푼 받지 못했지만,

법적으로 부부이며, 별거하고 있는 상황이어도 법적으로 한부모가 아니기에 그 어떤 정부 지원조차 받을 수가 없는 상황이었고, 그런 정부의 시스템을 알고 있는 그 사람은 남자의 알량한 자존심이었을까, 끝내 이혼을 해주지 않은 체 잠적해 버렸다.

나는 협의이혼은 3개월 길어야 6개월이라길래 그 기간에는 이 지긋지긋한 연결 고리가 끝날 줄 알았다. 하지만 잠적해 버렸고 협의이혼은 무산되었다.

나는 소송할 수 있는 여러 방법과 변호사 상담을 해보았지만, 비용의 문턱이 턱없이 높았다. 당장 하루하루 아이랑 내가 입에 풀칠하기에도 삶이 버거운데 그 큰돈이 어디 있을까?

나는 또 한 번의 고비가 찾아왔지만, 이젠 무너지지 않으려 다짐했고, 보건소에서 주관하는 정신건강 상담을 받아왔다. 상담을 하며 웃기도 하고, 울기도 하며 내 마음의 짐을 비워 내려 애쓰고, 그렇게 나는 또 한 번 성장을 했고, 몇 달의 상담 결과, 나는 눈에 띄게 밝아졌다.

상담을 해주시던 선생님, 지금껏 나를 보아온 친구들도 전처럼 돌아오고 있다며 기뻐해 주었다. 아이를 낳으며 너무 힘들었던 상황 탓에 나는 늘 숨고, 혼자이길 원했다. 상담을 받고 많이 나아진 나는 숨겨왔던 아이의 출산을 입 밖으로 꺼내기 시작했고, 나의 힘들었던 시간들을 얘기하기 시작했다.

나의 걱정과는 달리 많은 이들이 공감하고 걱정해 주었고, 같이 나아갈 수 있는 방법을 모색해주었다. 그 덕에 나는 무료로 소송할 수 있도록 도와주는 법률구조공단이라는 것을 알게 되었고, 상담받고 소송을 진행할 수 있게 되었다. 나는 그렇게 한시름 놓았다 생각했는데.

내가 소송을 걸어버리자 이번엔 군에 입대 신청을 해 소송을 거부했다. 시어머니는 본인 아들을 위해 온갖 거짓말로 서류를 제출하고 군입대를 이유로 법원 출석을 거부했다. 나는 그렇게 1년을 끌어야만 했고, 입대한 부대를 찾기엔 나 혼자 역부족이었다.

그러다 상근으로 군복무를 하고 있던 친구가 나의 상황을 알게 되었고, 아이가 있어 상근으로 빠졌을 거고, 그럼 집 근처 상근 부대로 빠졌을 가능성이 있다고 얘기를 해주었고, 난 그렇게 다시 차근차근 풀어나갔다.

친구의 도움으로 병무청에 연락했고, 그 사람을 담당하고 있는 대대장과 통화가 되었고, 난 사정을 설명했고, 다행히 같은 자식을 키우는 부모의 입장으로 내 마음을 헤아려주셨으며, 정확한 상황 파악 후 법원 출석을 대대장님과 함께해주시겠다고 약속하셨다. 그렇게 1년 만에 재판 날이 잡혔고, 난 1년을 피가 거꾸로 솟는 거 같이 힘들었지만, 재판 시작 1분 만에 종결이 났고, 이혼이 판결 났다.

지옥 같았던 1년이 파노라마처럼 스쳐 지나가며, 드디어 해방되는 것 같았다. 법원 판결이 끝나고 집으로 돌아오는 길, 나의 시작을 응원하듯 하늘에는 무지개가 떠 있었다. 나는 이제 열심히 살아보겠다고 다짐했다. 그렇게 나는 싱글맘이 되었고, 싱글맘으로서 인생이 다시 시작되었다.

9개월 된 아이를 어린이집에 맡겨두고 일을 나가며 미안했지만, 앞으로의 날을 생각하며 일을 다니고, 아이가 돌쯤 지났을 땐 간호조무사 공부를 시작하였다. 육아와 공부, 780시간이라는 병원 실습까지 몸은 너무 고되고 힘들었지만, 힘들 때마다 아이를 생각하며 버텼고, 난 그렇게 1년을 노력한 결과, 지금에 내가 되었다.

포기하고 싶어질 때마다 아이를 생각했고, 아이에게 자랑스러운 엄마, 떳떳한 엄마가 되는 나의 첫 번째 목표를 이뤘다. 나는 운이 좋게 실습병원에 바로 취업을 했고, 그게 벌써 1년이나 지났다.

병원 근무 특성상 주 6일에 쉬는 날이 없어 힘들지만, 아이와 살아가는 지금이 하루하루가 너무 소중하고 뜻깊다. 꼬박꼬박 들어오는 월급과 아이가 갖고 싶은 것을 사줄 수 있고, 아이와 여행을 다니고, 아이 통장에 돈을 적금해줄 수 있는 지금이 나는 너무 행복하고, 그저 감사하다.

여기까지 이렇게 자리 잡는 데 많은 마음고생과 시련이 있었지만, 포기하지 않고 달려온 나 자신이 가끔은 대견하다. 노력은 나를 배신하지 않구나를 느끼고, 아이가 커가는 만큼 나 또한 같이 성장할 수 있음에 너무 감사하다. 나는 또 다른 도전을 해나가는 중이며, 멋진 엄마로 살아가기 위해 오늘 하루를 보낸다.

지금 너무나 힘든 시간을 보내고 계신 분들이 이 글을 읽는다면 조금이나마 위로가 되길 바라요. 당장의 시간이 지옥일지라도 우린 모두 이 작고 귀한 생명을 지켜내고, 혼자 책임지고, 여기까지 온 것만으로도 엄청 대단한 일이며, 누구나 쉽게 하지 못 하는 일을 우린 해낸 것이라 생각해요.

누구는 우리를 가엽게 보기도, 안쓰럽게 보기도 하며, 아직 우리나라의 사회는 비판적인 시선으로 우리를 바라볼지라도 내 아이가 자라나는 사회는 혼자 열심히 사랑으로 키워낸 아이를 따뜻하게 안아주고 보듬어 줄 수 있는 사회로 바뀌길 조금이나마 간절한 마음을 담아봅니다.

숨고 피하기만 한다면 달라지는 것은 아무것도 없으니 작은 것 하나부터라도 시작해보는 용기. 첫 시작이 두렵고 어렵고 힘들겠지만, 첫발을 디디고 나면 두 번째, 세 번째 계단이 보이실 거예요. 자신을 암흑 속에 가두지 마세요. 자식을 사랑으로 품는 만큼, 우리도 사랑받아야 할 사람이고 사랑받아야 마땅해요.

그동안 힘든 시간을 달려오느라 고생하셨습니다. 너무 힘들고 지친다면 잠시 쉬어가는 것도 괜찮아요. 잠시 쉬어가도 우린 또다시 일어날 멋지고 당당한 여자이자 엄마니까요. :)

과거의
나에게

어리고 철없던 너에게 무슨 말을 너에게 해야 할까? 선뜻 전하지 못하고 지웠다 썼다를 반복하며 글을 써내려가, 학창시절부터 순탄치 않았던 너는 부모님 속을 너무나 애태우며 살았지, 지금에 나는 과거에 너를 보며 자책하기도 하고 후회하기도 하며 삶을 살아가고 있어.

그때의 나는 지금이 제일 힘든 시기를 달리고 있구나 하며 살았겠지만, 지금 돌이켜보면 그때의 힘듦은 작고 소박했구나 하고 느껴. 그때로 돌아갈 수 있다면 하루하루를 좀 더 열심히 살아볼 걸 하는 미련이 남기도 해.

그렇게 속썩여가며 고등학교를 졸업하고, 일찍 찾아온 생명으로 넌 또 한 번 부모 속을 뒤집어 놓았고, 이혼이란 결과를 얻었어. 그런 너를 지켜보는 부모님의 심정이 어땠을지 몇 년의 삶을 더 살아보니 이제야 느껴. 어리고 미숙했던 네가 깨닫기엔 너는 너무 철없던 철부지였으니 당연하다 생각해.

왜 그때 그렇게 나를 말리셨는지, 내 선택을 반대했는지 살아보고 내 살갗으로 느껴보니 이해가 가. 알고 계셨던 거지, 부모님. 이 상황을 겪어보지 않아도 내가 힘들 거란 걸. 그때의 너도 지금의 나도 하루하루 그때의 네가 할 수 있는 최선의 선택을 하며 살고 있겠지만, 지금이 편지를 쓰고 있는 지금 또한 내일이 되면 어제가 될 거고, 과거가 되어 있겠지.

후회하지 않는 오늘을 살기 위해 더 열심히 살아봐야겠다는 생각이 들어. 마음의 빚을 진 사람들에게 다 갚아주려면 난 삶을 포기해서도 안 되고, 지금

보다 더 열심히 하루를 살아야 하니까 말이지. 그때의 너의 선택을 늘 원망했고, 후회했고, 질책했어. 단 한 번도 그때의 네가 왜 그런 생각과 선택을 했는지 너의 마음을 헤아려주지 못해서 미안해.

　그때의 너도 참 많이 힘들었을 텐데. 난 살아오며 너를 위로하고 감싸 안아준 적이 없는 것 같아. 많이 외로웠을 너에게. 지금이라도 감싸 안아줄게, 고생했어. 그때의 나도, 지금의 나도 과거를 달려오느라 고생 많았어. 지난 시간이 헛되지 않게 살아갈게. 지금껏 잘 버텨주어서 고마워.

미래의
나에게

미래에 나에게 쓰는 편지라…. 한 번도 생각해 보지 못했던 것 같다. 항상 늘 미래를 위해 달려오지만, 결코 내가 미래에 어떤 감정일지 어떤 삶을 살고 있을지 생각해 본 적이 없어서 두서없이 글을 써내려가지만 나에게 편지를 쓰며 느끼는 것은, 미래에 너는 좀 더 행복해져 있었으면 좋겠다는 생각을 한다.

어린 나이에 홀로 육아를 하며 너의 삶을 포기한 체 끝없이 달려오기만 한 시간들을 조금 보상받으며 행복한 나날들로 가득 차 있었으면 하는 게 바람이다.

미래에 너는 퇴사는 했을지, 어디로 여행을 다니고 있는지, 지금 가장 힘든 것이 무엇인지, 참 궁금한 게 많다. 어색했던 육아와 쉽지 않은 사회생활에 지금까지 고생하며 이 긴 시간을 달려왔을 너에게 참 대견하다고 누구보다 잘해왔다고 말을 전하고 싶어. 여기까지 오며 고비도 참 많았을 테고 혼자 울기도 많이 했겠지만, 그동안 너무 고생했고, 아무나 쉽게 하지 못하는 것을 너는 해냈다는 것만으로도 참 대단해.

한 생명을 혼자 이렇게 강인하게 너무 이쁘게 키워낸다는 것은 쉽지 않은 일이잖아. 지금껏 잘 살아줘서 고맙고, 잘 버텨주어서 고마워. 너의 많은 노력과 인내가 삶에 곁든 것 같아 어리고 미숙하기만 했던 철부지였던 네가 지금은 조금 의젓해 보이기도 해.

글을 쓰다 보니 누구에게 쉽게 털어내지 못했던 내 마음속 응어리 이들이 풀리는 것 같은 느낌을 받기도 해. 힘든 시간을 이겨낼 수 있었던 것은 네가 지금껏 잘 버텨주었기 때문이라 생각해. 너는 참 멋진 사람이고, 앞으로 더 발전할 거야. 항상 밝게 웃어주며 힘든 날 일으켜 세워주고 다시 앞으로 나아 갈 수 있도록 해줘서 고마워. 미래에 나는 어떤 삶을 살아가고 있을지 아직 잘 모르겠지만, 이 글을 읽을 미래에 네가 눈물 대신 웃음으로 이 글을 읽고 있었 으면 좋겠어. 우리가 만날 미래에 시간까지 잘 지내줘 고마워. 나는 널 많이 사랑해.

오늘의
나에게

밝은 웃음 뒤로 알 수 없는 눈물, 무얼 뜻하는 걸까? 잘 살아가고 있고, 누구보다 대단하고 멋지게 삶을 살아가고 있다고 다짐하지만 쉽지 않은 길을 걸어가는 건 사실이다. 울퉁불퉁 자갈밭도, 뾰족뾰족 가시밭도, 내가 이겨내고 지나가야 할 길이다. 쉽지 않은 길을 택했고, 가끔은 주저앉기도 하고 쉬었다 가기도 하겠지만, 결코 내가 피할 수는 없는 길이라는 것을 알고 있다

그래서 나는 오늘도 일어서야 한다. 먹여 살려야만 하는 아이가 있기 때문이다 가끔 혼자 아이를 키우다 보면 문득문득 나를 찾아와 날 괴롭히는 이 감정들 시간이 지나면 자연스레 지나갈 감정이지만, 그 감정들이 솟구칠 땐 모든 쌓아왔던 탑들이 무너지는 느낌이다. 다른 아이들은 4시 반이면 하원을 하는데 내 아이만 7시, 8시까지 남아있을 생각을 하니 마음이 찢어진다. 섣불렀던 나의 선택이 나와 내 아이까지 힘들게 하는 게 아닌가 하는 의구심부터 생각이 꼬리에 꼬리를 물기 시작하며 나를 더 힘들게만 하는 것 같다.

싱글맘, 그리고 워킹맘으로 살아간다는 것은 쉼 없는 일상의 쳇바퀴 같다. 하루 반나절을 일에 치이고, 퇴근을 하면 육아와 살림에 치이고, 누군가 아이를 돌봐주고 케어가 가능하다면 조금은 나아지겠지만, 실제 싱글맘의 대부분은 아이를 맡길 곳이 변변치 않다는 것이고, 이런 고충을 안고 살아가지 않을까 싶다. 나보다 더 힘든 사람들도 꿋꿋이 살아가고, 이겨내고 있다는 생각에

나는 다시 한번 마음을 가다듬는다. 힘들 수밖에 없고 힘든 길을 걸어오는 나는 더 강해져야 하고, 강한 엄마가 되기 위해 다시 한번 힘을 내어본다.

그런 날이 있다. 이유 없이 힘이 부치고 무너지는 날, 그날이 오늘이다. 잘 참고 이겨왔던 마음이 무너져 너무 힘든 날. 누구에게 내색하지 못하고 씩씩한 척 이겨내야 하는 날.

오늘 하루 많이 힘들었지 괜찮아. 지금껏 잘해왔고, 내일은 더 잘해낼 거야. 나는 널 믿어. 지금은 힘들더라도 내일은 행복할 거야. 그럴 자격이 충분한 사람이니까. 힘들다는 건 그만큼 네가 애썼다는 거니까. 조금 내려놔도 돼. 너무 잘하려 하지 마. 지금도 잘하고 있어. 우리 조금만 더 버텨보자.

힘내서 잘살아 보자. 수없이 내가 마음으로 되뇌는 말, 우울함에 얽매이지 않기 위해 애써 웃어본다. 오늘 하루도 고생했을 나를 위해 맥주 한 캔에 우울함을 떨쳐내고 내일은 좀 더 씩씩하게 살아봐야지, 파이팅.

자유 주제 1

　　　　　가보고 싶은 세상, 나는 환하고 밝은 곳에 살면서도 참 바라는 것이 많다. 사람들은 각자 가보지 못한 길을 후회하기도 하고, 다시 뒤돌아서 가보기도 하고, 가지 못했던 길을 새로 나아가기도 한다. 경험해 보지 못한 것과 가보지 못한 세상에 대한 미련과 후회에 대한 끝없는 갈망인 걸까? 나도 그렇다 살아보지 못한 삶에 대한 미련일까?

　아침 해가 뜨면 출근을 하고 해가 어둑어둑 질 무렵 퇴근을 하고 집으로 향한다. 가끔은 해가 길어질 때면 집에 가는 길에 노을 지기도 한다. 삶이 힘듦에도 불구하고 추구해야 하는 잡힐 듯 쉽사리 잡히지 않는 붉게 물든 하늘을 보고 있으면서도 따뜻한 마음이 들다가도 착잡한 마음이 스치기도 한다.

　맘 놓고 누려보지 못했던 삶에 대한 그리움이 사무치기도 한다. 퇴근길에 노을은 나에게 내일 위한 원동력이고 낭만이 아닐까 한다. 예쁜 노을 속 슬픈 감정이 교차하는 퇴근길. 붉게 물든 노을처럼 나의 삶이 물들 그런 세상에 가고 싶다.

컵이 다르다고 해서 컵 안에 든 물에 양이 바뀌지 않는 것처럼 질량의 법칙이라는 것이 있다. 하지만 우리는 늘 끊임없이 남의 것을 탐내고 시샘하며 비교하는 삶을 살아간다.

그냥 살아도 힘들어 죽겠는 삶인데 왜 그렇게 더 힘들게 살아야 하는 걸까 하는 생각이 뇌리를 스친다. 큰 것과 작은 것을 비교할 이유도 많은 것과 적은 것을 대어보며 비교할 필요가 없다. 가족의 수가 많든 적든 가정이 크든 작든 크다고 행복하고 많다고 행복하고 적다고 불행하고 작다고 불행한 삶은 그 어디에도 없다. 작으면 작은 대로, 크면 큰 대로 그 각각 선택이 주는 행복과 만족이면 그걸로 충분한데, 비교하며 상처받고 상처 주고 할 이유가 없음을 많은 사람들이 알았으면 좋겠다.

비록 남들과는 다른 가정이지만 그 안에 숨은 행복은 남과 비교하지 못할 만큼 크다는 것을 알아주었으면 좋겠다. 그러니까 눈에 보이는 것으로만 평가해서 안쓰럽고 안타깝게 보는 눈초리는 집어넣고 소중한 하나의 가정이란 존재로 봐주었으면 좋겠다.

둘이어도 느끼는 행복은 말로 표현하지 못할 만큼 크고 소중하니 감히 그 어떤 누구도 쉽게 평가하지 않았으면 좋겠다. 세상이 바뀌어야 싱글맘들이 조금 더 당당하게 살아갈 수 있을지 않을까 하는 생각이 든다. 우린 틀린 것이 아니라 그냥 조금 다른 거뿐이니까.

참여
소감

　　육아와 일을 병행하며 글을 쓴다는 것은 쉽지 않은 일이고, 퇴근 후 육아전쟁을 치르며 짬짬이 글을 쓴다는 것은 많은 의지와 노력이 담겨야 가능한 일이다. 지친 몸으로 글을 써내려간다는 것 힘든 일이기에 포기할까라는 생각이 들기도 했다.

　　내가 지금껏 살아오며 느꼈던 아픔과 슬픔을 나누고, 공감하며, 위로받기도 하며, 나를 되돌아보는 시간을 가질 수 있었고, 일과 육아의 굴레에서 잠시나마 벗어날 수 있는 안식처이기도 했다. 나처럼 혼자였다고 생각이 드는 다른 싱글맘분들 또한 이 글을 읽으며 공감받고 위로받았으면 하는 마음에 끝까지 이 프로젝트에 최선을 다했다.

　　내 아이는 편견 없는 세상에서 당당히 살아갔으면 하는 마음으로 처음으로 목소리를 높여보았다. 이 작은 목소리가 모이면 조금이나마 세상의 시선과 편이 바뀌지 않을까 하는 생각이 든다. 이 글은 두서없이 써 내려 간 글이라 많이 부족하지만, 나의 노력과 최선이 담겨있고, 나의 지난 시간들이 묻어있다. 한 번도 아픔을 기억하고 꺼내어보고 싶지 않았지만, 이 글을 쓰며 힘들었던 시간 속에 나를 위로하고 어루만져 줄 수 있는 시간이 되었다. 힘들었던 시간을 떠올리며 울컥하기도 하고 그 시간을 견뎌내어 준 내가 대견하기도 했다. 나를 한 번 더 돌아보는 시간이 되었고, 내가 한층 성장할 수 있는 계기가 되었다.

안녕하세요. 선택적 한 부모 33살 최지혜입니다. 8살 듬직한 아들과 함께 살고 있습니다.

참 철없고 말 안 들었던 저를 포기하지 않고 아낌없이 사랑해 주셨던 부모님께 감사하다는 마음이 제일 먼저 들게 되는 어린 시절을 회상해 봅니다.

저는 물멍과 물소리를 좋아합니다. 그리고 부가적으로 예쁜 카페에서 책을 읽으며 물 멍을 하고 물소리를 듣게 된다면 저에겐 최고의 힐링의 시간으로 더 없는 행복의 시간이 됩니다.

저는 어떠한 도전에도 두려움이 없는 것을 장점이자 잘하는 것으로 생각합니다. 그렇기 때문에 저의 성격은 진취적이고 도전적이며 매사 긍정의 관점으로 모든 것을 성장시킵니다. 누구나 마찬가지겠지만 좋아하는 일을 할 때 열정이 넘칩니다.

이 프로그램을 참가하게 된 계기는, 이전의 삶과 선택적 한부모가 된 이후의 삶에서 존경이라는 단어를 처음 듣게 되었습니다. 이전의 삶에선 일반 평범한 사람보다 못한 '오늘만 산다!' 했던 저의 모습에서 지금의 삶은 하루하루 소중하고 가치 있게 살아가며, 내가 좋은 사람, 좋은 엄마가 되어 한 사람을 세상에 필요한 리더로 키우고 싶다고 생각하기 때문에 그렇게 살려고 노력하는 모습에서 '존경'이라는 단어를 듣는 것 같아 부끄럽습니다. 하지만 '존경'이라는 단어를 써주신 모든 분께 해주신 귀한 단어가 헛되지 않도록 더욱더 가치 있게 살려고 노력하는 중에 많은 분께서 책을 써보라고 권해주셨습니다.

하지만 책을 쓰는 기본조차 몰랐고, 현재 하고 있는 일과 육아에 집중하고 있었습니다. 우연한 기회로 싱글맘/미혼모와 함께하는 도서 출판 프로젝트를 알게 되었고, 망설임 없이 도전하게 되었습니다.

이 프로젝트를 통해 저의 지금의 생각을 기록하고, 10년 뒤 제가 쓴 글을 보며 '그때 이런 생각을 갖고 있었구나.' 하며 남겨두고 싶습니다. 또한, 지금도 어딘가에 싱글맘/미혼모들의 아픈 마음을 토닥여주며 엄마의 삶을 선택한 것을 후회하지 않도록 엄마 되길 잘했다고, 더욱더 빛이 나도록 등불이 되어주고 싶습니다.

어찌 보면 저의 삶을 글자 몇 자에 녹여 낼 수 없지만, 그 몇 자의 글을 보고 힘을 또는 희망을 얻는 사람들이 있을 거라는 마음으로 저의 마음을 전해 내려가고 싶습니다.

내가 저지른
한 부모의 삶

선택적 한 부모라는 단어에 대해 생소한 사람들이 많겠지만 3년 전 2020년도에 방송인 사유리 씨의 비혼모 선택으로 젠을 낳은 모습을 봤을 것이다. 그렇게 선택적 한 부모의 새로운 형태의 가족의 모습이 대중에게 보여졌다. 나는 그 이전인 2015년, 겉모습은 혼자였지만 혼자가 아니었다. 뱃속엔 심장이 뛰며 심각했던 입덧을 통해 '저 여기 있어요.' 했던 아기가 있었다.

24살 혼자가 되어버렸고 세상이 나를 버린 것 같은 느낌까지 들었다. 절망적일 때 배 속의 아이는 더 건강히 뱃속에서 존재감을 드러내며 '혼자가 아니에요.'라고 말해주었다. 그 텔레파시가 탯줄을 통해서 통했는지 모르겠다. 그 절망적인 시간에 혼자가 아님에 감사하며, 앞으로 내 손을 꼭 잡고 나에게 살아갈 용기를 줄 것 같은 이 존재를 지켜내기로 했다.

어찌 보면 24살에 아무것도 모르기 때문에 용감했던 것 같다. 앳된 외모에 작은 체구여서 큰 박스티를 입으면 임산부인지 티가 나지 않았다. 지난 아픈 시간들은 되돌릴 수 없으니 앞으로 오는 시간을 위해 10달 동안 태교에만 집중했다. 그 시간 동안 내가 부족하다고 생각했던 수학 공부도 하고 책도 많이 읽었다. 지금 시점에 그 태교가 효과가 있었는지는 아직 잘 모르겠다.

막달까지 입덧이 심했던 나는 지금 생각하면 별거 아닌 일로 엄마와 트러블이 생겼다. 그래서 정말 혼자 아기를 낳게 되었다. 허리가 좋지 않아 자연분만을 하게 되면 그 힘을 받쳐 줄 수 없다고 의사 선생님께서 제왕절개를 얘기하셨다.

4월 14일 차가운 수술대에 올랐을 때 생각보다 아무 생각이 나지 않았다. 생각은 없었지만, 복잡 미묘한 이유의 눈물만 났다. 하반신 마취를 하려고 했는데 그 마취제가 나에게 맞지 않아 호흡곤란과 울렁거림으로 곧 죽을 것 같다는 생각이 들었다. 이내 전신 마취가 빠르게 진행되었고, 얼마큼의 시간이 흐른지 모르겠다. 눈을 떴더니 산소 호흡기를 하고 있던 내가 느껴졌다. 내 아기가 어딨는지 어떻게 생겼는지 그 생각이 절실했는데, 산소 호흡기와 비몽사몽했던 정신 때문에 말을 할 수 없었다. 마침 나의 상태를 확인하러 온 간호사 언니의 나이스 타이밍 덕분에 바로 내 아기를 확인할 수 있었다. 손가락 오른쪽 5개 왼쪽 5개 발가락 오른쪽 5개 왼쪽 5개를 확인시켜주며 아직 움직일 수 없는 내 가슴 위로 아이를 안겨주었다. 이때 정말 많은 눈물이 났던 것 같다. 탄생의 경이로움과 이 작은 생명과 함께 살아가야 할 날들의 두려움으로 복잡한 감정의 눈물이 폭발했다.

그렇게 25살에 선택적 한 부모가 되었다. 10달 동안 뱃속에서 지켜내며 다짐하고 다짐했다, '우리 할 수 있어.'라고. 나 혼자였으면 '나 할 수 있어.'가 되었겠지만 '우리'라는 단어가 새로운 힘을 내게 해줬다. 신생아를 데리고 집으로 오면서 만지면 부서질까? 내가 실수하진 않을까 긴장하며 잠을 푹 자보는 게 소원인 100일의 시간이 지났다.

100일의 기적이라는 말도 있듯이 정말 기적이 있었다. 이 기적의 시간 동안 나에게 없었던 끈기와 희생이라는 것을 장착하게 되었다. 그렇게 엄마라는 두 글자에 'ㅇ' 자를 해낸 것 같았다. 이 작은 사람은 100일 동안 왜 이렇게 새벽에 열이 나는지, 밤마다 기저귀 가방에 늘 바로 들고 나갈 수 있게 분유와 젖병 기저귀 손수건 물티슈 쪽쪽이를 넣어 현관문 벽에 무거운 가방을 놓았다.

여지없이 39도 40도가 되면 대기 해놓았던 가방을 메고 아기 띠로 아기를 안으며 응급실로 뛰어갔다. 집에서 10분 거리에 대형병원이 있어 다행이었다.

그렇게 응급실에 도착하니 다른 아기들도 있었다. 아무렇지 않은 척은 했지만, 엄마 아빠와 함께 있는 다른 아기들의 모습을 보며 아기와 둘인 나의 모습에 속으로 서러움의 눈물을 삭혔다. 혼자 낳아서 키우겠다는 욕심에 이런 가정에서 태어날 줄 몰랐던 이 아이에게 미안한 마음이 잔뜩 들었던 응급실 서러운 공기를 잊지 못하겠다.

그리고 유모차가 없어 아기 띠를 매고 응급실에 갈 때면 화장실에서 볼일도 참았어야 했다. 그러다가 노하우가 생겨 아기 띠로 안고도 해결할 수 있었다. 그래서 엄마는 위대한 건가? 여자였다면 못했을 모든 일을 어떻게든 해내게 된다.

그렇게 안 갈 것 같던 시간이 흘러 24시간 중 3시간만 재롱을 떨어도 육아 헬이었던 나머지 21시간을 웃음으로 버틸 수 있게 해주는 재롱둥이와 함께하게 되었다.

그 작은 움직임에 내가 너의 엄마인 것이 아주 잘한 일이라고 생각하게 되었다. 아이는 내가 키우는 거라고 생각했는데, 아니었다. 이 작은 사람이 날 키우고 있었다. 사람으로서 갖춰야 할 모든 기본 행실과 올곧은 마음을 품을 수 있게 해줬다.

왜? 이왕 낳은 이 아이를 세상에 필요한 리더로 키우고 싶다는 가치관을 갖게 되었기 때문이다. 자식은 부모의 거울이라는 말은 누구나 들어봤을 것이다. 나부터가 그런 사람이 되어야겠다고 생각이 들면서 나부터 관점을 긍정으로 바꾸게 되었고, 나부터 타인을 배려하고 존중하는 언어를 사용하게 되었다.

아이가 자라는 시간 동안 나 또한 많은 성장을 했다. 그래서 내 인생의 은인은 내 옆에 곤히 자고 있는 이 아이이다. 이 아이가 없던 시간인 20대 초반은 나에게 가장 버릴 시간이 많았던 시간들로 의미 없던 시간만 보냈다. 친구가 좋았고, 욜로를 외치며 미래를 그리지 않았다. 정말 마치 내일이 오지 않을 사람처럼 살았다. 그래서 지난 시간들을 길게 풀어서 얘기할 수도 없을 시간들이다.

그런 지난 시간을 생각해 보면 지금은 정말 사람 되었다. 사람은 고쳐 쓰는 거 아니라는데, 고쳐지더라. 삶에서 소중하게 책임질 무언가가 생기고, 그 가치관의 관점이 뚜렷해지면 나처럼 고쳐지는 것 같다.

나는 아빠가 없어요,
없을 수도 있죠

아이를 키우기 전 회색빛이었던 내 삶에 아이를 키우면서 알록달록 형형 색깔이 보이는 삶으로 바뀌었다. 감고 있던 눈이 떠진 것이다. 많은 색깔이 보여 다양해진 감정만큼 처음 맛보는 알록달록함에 정신을 쏙 뺄 때도 있다.

육아를 하면서 100가지도 넘는 에피소드가 생긴다. 지금 와서 생각해 보면 육아 일기를 꾸준히 써서 기록해 두면 좋았을 걸이라는 아쉬운 마음이 든다. 지금이라도 늦지 않아 이렇게 남기고 있는지 모르겠다.

나는 아이에게 엄마와 둘만 있는 가족의 형태에 대해 일찍부터 교육했다. 엄마만 있는 친구도 있고, 아빠만 있는 친구도 있고, 할머니 할아버지만 있는 친구도 있는데 그 또한 모두 가족의 형태라고 말이다.

한 번은 이런 일이 있었다. 여기저기 돌아다니며 많은 것을 보고 경험해 봤으면 좋겠다는 나의 마음과 행동에 아이와 함께 정말 많은 곳을 다녔다. 물론 무거운 아이의 1박 2일 짐과 장거리 운전을 하며 아이를 챙겨야 하는 수고로움이 있지만, 그 과정 또한 아이를 위함에 행복했다.

도착한 펜션에서 모르는 여러 가족들도 우리와 같은 설렘을 안고 도착한 모습을 볼 수 있었다. 거기서 만난 또래 친구들과 신나게 뛰어놀았다. 나는 그 모습과 어우러지는 예쁜 경치들을 보며 이게 행복이구나 싶었다.

그런데 얼마 있지 않아 한 아이가 "우리 아빠한테 해달라고 할게, 기다려."

라고 했고, 이어 그 친구의 아빠가 와서 아이들의 놀이를 도와주었다. 아무도 물어보지 않았는데 갑자기 우리 아이가 "난 아빠가 없어. 원래 없었어."라고 이야기를 했다. 당연히 이해하지 못할 또래 친구는 "왜?"라고 하였고, 옆에 있던 그 아이의 아빠는 마치 잘못을 한 듯 괜히 미안해하는 모습을 보게 되었다.

이런 경험이 처음은 아니었다. 아이가 웃으며 "난 아빠가 없어." 하는 말에 어른들은 하나같이 죄인이 되었다. 하긴 나란 어른도 지금 생각해 보면 그런 상황에 어떻게 반응을 하고 어떤 대답을 해야 이 아이가 상처받지 않을지 모르겠다.

이러한 가족의 형태가 있는 게 우리에겐 아무렇지 않았지만, 이런 가족의 형태도 있다고 아주 평범한 것이라고 사회는 가르쳐 주지 않았다. 우리 둘이서만 사회의 인식을 웃으며 바꿔 보려 한, 마치 계란으로 바위를 치는 느낌이었다. 아이를 키우는 8년 동안 이런 일이 수도 없이 많았다.

"아빠는?"

"없어요."

"왜?"

"몰라요. 엄마가 처음부터 없었는데요."

아마 많은 싱글 맘, 한 부모 모두가 겪는 또는 겪게 될 에피소드일 것이다. 아이가 이러한 상황을 이해할 때가 되면 말해주겠지만 아직은 몰랐으면 좋겠다.

지금은 예쁜 세상만 보며 좋아하는 짜장면을 먹고, 먼 훗날 어려움에 마음이 무너지는 순간이 오더라도 그 어린 시절 예쁜 추억들로 다시 일어나 성장하는 행복한 에피소드기 가득한 아이가 뇌기를 바라본다.

한부모는 선택적으로 했지만,
워킹맘은 필수다

아이를 혼자 낳고 키우는 내가 안쓰럽고 미웠을 텐데 감사하게도 내 선택에 존중해주는 가족들에게 금전적 지원을 받아 아이와 둘이 생활할 수 있었다.

돌이 될 무렵 이제는 아이가 어린이집에 다니게 되었고, 2~3시간의 자유 시간이 생겼다. 일주일 동안 2~3시간이라는 자유 시간에 밀렸던 청소와 빨래를 했다. 집안일을 다 끝내고 좀 쉬려고 누워서 시계를 보면 여지없이 데리러 가야 하는 시간이 되었다.

일주일이 지나는 시점에 육아 선배인 언니들이 알려주었다.

"아기 어린이집 보내고 그 시간은 집안일도 하지 말고 아무것도 하지 마. 그냥 쉬어."

그다음 일주일은 정말 그냥 쉬었다. 소원이었던 잠 푹 자보기, 좋아하는 노래 들으면서 누워있기 집안일이 아니라 오롯이 나에게 시간을 쏟았다. 그렇게 한주 한주 지나면서 시간적 여유가 생기니 육아 카페에서 처음 보는 육아템들에 눈이 휘둥그레지고 신세계를 보는 듯했다.

하지만 다 돈, 육아는 템빨이라지만 그것 또 한 경제적 여유가 있는 사람들에게 한해서 적용되는 단어였다. 부모님께서 지원해주시는 생활비로 계속 더 이상 아이를 키울 수 없다고 생각이 든 날이기도 하다.

그래서 알바몬, 알바천국 2~3시간만 할 수 있는 일을 찾아보았다. 없었다.

정말 없었다. 아무리 뒤져보아도 파트타임도 없었다. 그러다 우연히 핸드폰 광고에 보였던 개인 방송 어플을 알게 되었고, 그 어플을 설치했다.

아무 생각 없이 그 시간에 어떤 방송을 보게 되었다. 사람 사는 이야기 하며 공감 가는 부분도 있었고, 방송을 보다가 생각이 들었다. '시간과 장소에 구애를 받지 않는데 방송을 하게 되면 아이 과자값이라도 벌게 되지 않을까?'

카메라에 거부감이 없던 나는 바로 실행에 옮겨버렸다. 방송 활동 이름을 '최넬'이라고 지었다. 그 이유는 NER이라는 기독교적 뜻에서 등불이라는 뜻을 가지고 있다. 한 부모와 싱글 맘, 미혼모들에게 내 방송을 통해 마음에 위안을 얻고, 그들에게 등불이 되어 주고 싶은 이유에서 생각했던 의미의 이름이다.

그렇게 다른 장비 없이 휴대폰으로 방송을 하게 되었다. 신기하게 처음부터 많은 시청자가 생겼고, 이틀째 되던 날에는 해당 어플 본사에서 소속 BJ로 함께하자는 제안도 받게 되었다. 어안이 벙벙한 이틀이었다.

아이가 어린이집 간 2~3시간의 시간 동안 방송을 하게 되었다. 그렇게 용돈벌이를 하게 되며 경제 활동이란 것을 하게 되었다. 큰돈은 아니더라도 스스로 경제 활동을 하는 것에 자존감과 성취감을 맛볼 수 있었다.

하지만 방송 시간대가 아이가 어린이집 갔을 시간대어서 새로운 시청자가 유입 되기 힘들었고, 아이 엄마여서 자극적인 방송은 하지 않았다. 그렇게 10명 남짓 골수 팬만 남았고, 더 이상 방송은 발전할 수 없었다. 그렇게 2년이 되는 시점에 방송을 마무리 지었다.

물론, 그다음 플랜을 준비하고 그만두었다. 카메라에 거부감이 없고, 나름 경력도 있어서 어렵지 않게 마케팅 회사에 입사하게 되었다. 그 시절 유튜브가 붐을 일으켰고, 각 회사에선 유튜브 마케팅의 바람이 불었다. 제품을 소개하는 영상을 찍으며 프리랜서로 일하게 되었다.

그러던 중 서울관광재단과 다누림센터에서 진행하게 된 영유아 동반자를 위한 서울 여행 콘텐츠를 제작하게 되었고, 아이와 함께하며 일을 할 수 있게 되었다. 혼자서 영상을 찍고 독학으로 편집을 배워 밤을 새워가며 일을 하는 워킹맘이 되었다. 아이와 함께할 수 있는 것에도 감사하며 서울의 이곳저곳을 소개했다. 그리고 많은 영상을 제작했다.

하지만 그 또한 오래가지 못했다. 안정적이지 못 한 프리랜서였고, 독학으로 했던 기술들은 한계가 있었다. 아이가 갑자기 아플 땐 일을 할 수 없었고, 촬영 관계자분들에게 죄송하다며 일정을 바꿔야 하는 일들이 많았다.

사회는 그렇게 호락호락하지 않았다. 한부모인 나의 상황을 안다고 해도 회사의 입장에선 나 말고도 나를 대체할 사람들이 많았다. 그렇게 짧았던 프리랜서 유튜버의 일을 하지 못하게 되었다. 그렇게 또 다음 달을 걱정하는 실직자가 되었지만, 또 한 번의 기회가 왔다.

부동산 분양일이라는 것을 알게 되었다. 부동산의 'ㅂ' 자도 몰랐고, 처음 부동산이라는 것에 대해 공부하며 배우게 되었다. 어린 시절을 생각해 보면 공부의 'ㄱ' 자도 싫었던 내가 밤새가며 공부하는 모습에 이게 가장의 모습이구나 싶었다.

그렇게 분양상담사로 큰돈도 벌고 아이와 함께 더 많은 곳을 다니며 더 집중할 수 있을 거라고 생각했지만 아니었다. 큰돈을 벌게 되니 더욱더 아이와 함께할 시간이 없었다. 평일 주말 할 것 없이 일하게 되었고, 그렇게 번 돈으로 베이비시터를 이용해 일주일 내내 일하는 워커홀릭 워킹맘이 되었다.

그러다 문득 머리를 망치에 맞은 것 같은 아침이 왔다. 주말 아침에 출근하려고 하는데 주방에서 아이가 자기의 빵과 우유를 가져오며 "엄마 드시면서 가세요." 하는 모습을 보고 적잖은 충격을 받았다. 언제 이렇게 컸지? 도대체 내가 놓친 아이의 모습이 얼마나 많았을까 생각이 들었다.

그날 이후로 나의 가치관의 우선순위가 선명하게 그려졌다. 무엇을 위해 일을 하는가? 왜 돈이 필요한가? 이 모든 물음에 답은 한 가지였다. 내 아들.

가치관이 바뀌니 아이와 함께 하는 시간이 더 많아질 줄 알았는데, 현실의 벽은 항상 눈앞에 높게 올라와 나를 막고 있었다. 경제를 책임져야 하는 가장이기도 하고 아이를 케어하며 돌봐야 하는 엄마이기도 한 나의 상황에서 어떻게 조율해야 할지 몰랐다.

너무 어려운 일이었다. 다른 엄마들은 이야기했다.

"지금 시기 가장 중요해 옆에 있어 줘야 해."

하지만 같은 일을 하는 사람들은 이렇게 이야기했다.

"지금 현장 집중해서 월 천 벌어서 가족들이랑 여행도 가고 맛있는 것도 먹자."

아이의 옆에 있어 주어야 할 중요한 시간, 월급이 없는 수수료제의 일에서 지금 아니면 못 벌 돈. 몸이 두 개였으면 좋겠다고 생각이 들었다.

두 가지 다 포기할 수 없었다. 지금 이 글을 읽는 여러분은 어떤 선택을 했을까? 나는 선택에 기로에서 과감하게 돈 많이 벌었던 그 일을 그만두었다. 그리고 가족의 도움으로 작은 회사를 차리게 되었다. 아이와 함께할 시간도 지키고 경제력도 갖추게 되었다.

사업을 하면서 육아랑 똑같다는 생각이 들었다. 둘의 공통점은 힘들다고 포기할 수 없는 책임감과 새로 맞이한 어려움을 이겨냈을 때 그 성취감과 그로 인해 매일 성장한다는 것이다.

워킹맘으로 살아갈 수밖에 없는 상황에서 매일의 루틴이 생겼다. 6시간 정도의 짧은 업무 시간에 온 집중을 다하는 것, 하루의 해야 할 일들을 적고 그중에 정말 우선순위로 꼭 해야 하는 것만 했다. 그리고 아이가 집에 와서 함께 있는 시간엔 아이에게 집중하는 것, 워킹맘은 아이와 함께 하는 시간을 양으로 승부 볼 수 없다. 난 넷 시간이더라도 사랑을 듬뿍 주며 질적으로 함께 해주는 것이다. 엄마가 일을 하고 경제 활동을 하는 것에 부정적인 생각이 들지 않도록 말이다.

평행선을 그리며 평등하게 균형을 맞추는 일은 생각보다 어렵다. 워킹맘으로 살아가며 앞으로도 겪을 많은 일들이 있겠지만, 눈앞에 보이는 장애물을 넘어트려 디딤돌로 만들어 분명한 목적지를 향해 내 손을 잡고 있는 이 아이와 함께 한 걸음 한 걸음 시간이 걸리더라도 나아갈 것이다.

사계절의 아름다움을 느끼며 말이다.

8년 전
나에게

To. 2016년 4월 14일 이 편지를 받을 지혜에게.

이제부터 계절의 선명함을 느끼게 될 지혜야, 안녕?

2016년 4월 14일 오늘 너의 인생에 있어 가장 경이롭고 마음 먹먹한 하루를 보냈을 거야. 누구보다 진심으로 너무 고생 많았어, 수고했어, 그리고 대견하다고 말해주고 싶어.

지금 산모 병실 침대에 누워서 이 편지를 읽겠지? 옆에 다른 산모들은 온 가족의 축하를 받으며 가족들의 보호와 챙김을 받는 모습, 그리고 여자에서 엄마가 되는 가장 행복한 시간을 보내는 모습 볼 거야.

그 모습 보고 슬펐지? 지혜야 슬퍼하지 않아도 돼. 왜냐하면, 오늘의 시간을 시작으로 앞으로 너는 되게 멋있는 엄마가 될 거거든. 그 감정들을 모른척하며 외면하는 것이 아니라 현명하게 그 감정을 마주하며 괜찮아지는 방법의 지혜를 얻게 될 거야.

세상을 살아가다 보면 남들과 상반되는 현실에 부딪혀 초라해 보일 때도 있지만 지혜만 겪는 감정이 아닌 정말 누구나 겪게 되는 모습과 감정이라는 것을 알게 되고 더욱더 견고해지고 단단해질 거야.

그러니 지금 그 감정을 안고 슬퍼하지 않아도 돼. 괜찮아. 이제 몇 시간 뒤 제왕절개 수술했을 때 맞았던 마취가 점점 깨면 오늘 밤에 무통 주사를 계속

찾게 될 거야. 그리고 눈으로 보아도 믿기지 않았던 내 배 속에서 나온 작은 핏덩이가 눈에 아른거려 잠도 한숨 못 잘 거야. 그리고 다음 날엔 걷지도 못하는 몸 상태인데도 불구하고 신생아실에 혼자 누워 있을 아기 생각에 링거바를 잡고 힘겨운 걸음을 하며 신생아실에 가서 아기를 볼 거야. 3일째에 너의 몸은 생각하지 않고 아기를 보러 갔다 돌아와 병실에 들어갔을 때 하반신에 마비가 와서 주저앉을 거야.

그때 네가 무슨 생각했는지 알아? 너의 인생이 주저앉은 것은 아니라고 생각하며 유리에 비친 너의 모습을 보며 어이없어 웃음 지을 모습을 보게 될 거야. 그렇게 엄마가 돼 갈 거야. 그리고 조리원 천국의 시간 이후에 육아 지옥이라 불리는 시간이 찾아올 거야.

작은 아이를 씻길 때 부서질까, 물이 눈에, 코에, 귀에 들어갈까 조심하게 씻기며 무거운 물이 담긴 욕조를 혼자 들고 옮기다 물도 엎고, 우당탕탕 육아가 시작될 거야. 그럼에도 불구하고 엄마 이전의 삶보다 진정한 행복의 맛을 보게 되고, 더 웃으며 살게 될 거야.

작은아이가 살겠다고 작은 입으로 젖을 물 때, 그 아기가 이제는 자기가 먹겠다고 두 손으로 젖병을 잡고 분유를 먹을 때, 그러다 뒤집기를 하게 되고, 앉아 있는 모습만 보아도 느끼게 되는 행복은 오롯이 엄마이기에 느낄 수 있는 너의 행복이 될 거야.

아이가 성장하며 하는 작은 행동들과 예쁜 모습을 나만 본다는 아쉬운 마음이 들겠지만, 사진과 영상 많이 찍어 주길 바랄게. 그 시간은 다시 오지 않거든.

난 지금 8살 이열이를 키우며 1살 때, 2살 때, 모습들은 사진을 보지 않고는 가물가물해서 그때 찍어놓은 사진과 영상이 나에게 귀한 보물이 되었어. 그 시간을 지나온 나는 벌써 초등학생 학부모가 되었어. 놀랍지? 생각보다 금방 오게 될 거야. 지금의 걱정과 불안과 달리 너무 잘 컸고, 잘 키웠어. 그러니 지금의 불안과 걱정으로 귀한 시간 낭비하지 마. 너 굉장히 잘할거고, 잘했기 때문에 2023년의 지금의 내가 있는 거잖아.

추리 소설책 좋아하지? 그 책을 볼 때 결말부터 보지 않잖아. 사건과 문제를 해결하는 과정도 재밌고, 그래서 알 게 되는 반전과 반전 이야기들, 그리고 최종 결말까지의 순서대로 보는 게 재밌잖아. 그래서 나는 8년의 시간 동안 있을 일을 너에게 말해주지 않을 거야. 하지만 말해주고 싶은 한가지는 넌 굉장히 잘해낼 거라는 거야.

너의 관점을 긍정에 두고 하게 되는 좋은 말들이 좋은 내일을 만들 거야. 매일의 미션을 해냈을 때의 성취감도 맛보고, 그 속에서 지혜도 얻게 될 거야. 그제야 이름처럼 살게 될 거야. 2023년에 꽃 피는 봄에 보내는 이 편지가 2016년 4월 14일 오늘! 고생했던 지혜와 이 세상 살아보겠다고 내 배를 박차고 나와 세상에 첫소리를 내어 본 아기의 출산을 축복하고 먹먹한 마음을 공감하며 전심으로 위로하고 너에게 용기를 주고 싶어.

God bless you!

　　　　누구보다 너를 가장 사랑하는 2023년 4월의 지혜가 지혜에게.

8년 후
나에게

To. 33살 지혜가 와인처럼 숙성되었을 41살 지혜에게.

지금 이 편지를 보고 있다면 어디서 어떤 상황에 보고 있을까? 행복할 때? 슬플 때? 나는 41살 지혜가 가장 행복할 때 이 편지를 보고 있을 거 같아. 슬픔은 타인과 나누고 위로받기 쉽지만, 행복할 땐 혼자 기뻐할 지혜를 잘 알거든. (하지만 41살 지혜의 기쁨의 시간에 그 기쁨을 함께 나눌 사람이 옆에 있길.)

어떠함으로 인한 행복한 순간일지 지금의 나는 알지 못하지만, 그 기쁨 함께 나누고 싶어. 애썼어, 고생 많았어. 그 순간을 맛보기 위해 달려가며 넘어져서 까진 상처에 혼자 약 바르며 굳건히 그 길 달려가 줘서 지금 이 편지를 봐줘서 너무 고마워.

혹시 지금 울고 있어? 이 눈물은 펑펑 쏟아내도 돼. 그동안 슬픔과 아픔의 눈물만 흘렸잖아. 살다가 한 번쯤 기쁨의 눈물도 괜찮을 것 같아. 33살의 지혜는 기쁨의 눈물이 뭔지 모르지만, 41살에 알게 된다니! 그 기쁨의 눈물이 기대된다. 왠지 그 눈물은 짜지 않고 솜사탕처럼 달 것 같은 느낌으로 상상해 봐.

진심으로 행복할 그 기쁨의 시간 축하해, 41살의 지혜야. 하지만 나도 어쩔 수 없는 엄마인가 봐. 사실 41살의 지혜보다 16살이 된 이열이가 더 궁금한 걸? 이열이의 16살은 사춘기를 겪고 있을까? 아니면 8살 때처럼 애늙은이처럼 엄마의 마음을 헤아려주며 엄마 속상하게 하지 않으려고 하고 있을까? 전자든 후자든 멋있게 성장했을 이열이를 상상하니 마음 깊숙이 엄마 미소가 지어진다.

분명 잘 키웠을 거야. 그렇게 훌륭하게 올곧게 사람 냄새나게 잘 키우느라 고생 많았어. 30대 초반에 많은 생각과 다짐 중에 '시간이 지나면서 김치처럼 쉬는 게 아니라 와인처럼 숙성되는 사람이 되자.' 했던 말 기억나? 40대의 나는 어떻게 숙성이 되어 좋은 영향력을 흘려보내고 있을지 궁금하다.

분명 인고의 시간 동안 깎이고 다듬어지면서 누구든 포용할 수 있는 좋은 어른이 되어 있을 것 같아. 내 어린 시절 좋은 어른 1명만 있었으면 내 인생이 달라지지 않았을까 생각했잖아. 지금 힘듦을 겪고 있는 누군가에게 41살의 지혜가 그 좋은 어른이 되어 있을 것을 생각하니 뿌듯하고 멋있다, 지혜야.

어린 시절엔 그 힘듦이 벅찼지만, 점점 이까짓 것쯤이야 했던 것처럼 마치 처음 헬스 할 때 2kg을 10번도 못 들어서 낑낑대었는데, 3일하고 일주일 하고 나면 5kg도 거뜬히 들 힘이 생기는 것을 아는 네가 힘듦이 있는 사람들에게 그 원리를 잘 알려 줄 거라 생각해.

마음 속상할 때면 고소공포증 있는 네가 높은 곳에 올라가 아래에 많은 건물을 보면서 '이 아래에 얼마나 많은 사람들이 있을까?' 생각하며 셀 수도 없이 많은 사람들 중에 아픔 없는 사람 없고, 슬픔 없는 사람 없잖아. 내 아픔도 별거 아니야 하며 스스로 마음을 위로했던 시간이 생각나.

41살의 지혜는 마음이 속상할 때 그때와 같은 행동과 생각을 하는지 궁금하다. 분명 더 좋은 방법을 찾았을 거야. 33살의 지금 이 시간에도 나는 어른이라고 생각하며 41살의 지혜에게 편지를 쓰는데, 이 편지를 보고 있는 41살의 지혜는 33살의 지혜를 어떤 마음으로 생각해 볼지도 궁금하다.

분명 지금의 나로선 상상도 못 할 더 깊고 다양한 감정과 단어로 이 감정을 표현하겠지. 41살 지혜가 이 편지를 읽을 때 앞에서 말했듯이 기쁜 순간이기를 바라며 33살 지혜가 그때를 기대하며 오늘도 마음껏 웃어볼게. 함께 오늘의 기쁨을 나누게 되어 영광이야.

God bless you!

2023년 4월 33살 지혜가 존경하는 41살 지혜에게.

활자 하나하나 써내려가며 그 활자에 그 시절, 그 감정 들이 녹아들어 가네요. 그 시간 속에 다시 들어가 억눌렀던, 그리고 외면했었 던 저와 그 감정들을 마주하게 되었습니다.

처음에 글을 쓰며 감정이입 되어 힘들었습니다. 그 시절, 그 아픔이 떠올라 가슴이 메고 늘 잘해왔던 감정 컨트롤도 힘들었습니다. 그간 눈물을 참았던 습관으로 펑펑 울지 못해 가슴이 답답했습니다.

그러다 펑펑 울어보게 되었습니다. 가슴이 시원하더라고요. 시원하게 흘러 내려 간 눈물은 곧 증발되어 마음의 무게를 줄여주더라고요. 울 때는 울어야 겠습니다. 그릇이 더러우면 무엇을 담아도 함께 더러워지게 되죠. 그리고 그 그릇에 무언가 많이 들어있으면 더 이상 담을 수 없게 됩니다.

깨끗한 그릇을 위해선 비워낼 건 비워내고 그릇을 잘 닦아야 좋은 것을 담을 수 있는 것 같습니다. 이 시간을 통해 글을 쓰며 비워야 했던 감정들을 비워내 고 닦아야 했던 그릇을 닦으며 저를 토닥였습니다. 아팠을 시간을 공감하고, 그 시간을 잘 견뎌 잘했다고 응원도 하게 되었습니다. 그리고 앞으로의 시간들을 위해 기대도 해봅니다. 가치 있는 이 시간을 함께해주셔서 감사합니다.

이 글을 읽고 있는 모든 분들에게.
God bless you!

하율소영

10살 씩씩한 아들을 키우고 있는 29살 신소영입니다! 아들은 조금씩 엄마 품에서 벗어나 친구들과 함께 시간을 보내거나 운동을 하며 바쁘게 살고 있답니다. 저도 조금씩 나름의 여유를 즐기고 있어요. 자전거 타기, 도서관에서 책 읽기 등 나만의 시간을 보내는 중이거든요! 흐흐 요즘은 수영에 푹 빠져 열심히 수영하고 있답니다. 나만의 시간을 허투루 쓰고 싶지 않아 바삐 움직이려고 하는데, 어느 날은 침대에 누워 늘어져 있는 저를 발견하기도 한답니다.

음대를 입학하고 임신을 하게 되면서 자퇴하게 되었어요. 시설로 입소하고, 앞으로 아이와 함께 살아내기 위해 다시 대학에 입학했어요. 육아와 동시에 학업을 병행하는 건 쉽지 않았지만, 주어진 상황에 최선을 다하며 열심히 공부도 하고 육아도 했어요. 다행히도 아이는 건강하게 잘 자라주었고, 저는 수석 졸업이라는 결과를 얻을 수 있었어요.

저는 사진 찍는 것을 좋아해요. 아이와 함께 찍는 것도 좋아하지만 혼자 사진 찍는 것도 좋아한답니다. 그리고 일명 '다꾸(다이어리 꾸미기)'도 좋아합니다. 빼곡히 적힌 다이어리를 보며 뿌듯함을 느끼기도 하고요. 최근 이사를 하면서 인테리어에도 관심이 많아졌어요. 소품만으로 공간의 분위기를 변화시키는 것이 가장 큰 메리트인 것 같아요.

ESTP와 ISTP를 오가는 사람입니다! 사람을 좋아하기도 하지만 낮가림도 많아요. 활발한 성격이지만 생각보다 융통성 없는 저를 발견하기도 한답니다! 하하.

이 프로젝트를 통해 스스로 격려해주고 싶어요. 10년 동안 힘껏 아이와 함께 살아내느냐 고생한 '엄마 신소영'에게 수고 많았다고, 잘했다고 칭찬해 주고 싶습니다.

"Take your time"

　"너의 시간대를 살아라"

　나는 이 문구를 참 좋아한다. 임신을 하고 출산을 하며 이 문구를 보며 많이 위로를 받았고, 힘을 얻을 수 있었다. 또래 친구들과 너무 다른 삶을 살아내며, 스스로 비교하는 삶을 살았다.

　하지만 아이를 출산하고 육아하며 또 다른 나의 꿈을 위해 달려가는 나 자신에게 "너의 시간대가 반드시 찾아올 거야. 이 구간만 지나면 분명히 찾아올 거야, 자책하지 마." 스스로를 위로하며 "Take your time."을 늘 마음속에 담고 하루하루를 살아냈다.

　그렇게 살아보니 정말 나의 시간대가 찾아왔다.

　그리고 이 문구를 생각하며 여유를 가지고 삶을 살아보려 노력했다.

　3년 동안 영혼을 갈아 넣어 준비했던 입시가 끝났다. 그 치열한 전쟁터에서 살아남았다. 바로 '대학 입학'이라는 결과를 얻을 수 있었다. 3년 동안 입시 준비 기간은 그야말로 전쟁터였다. 새벽 6시에 일어나 연습실로 향해 밤 11시가 되어야 집에 돌아왔다. 주말도 공휴일도 나에겐 없었다. 그런 날들은 나에게 아무 의미 없는 날들이었으니까…. 3년 내내 마음의 여유 한 번 갖지 못하고 스스로를 자책하며 누구보다 더 좋은 대학에 입학하려고 발버둥 쳤다. 늘 마음 한편이 조급하고, 쫓기는 삶을 살았다.

　임신 사실을 확인하고, 학교를 휴학하고, 아무도 모르게 모자원 시설로 들어갔다. 시설로 들어가던 첫날 밤, 나는 정말 많이 울었던 기억이 난다. 가족으로부터 버림받은 느낌도 들었고, 낯선 곳에서 너무 외로웠다. 나보다 먼저 입소해 생활하던 한 엄마가 나를 위로해주었다. 그 작은 위로가 힘이 되었다. 그리고 그곳에서 살아갈 힘을 스스로 만들어 내려고 노력했다.

뱃속에서 자신의 존재를 알리는 아이를 위해서라도 강해지자 다짐했다. 그렇게 다짐한 순간 정신적으로도, 육체적으로도 편안해졌다. 오로지 아이를 위해 이 시기를 보내고 싶어졌다. 아이를 위해 열심히 태교도 시작했다. 퀼트도 하고, 여러 서적을 읽어보고, 아이에게 매일 편지도 써보며, 앞으로 세상에 나올 아이를 위해 기도도 했다.

입시 3년 후의 임신 생활이라 그런지 하루하루 여유로운 삶을 살아갈 수 있었다. 조급하지 않고 여유로우며, 스스로를 위로하며 살아냈다.

아이를 출산하고 하루가 어떻게 지나갔는지도 모르게 하루하루가 빠르게 흘러갔다. 물론 심적으로도 육체적으로도 여유가 전혀 생기지 않았다. 그 와중에 산후 우울증이 찾아왔다. 즐겁게 대학 생활하는 친구들, 멋진 곳에 여행 간 친구들 등 친구들의 sns를 보며 마냥 부럽기만 했다. 매일 밤, 나의 현재 삶과 너무나도 다른 삶을 살고 있는 친구들을 생각하며 스스로 더 깊은 암흑으로 들어갔다. 그러다 "Take your time."이라는 문구를 보게 되었다. 그 문구를 보는 순간 내 마음에 들어왔다. 타인과 비교하거나 스스로 위축될 때 "Take your time." 문구를 떠올리며 내 시간대를 살기 위해 현재 할 수 있는 일들을 해나갔다.

새로운 꿈을 위해 대학교에 입학했고, 모든 상황 속에서 여유는 찾아보지 못했지만, 학업도, 육아도, 집안일도 모든 부분에서 놓치지 않으려고 노력했다. 그리고 열심히 살아냈다. 몸은 고되고 힘들었지만, 심적으로 여유로움을 느끼는 나를 발견할 수 있었다. 그리고 이 또한 나의 시간대를 위한 나의 발걸음이라는 생각이 들었다.

여전히 나는 나의 시간대를 위해 열심히 살아내고 있다. 자연스레 아이도 자신의 시간대를 위해 하루하루를 열심히 살아내고 있다. 물론 감당하기 힘든 날도 찾아오지만, 나와 나의 아이의 시간대를 위해 야무지게 살아내는 나와 나의 아이, 우리 둘의 모습을 발견하게 된다.

나는 자기 애가 강해 누구를 위해 살아가는 것을 생각
해 본 적 없는 사람이었다. 그저 나 자신을 위해, 살아온 사람 중 한 사람이다.
갑작스럽게 엄마가 되고, 한 아이를 양육하며 초자연적인 모성애를 발견할 때
마다 놀라곤 한다. 학교 과제나 시험 때문에 잠 한숨 못 자던 날도 아이를 위
해서 저녁을 만들어 내는 나의 모습, 아픈 아이를 위해 밤을 새워 옆에서 간호
하는 나의 모습, 경제적으로 여유롭지 못하던 시절, 25,000원 하는 딸기가 먹
고 싶다는 아이를 위해 과감히 구매하는 나의 모습 등….

　누군가를 위해 희생하는 삶을 살아내는 것, 그리고 인내와 끈기로 똘똘 뭉
쳐 무언가가 시작하면 끝을 보려는 나 자신을 발견하곤 한다. 분명 아이를 양
육해오며 살아온 삶에 대한 변화이다.

"우리 엄마는
95년생이라 젊어요!"

초등학교에 입학한 아들이 친구들과 함께 엄마, 아빠에 대해 이야기를 종종 나눈다고 한다. 그중 아이들의 관심사는 엄마, 아빠 부모님의 나이였다. 친구들의 엄마, 아빠 나이를 듣곤 우리 아들은 친구들에게 자랑스럽게 "우리 엄마가 제일 어려!"라고 이야기한다고 전해 들은 적이 있다. 하루는 학교를 마치고 아들과 함께 집에 돌아오는 길이었다.

아들이 "엄마~, 엄마는 28살이니까 95년생 맞지?"라고 물었다. "우와~ '년생'도 알고, 다 컸네."라고 말하는 동시에 "엄마가 내 친구들 엄마, 아빠들 중에 제일 나이가 적어."라고 웃으며 말한다. "그래서 어떤데?"라고 묻자 "친구들이 좋겠대. 엄마가 어려서 나도 좋아. 엄마랑 친구 같을 때도 있고, 우리 엄마가 제일 예쁘거든."이라고 씨익 웃으며 이야기하는 아들이다.

운동회가 다가오며 아들은 학교에서 운동회와 관련된 종목을 연습하는 듯했다. 그리고 반 친구들과 함께 엄마 혹은 아빠와 함께 하는 계주에 꽤 관심이 많았다. 하루는 집으로 돌아와 "엄마, 엄마, 달리기 잘하지? 엄마가 우리 반 계주로 나갔으면 좋겠어."라고 말한다. "알겠어, 노력해볼게."라고 말해주자 웃으며 좋아하는 모습이다.

운동회 당일 그 자리에서 부모님 중 계주 선수를 뽑았다. 나는 낯을 많이 가려 가만히 있는데… 우리 아들이 손을 번쩍 든다. 그러곤 "우리 엄마는 95년생이라 젊어요!"라고 말한다. 순간 주변의 학부모들이 날 바라본다. 맙소사….

내 얼굴은 홍당무처럼 빨개졌지만, 우리 아들은 곧이어 자신 있게 이야기한다. "우리 엄마는 젊어서 달리기도 잘해요! 우리 엄마가 계주 할게요!"라고 말이다. 나는 고개를 푹- 숙였다. 그렇지만 곧 옆에서 "우와~ 우리가 이길 수 있겠는걸? 하율이 엄마 힘내요!" 하며 주변 학부모들이 응원해주는 소리가 들렸다.

이왕 계주가 된 거 95년생 힘을 보여주마…! 누구보다 열심히 달렸다. 그리고 95년생 엄마를 자랑스러워 하는 아들을 위해 힘차게 달렸다.

입시와 전쟁을 치르던
10년 전 19살의 나에게

오늘도 어김없이 새벽 일찍 일어나 아무런 생각 없이 세수하고 양치하고, 밥을 먹고 집을 나서겠지. 연습실로 말이야. 하루하루가 힘들고 조급한 생활로 인해 너는 지쳤었을지도 몰라. 아니 지쳤었지. 대학이 뭐라고. 누구보다 더 좋은 대학에 입학하려고 발버둥 치는 19살의 너를 지금 보았을 때 많은 안타까움이 든다. 그냥 그 시절을 지금처럼 행복하게 즐겼더라면 어땠을까? 친구들과 신나게 놀아도 보고, 알바도 해보고 다양한 경험을 쌓았더라면 어땠을까? 아마 나는 방황하지 않았겠지? 그리고 이렇게 예쁜 아들도 생기지 않았을 거야.

하루하루가 무의미하게 지나가는 날들이 많았지만, '대학'이라는 목표를 향해 누구보다 하루하루를 더 열심히 살아낸 것일지도 몰라. 조금만 더 지혜롭게 살았다면 좋았겠지만 말야. 그래도 입시 생활로 인해 나는 '끈기'를 배울 수 있는 시간이었어. 그 배움의 끈기로 인해 아이를 임신하고, 출산하고, 대학교를 가면서 스스로 많은 도움을 얻을 수 있었던 것 같아.

아이를 임신하고 포기하고 싶었던 나날들이 많았지만, 그 '끈기'로 버틸 수 있었고, 출산하고 양육하면서 '언젠가 나에게도 조금이라도 편한 날이 오겠지.' 생각하며 버텼고, 새로 선택한 대학 공부도 끝까지 해보자 생각하며 공부했던 결과로 수석 졸업을 할 수 있었어. 마냥 19살의 입시 생활이 후회만 되는 것은 아니야. 그래도 조금은 여유를 가지고 하루하루를 즐기며 살아봤더라면 더 즐거운 입시 생활이 될 수 있었겠지? 그래도 입시라는 전쟁에서 승리한 것을 축하해. 1년 동안 열심히 살아내느라 너무 고생 많았어.

가장 감사한 점은 입시 전쟁의 결과물이 대학과 동시에 하나뿐인 우리 아들을 만날 수 있었다는 점. 그 지옥 같은 1년의 시간을 견뎌내고 포기해야만 했던 대학이었지만, 이 세상에서 가장 값진 아들이라는 보물을 얻을 수 있어서 지금의 내가 너무 행복해. 후회도 많지만 19살의 소영아! 정말 기특하고, 잘했어.

2023년 4월의 29살의 소영이가 19살의 소영이에게

40살을 바라보고 있는
10년 후 39살의 나에게

하율이를 임신하고 출산하고 양육하며 딱 10년이 되었을 때 썼던 지금의 편지가 다시 10년을 양육하고 보았을 때의 편지가 되어⋯. 너는 분명 행복한 사람이 되어 이 편지를 보겠지? 고생 많았어. 10대의 하율이의 육아가 쉽지 않을 텐데⋯. 잘 견뎌왔고. 열심히 살아온 네 10년을 정말 많이 존경해.

나는 39살이 되었고, 하율이는 20살 성인이 되었겠네. 서로 속마음을 나눌 수 있는 엄마와 아들의 관계가 되고 싶다고 소망했는데. 어떻게 잘 나누고 있는지 궁금하네. 하율이가 20살이 되면 같이 클럽에 가보기로 이야기했었는데 잘 다녀왔어? 하하.

20년 동안 하율이를 힘껏 양육하느라 고생 많았어. 그 무섭다는 사춘기도 잘 지나온 거겠지? 하고 싶었던 유아교육 교수가 되어 있겠지. 대학생들을 가르치며, 열심히 살아내고 있을 네가 자랑스럽다. 미혼모가 되고 혼자 하율이를 키우면서 여기저기 도움을 많이 받아 대학도 졸업하고, 하고 싶었던 공부도 많이 했지. 그렇게 받은 도움들 나도 다른 사람들에게 도우며 살아내는 사람이 되어 있길 바랄게.

이제 20살이 된 하율이니까. 넌 정말 자유가 되겠다. 가고 싶었던 유럽 여행도 가보고. 아프리카로 봉사도 다녀왔으면 좋겠어! 망설임 없이 오직 나를 위해 살아봤으면 좋겠어.

삶의 힘든 시간 속에서도 포기하지 않고 여기까지 경주한 너를 위해 힘껏 웃는 삶이 되길 소망할게. 멋진 어른이 되어 이 편지를 보는 사람이 되어 있으면 좋겠어. 설령 멋진 어른이 되지 못했더라도 실망할 필요는 없어. 앞으로 더 멋진 어른이 되면 되니까. 앞으로의 삶도 응원할게! 파이팅!

*29살의 생각하는 멋진 어른
마음의 그릇이 넓은 사람, 경청을 잘 해주는 사람, 베풀 줄 아는 사람, 사회적, 경제적으로도 인정받는 사람. 자기관리를 잘하는 사람. (꼭 29살의 생각하는 멋진 어른이 되어있길 소망하며…)

2023년 4월의 29살의 소영이가 39살의 소영이에게

돌아보면 난 정말
행운이 가득한 사람이야

        10년 동안 임신과 출산 그리고 육아를 돌아보면 난 정말 행운이 가득한 사람이다. 10년 전 임신 사실을 확인하고, 미혼모 시설로 입소하면서 나를 격려해주고 응원해주는 시설 친구들을 만났고, 그 친구들로 인해 외로웠던 임신 기간을 외롭지 않게 보낼 수 있었다. 시설 선생님들의 격려와 응원 덕분에 떨어졌던 자존감을 회복할 수 있었으며, 나는 좋은 엄마가 될 수 있다는 생각을 하게 되었다. 마냥 불행했던 나라는 사람이 하루하루를 행복하게 보낼 수 있었다.

    출산을 하고, 미혼모 시설을 퇴소하고 대전에 있는 1차 시설로 아이와 입소했다. 처음 입소했을 때 자모원을 입소했을 때처럼 많이 우울하고, 새로운 곳에 대해 많이 두려웠다. 하지만 이곳에서 많은 것을 얻을 수 있었다. 아이를 양육하며 필요한 모든 것들은 물론, 여러 방면에서 지원해준 덕분에 나는 나라에서 나오는 기초생활 수급비를 모으기 시작했다.

    아이를 출산하고 앞으로의 삶에 대해 고민할 때, 적성 검사를 통해 새로운 꿈을 발견할 수 있었고, 대학교에 입학했다. 아이가 낯가림이 심해 어린이집을 보내려고 했으나, 보낼 수가 없어 '아이 돌봄 지원사업'을 이용했다. 주변 사람들도 낯가림이 너무 심하다고 이야기할 정도로 엄마 껌딱지였던 아들이 신기하게도 처음 본 아이 돌봄 선생님께 떨어져 울지 않고 잘 노는 모습을 볼 수 있었다. 아이 돌봄 선생님은 아들을 정말 잘 놀아주셨고, 책도 많이 읽어주셨고, 잘 먹여주셨다. 그 덕에 아들은 하루하루 잘 성장하고 있었고, 나는 마음 편히 대학교에 다니며 공부할 수 있었다. 그렇게 만났던 아이 돌봄 선생님은 5살이 될 때까지 아들을 봐주셨다. 대학교 교수님들께서도 나를 좋게 봐주셔서 학교 장학금을 받을 수 있었고, 아이가 아프거나 특별한 날이 되었을 때 내 편의를 봐주셨다.

3년을 채우고 1차 시설을 퇴소했다. 다행히 1차 시설의 주거지원 사업으로 집 걱정하지 않고, 아들과 함께 살 곳을 마련할 수 있었다. 학교를 다니며 육아하느라 힘들었지만, 5살이 된 아들은 대학 부속 유치원에 입학하여 나와 함께 다닐 수 있었다. 기초생활수급비로 생활비 등을 충당하기 버거웠다.

그러던 참에 CJ 나눔 재단의 '드림어게인' 사업을 알게 되었다. 그리고 사업에 선정되어 생활비와 양육비, 의료비, 주거비 등을 지원받을 수 있게 되었다. 기초생활수급비로만 생활하기 어려웠던 나는 드림어게인 사업을 통해 한 줄기의 빛을 만난 것 같았다. 덕분에 적금을 더 많이 할 수 있게 되었고, 조금씩이라도 더 저축할 수 있어 감사했다. 경제적 지원뿐만 아니라, 드림어게인을 통해 만난 CJ 나눔 재단의 여러 선생님들과 미혼모 단체인 '인트리'를 알게 되면서 내 삶은 많은 변화가 생겼다.

미혼모가 부끄러웠던 나는 친구들에게도, 대학 친구들에게도 미혼모를 밝히지 않았었다. 하지만 인트리의 대표님을 만나면서 나의 고정관념은 변화되었다. 그러면서 자연스럽게 주변 사람들에게 미혼모임을 알리는 게 부끄럽지 않았고, 오히려 주변 사람들은 나를 대단하다고 생각했다. 그리고 나와 비슷한 상황에 놓여있는 사람이 세상에 많다는 것도 알게 되었다. 숨을 필요도, 기죽을 필요도 없다는 것을 깨달았다.

대학교를 졸업하고, 취업의 문에 섰다. 모 대학 부속유치원에 취업하려고 이력서와 자소서를 넣었고, 면접을 보게 되었다. 면접 질문이 "다른 엄마들이 선생님이 미혼모인 것을 알게 되면 어떻게 설명할 거예요?"였다. '유치원 교사가 미혼모이면 안 되는 건가? 미혼모가 잘못된 건가?'라고 생각했지만, 대답은 하지 못했다. 첫 취업 면접을 통해 나는 기가 많이 죽어있었다. 아직도 미혼모를 부정적으로 생각하는 사람이 많다니…. 그것도 대학 총장이라는 사람이 그런 질문을 하다니…. 수많은 괴리에서 괴로워하던 나를 주변 사람들이 나를 응원해주었고 격려해주었다.

사실 미혼모들은 경제적으로 어려움을 많이 겪는다. 출산과 동시에 직장에서 권고사직을 받거나, 그마저 어린 나이에 출산하는 경우가 다반사니까…. 그렇지만 감사하게도 1차 미혼모 시설 때부터 모았던 돈이 꽤 많았고, 경제적으로 걱정하지 않을 정도였다. 물론 모을 땐 많이 힘들었다. 나도 사고 싶은 것도 많았고, 입고 싶은 것도 많았지만, 꾹 참고 견뎌냈다.

1년 좀 넘어 주거지원 사업에서 나와 진짜 스스로 독립을 했다. 물론 LH 지원은 받았지만, 보증금은 오로지 내가 모았던 돈이었다. 또, 이사를 하면서 새로 만난 아이 돌봄 선생님 역시 너무 좋은 분이셨다. 아이가 7살부터 10살이 될 때까지 잘 돌보아 주셨고, 나는 취업을 해 조금 더 안정된 생활을 할 수 있었다.

주변에 좋은 사람들을 많이 만날 수 있어서 10년 동안 아이를 출산하고 양육하면서 격려와 응원, 그리고 큰 도움을 받을 수 있었다. 자모원 친구들과 선생님들, 대전 아침뜰의 선생님들과 입소했던 친구들, 대학 친구들과 교수님들, CJ 나눔 재단의 선생님들과 인트리 선생님들. 그리고 그 무엇보다 아이를 믿고 맡길 수 있었던 아이 돌봄 선생님의 길수지 선생님과 김경순 선생님 덕분에 나는 현재 누구보다 '잘' 살고 있는 것 같다. 온전히 나만의 노력의 결과물이 아닌 것을 누구보다 잘 안다. 이렇게 주변의 좋은 사람들과 좋은 제도(사업) 등을 만날 수 있어 여기까지 성장하고 살아온 것 같다.

정말 나는 행운이 가득한 사람인 것 같다. 늘 다짐했던 대로 누군가에게 나도 도움이 될 수 있는 사람이 되고 싶다. 그리고 내가 받았던 이런 도움들을 나눌 수 있는 사람이 되고 싶다.

참여
소감

　　　　　　주차의 주제에 맞게 글을 쓰기 위해 내가 지나온 나날들을 생각해 볼 수 있는 시간이었다. 결코 쉽지 않은 나날들이었지만, 지금 생각해 보면 감사한 것들이 너무 많았던 것 같다. 생명의 선택으로 10년이라는 세월 동안 포기해야만 하는 것들도 많았지만 포기한 것보다 더 많은 것들을 얻을 수 있는 10년이었던 것 같다. 내가 받은 만큼 조금이라도 다른 사람에게 나누어 줄 수 있는 사람이 되기로 다짐했던 마음을 한 번 더 다짐해 볼 수 있는 시간이었다.

　이 책을 출판한다면 내 삶의 개방성이 필요하다. 스스로 자신감이 없어졌다. 작아지는 것 같았다. 하지만 내가 살아온 삶 그대로를 누군가가 읽고 작은 위로가 된다면 그거면 나는 성공한 셈이다. 그리고 앞으로 더 열심히 살아내야겠다는 생각을 했다. 아이를 출산하고 처음 품에 안겼을 때 다짐했던 것처럼 말이다.

　미혼모가 된 자신을 스스로 자책하거나 '미혼모'에 대한 사회적 의식으로 인해 주눅 들고 있는 사람 혹은 사람들에게 이야기 하고 싶다. "미혼모는 잘못한 게 아니야. 내 삶에 대한 선택이고 책임인 거야. 우리 기죽지 말고 당당하게 나가자. 오늘도 내일도 모레도. 그러다 보면 활짝 웃고 있는 너와 아이, 우리와 아이를 발견할 수 있을 거야."

　Take your time!

희인맘

희망의 바다, 45세입니다. 햇살처럼 웃음이 따뜻하고 엄마가 세상에서 제일 좋다는 아들과 함께 서울에 거주하고 있습니다. 나의 어린 시절과 현재 4자매 중 막내로 자랐고, 부모님과 언니들의 사랑으로 유년 시절을 잘 보냈습니다. 현재 서울에서 아이와 함께 하루하루 이야기를 만들며 성장하고 있습니다. 아이와 보내는 지금 이 순간 후회 없이 살아가는 것이 저의 소망입니다.

제가 원하는 분야의 공부(캘리그라피, 책 읽기, 독서 토론), 혼자서 하는 활동 들을 좋아합니다. 커피와 조용한 산책로를 좋아하고, 핸드드립 커피를 잘 내립니다. 커피를 처음 배우며 드립의 세계를 알게 되었습니다. 성격은 조용한 편이나 친분이 쌓이면 쾌활한 편입니다.

혼자서 아이를 키워 나며 아이에게 보여 줄 수 있는 무언가를 하기 위하여, 엄마가 할 수 있는 일이 많다는 것을, 그리고 너를 지키기 위해 무엇이든 열심히 하고 있으니 걱정 말고 잘 자라주길 바라는 마음을 담아 참가하게 되었습니다. 열심히 사는 모습, 열정적으로 내가 원하는 것을 해낼 수 있다는 자신감, 함께 가면 멀리 갈 수 있고 위로와 격려, 지지할 수 있는 우리가 되길 바라는 마음을 얻고 싶습니다.

글쓰기를 통해 그동안 살아온 시간들을 되돌아보고 앞으로 나의 삶의 방향을 잡아보고 싶습니다. 연대의 힘이 얼마나 강한지 보여 주고 싶습니다.

엄마가 되기 전의 삶과
이후의 삶

엄마가 되기 전의 나의 삶은 조리학과를 나와서 조리 경력 15년을 쌓으며 혼자인 삶에서 방황도 하고 좌절도 하며 간간이 취미 활동과 여행을 즐겼다. 남들과 다르지 않은 일상들을 보내며 적당히 타협해 나가며 외로움을 감추고 살아가는 지극히 평범한 삶을 살았다.

이번 생은 혼자 살다 적당한 외로움을 가지고 적당한 월급과 적당한 직업 안에서 내가 할 수 있는 선에서 삶을 지탱하고 싶은 맘으로 지냈다, 따로 바라는 것도 원하는 것도 없이.

여러 번의 연애도 별로 흥미롭지도 즐겁지도 않고 이별 후 감당해 내야 하는 감정의 소용돌이를 감당할 자신이 없어 다른 누군가를 만나서 알아가고 싶은 마음도 용기도 접은 지 오래였다. 집안 언니들의 결혼 생활도 행복이라는 단어보단 책임감과 의무감이 더 큰 일들로 보였고, 나의 삶에서는 결혼이라는 단어는 없는 단어였다.

하지만 나이가 주는 부담감은 어쩔 수 없었다. 이렇게 사는 게 맞는 건지 이렇게 살다가 후회만 하진 않을지 혼란스러운 시간들이 찾아왔다.

인연이 되어 한 사람을 만나게 되었고, 10년이라는 시간 동안 관계를 유지하게 되었다. 10년 동안 없었던 임신이라는 일이 생겨 버렸고, 서로 다른 생각의 의견 차이로 이별하게 되었다. 결국, 혼자 아이를 책임지기로 결심하고 8개월의 시간 동안 아이를 지켜 내기 위해 고군분투하게 된다. 고시원에서 주방 일을 하며 임신 8개월까지 혼자 생활을 하게 되었다. 회사에서 권고사직을 당하며 아이를 출산할 수 있는 시설을 찾아 입소하게 되었다. 그러면서 늦게나마 시설의 도움으로 잠깐의 휴식기를 가지고 아이를 출산할 수 있게 되었다.

입소 후 아이가 백일이 지나 다른 자립 시설로 이사하게 되었다. 아이가 생기기 전 서울 살면서 한 번도 들어 본 적도 없는 동네로 이사를 오게 되었고, 모든 것이 낯설고, 아이가 어려 모든 부분에서 염려와 걱정의 시간들로 하루를 보내는 날들이 많았다. 아이를 조금 더 키워서 자립했어야 하나? 내가 너무 성급한 결정을 내려 아이를 더 힘들게 만든 건 아닌가?

나중에 알게 되었지만 나는 심한 산후 우울증을 겪고 있었다. 입소 조건 중 아이는 어린이집에 맡기고 일을 해야 거주할 수 있어서 생후 8개월 된 아이를 어린이집에 등원시켜야 했다.

처음 아이의 등원 가방을 챙기다 아이에게 미안하고 지금 나의 상황들에 속상해 엉엉 울었다. 아이는 나의 걱정을 다 안다는 듯이 처음에는 적응을 잘하는 듯하였지만, 얼마 못 가 몸 여기저기가 아프기 시작하였고, 결국 나는 하던 일을 그만두게 되었다. 일을 못 하게 되니 월세도 밀리기 시작하였고 결국 월세를 2달 연체를 하게 되었다.

관리하시던 수녀님의 퇴거 명령을 듣게 되었고 12월 겨울 아이와 나는 집을 나와야 했다.

부랴부랴 얻은 월세방에 이사를 들어가는 날 이삿짐을 반도 못 들이고 있었는데, 집주인이 말을 바꾸며 계약을 파기하고 이사를 하루에 3번 하는 일을 겪으며 다시 한번 세상에. 나의 현실에 내 아이가 겪고 있는 말도 안 되는 상황에 아연실색하게 되었다. 아이를 위한 선택이 오히려 아이를 힘들게 만든 결과를 만들어 버렸다.

그치만 주저앉아 있을 순 없었다. 나만 바라보는 나의 아이를 그냥 그렇게 넋 놓고 두고 볼 순 없는 일이니. 지하방을 얻을 돈 정도밖에 재정이 되질 않아

3살짜리 아이를 데리고 지하방 생활을 시작하였다.

아이에게 한없이 미안했지만 그게 내가 할 수 있는 최선이었다. 변변한 가전도 아무것도 없이 지하방 생활을 하다 보니 한계가 왔다. 여름에는 너무 덥고 겨울에는 너무 춥고, 아이는 너무 어리고, 주변 상황도 자동차 소음에, 옆집 주취자의 새벽 소란, 난동에 아이를 혼자 키운다는 이유로 집주인의 횡포까지 상황들은 나아질 기미가 보이질 않았다. 결국, 계약 기간을 1년 남기고 남은 월세를 다음 세입자가 들어올 때까지 내가 부담하는 조건으로 다른 곳에 거처를 옮기게 되었다. 보증금에서 월세를 제하고 3달 뒤 다음 세입자가 계약을 했다는 소식을 듣고 남은 금액을 정산하러 집주인을 만났다. 내가 쓰지도 않은 4달치 수도세를 제하고 계산을 했다는 어이없는 얘기에 나는 그럼 돈 받을 수 없다고 하니 그제야 수도세는 안 받는다며 선심을 쓰는 듯한 행동도 보였다. 나는 너무 괴로웠다. 나를 어떤 판단 기준으로 재단해서 대하는지. 내 아이를 내가 포기 안 하고 살아가는 게 지지는 못 받아도 이렇게까지 이용당할 일인지.

세상 누가 다른 이를 그렇게 대해도 된다고 했는지. 그러던 중 아이가 동네 소아과 진료를 갔다가 의사의 권유로 MRI 검사를 받게 되었ek. 그 결과, MRI 결과는 이상 소견이 없었지만, 피검사를 통해 근육병 관련 수치가 보통의 10배가 넘는 수치가 나왔다. 그리고 유전자 검사 결과 근육병인 뒤센근이영양증으로 진단이 나왔다. 현재 치료제도 치료법도 없는 희귀난치성 질환. 처음에는 믿지 않았고, 그다음에는 원망이, 그다음엔 절망이, 한 달의 시간은 나에게 슬픔과 좌절, 고통과 증오를 만들었다.

한 달 후, 나는 더 이상 이러고 있을 수 없다는 결론을 내렸고, 내가 아이에게 해 줄 수 있는 최선을 다하고 나서 생각하기로 했다. 강남세브란스 재활의학과 진료를 받게 되었고 아이 병에 관해 공부하기 시작하였다. 아이에게 어떤 것들이 필요한지, 재활치료는 언제부터 시작해야 하는지, 집에서 해 줄 수 있는 것들은 어떤 것들이 있는지 찾아보게 되었다. 그리고 근육병 관련 부모 모임과 협회를 알게 되었고, 같은 아픔을 가진 부모님들과 화상으로 만남을 가지고 소통하게 되었다.

그러면서 "같이 가면 멀리 갈 수 있다."라는 인디언들의 속담이 틀린 말이 아님을 알게 되었다. 현재 아이는 재활치료를 일주일에 3번 다니며, 어린이집도 다니고 있다.

아이가 재활치료를 잘 받고 있어 주어 감사하다. 아이랑 보내는 하루하루가 감사하다. 아이랑 재미나게 지내는 지금 이 순간 최선을 다하고 싶다.

양육하며 기억에
남았던 에피소드

아이를 혼자서 출산하고 시설에서 살 수 있는 기간은 아이가 백일까지여서, 백일잔치를 하고 2차 자립 시설로 거주지를 옮기게 되어 혼자만의 양육이 시작되었다.

아이는 약하게 태어나 다른 아이들보다 발달의 단계가 늦었다. 아이는 나의 걱정을 알기라도 하듯 열심히 커 주었고 처음 아이의 입에서 엄마라는 말을 들은 날 감격하고 행복해했다.

아이의 영유아 발달검사 일로 동네 소아청소년과 진료를 받으러 간 날, 아이의 머리 크기가 너무 크다는 의사의 소견으로 대형 병원 진료를 권고받아 MRA 검사 후 피검사 소견에서 근육병 진단을 받았다.

처음에는 자책으로 다음은 아이에게 미안함으로 한 달여의 시간을 보내고 아이에게 도움이 되지 않는다는 결론에 이르렀고, 내가 아이에게 해 줄 수 있는 일에 대해 찾기 시작하였다. 서울 안에 있는 병원은 다 다니며 아이에게 도움을 줄 방법들을 찾아다녔다.

아이의 병의 진행 상태에 따라 내가 해야 하는 일과 알아야 하는 의학적 방법과 필요한 보조 기구 등등 내가 해야 할 일들이 너무 많다는 것을 알게 되었다.

7년 전
나에게

참 많은 고민의 날들을 보내고 있었을 나에게. 출산을 해야 하나 다른 선택을 해야 하나, 나의 결정으로 많은 일들이 생길 것이고, 나중에 내가 지금 하는 결정과 선택을 후회하지 않고 살아갈 수 있을지 끊임없는 질문과 답을 찾아가며 하루하루를 보내고 있었던 나.

오로지 혼자의 판단과 결정으로 답을 찾아가며 아이를 지키기 위해 시설마다 전화하며 입소 자리가 있는지 문의를 하며 조마조마한 시간을 보냈었다. 10군 데가 넘는 시설에 전화 문의 후, 마지막 시설에서 입소 가능하다는 소식을 접했고, 출산에 도움을 받을 수 있게 되면서 늦게나마 아이에게 좋은 음악과 편안한 공간을 제공해 줄 수 있게 되어 감사했다.

그때는 아무것도 몰랐고, 엄마가 처음이라 서툴기만 한 육아 방법으로 혹여 아이가 힘든 건 아닌지 수많은 염려와 걱정으로 하루하루를 보냈다.

혼자서 알아서 해내야 하는 일들과 앞으로 미래를 계획해 나가야 하는 책임감과 부담감은 아이의 미소와 함께 찾아왔다. 수많은 이사와 아이의 양육과 아이의 근육병 진단은 나를 한없이 작고 초라하게만 만들었다. 아이의 근육병이 모계 유전 질환이라는 병원의 진단은 더욱 나를 힘들게 만들었다.

그러나 좌절하기엔 아이는 아직 어렸고, 내가 해 줄 수 있는 것은 무엇이든 해 주고 싶은 마음과 할 수 있는 한 최선을 다하자는 다짐이 나를 단단하게 지탱해 주었다.

포기하고 싶은 시간들과 눈물의 시간들 원망의 시간들을 차례로 겪으면서 조금씩 엄마라는 역할에 더욱 충실할 수 있었던 나다. 더 단단해지자고 할 수 있다고 해 보자고 버텨낸 지난 시간들이 있어 오늘의 내가 있을 수 있었다. 잘 했고 수고가 많았다. 애 많이 쓰고 살아내 줘서 고맙다.

3년 후
나에게

　　　　　아이의 근육병 증상이 많이 나타나 있을 시기이구나. 재활치료에 정기적인 병원 검진에 하루하루를 바쁘게 지내고 있을 테지. 준비하던 물리치료사 시험과 장애인 활동 보조 일은 잘해내 가고 근육병 관련 재활 운동법, 집에서 할 수 있는 마사지법, 재활 수영 영법에 관련된 콘텐츠 제작도 꾸준히 하고 있을 나, 아이로 인해 더욱 계획적인 생활을 할 수 있게 되고 나의 아이만 아니라 도움이 필요한 다른 아이들에게 도움을 줄 수 있는 삶을 살아갈 수 있게 되어 있을 나, 의료비 지원에 관련해 수차례 루머에 시달렸던 나.

　아이를 팔아서 거짓으로 지원을 받는다는 둥 지원받은 돈으로 나쁜 일을 한다는 둥, 도대체 그런 말을 하는 사람들은 나를 제대로 알고 하는 소리인지 무슨 이유로 그런 말들을 내뱉고 누가 그랬냐고 출처를 물으면 그건 말을 못 해준다는 둥, 진실을 진실로 받아들이지 못하는 사람들의 이기적인 말들로 상처받는 엄마가 생겨나지 않도록 법적인 단체도 함께 만들어 볼 생각이다.

　아이를 혼자 키우는 상황도 힘들지만 아픈 아이를 혼자 키워 내는 건 안 해본 사람들은 그 고통을 알지 못한다. 나는 해야 할 일들이 아직도 많다. 그 일을 해내고 싶고 해낼 것이다. 약자가 고통받지 않고 부당한 일을 당하면 목소리를 내고 그런 세상이 되길 간절히 바란다.

　나의 아이가 살아갈 세상은 지금보다 훨씬 많이 좋아져야 하기 때문에 우리의 아이들은 정서적으로 힘들지 않게 살아가야 하기 때문에 나는 노력을 지속해 나갈 것이다.

앞으로 더 어렵고 힘들지라도 어른의 몫을 제대로 하고 후회 없이 살아가고 싶기 때문이다. 그게 나의 의무이고 내가 한 아이의 엄마가 된 이유이다.

나는 엄마다. 나의 아이의 자랑스러운 엄마다.

참여
소감

아이랑 지내 온 7년이란 시간 동안 참 많은 일들을 겪었고, 잘 버티고 잘 커 준 아이가 너무 고맙습니다. 그리고 흔들리지 않고 잘 지탱하고 살아준 나에게 칭찬을 해 주고 싶습니다.

미혼모라는 말도 저에겐 너무 무겁고 버거운 갑옷이었는데 아이의 병은 뭐라 표현할 길이 없는 세상의 어떤 단어로도 표현되질 않는 그런 것이었습니다. 세상의 불행은 나에게 다 오는 듯 절망 속에 있었던 시간이 있었습니다.

그 속에서도 빛이 들어 오는 공간이 있어 저는 힘을 낼 수 있었습니다. 우리는 연대의 힘이 얼마나 큰지 종종 경험해 보게 되고 목격하게 되는 일들도 생깁니다. 이번 글쓰기 프로젝트를 통해 연대의 힘을 다시 느껴보는 계기가 되었습니다.

서로 기댈 수 있고 서로에게 힘이 되어 줄 수 있는 그런 연대가 만들어지는 좋은 날이 빨리 오길 기대합니다. 우리는 좋은 엄마들입니다. 엄마의 하루를 아이들을 위해 쓰는. 아이의 아픔을 더 아프게 느끼고 더 좋은 세상을 만들어 주려고 애쓰는, 세상의 누구보다 좋은 엄마들입니다.

우리 모두에게 아낌없는 찬사와 지지를 보냅니다. 잘 살아줘서 잘 지내줘서 감사합니다. 그대들이 있어 오늘 하루도 잘 살아낼 수 있었습니다. 이번 프로젝트를 기획해 주신 모든 분들께 감사의 인사를 전합니다.

수고 많으셨고, 감사드립니다. 우리의 이야기에 귀 기울여 주시고 저희를 알아가기 위한 노력도 감사합니다. 고맙습니다.

안녕하세요. 저를 소개하려고 보니 이름과 나이를 빼니 무얼 소개해야 할지 떠오르지 않네요. 이름, 나이를 건너뛰고 나니 소개할 부분이 '누구누구의 엄마'네요. 그리고 'ㅇㅇ반의 선생님'. 이렇듯 하나뿐인 아들이자 단짝 친구인 10살 아이와 함께 지내고 있으며, 아이들과 함께하는 일을 하며 지내는 평범한 엄마이자 직장인입니다.

직장인 10년차가 넘다 보니 직업 특성상 출근하러 갈 때는 극외향적 목소리와 얼굴로 갈아 끼우고 갑니다. '나는 세상 재미있는 사람이다.'라는 생각도 함께요.

저를 표현하자면 두 가지의 제가 있는 것 같습니다. 일할 때의 나, 일하지 않을 때의 나. 일한다는 것이 물론 힘든 것도 있지만, 저에게는 그곳에서 일하며 제가 얻는 것이 더욱 많은 것 같습니다. '고마워, 사랑해, 미안해, 보고 싶어, 예뻐' 넘쳐나는 따뜻한 말들 속에서 상처받았던 제 마음이 치유되기도 했고, 조건없는 아이들의 사랑에서 저의 자존감이 많이 높아지기도 했습니다.

그래서 일할 때만큼은 정말 프로페셔널한 모습을 보여 주고 싶고, 그래서 '새로운 나'를 장착하고 출근하는 것 같습니다. 집으로 퇴근하면서는 원래의 저의 모습으로 돌아옵니다. 세상만사 귀찮고, 미루고 미루다 할 일을 하는, 일할 때와는 정반대의 모습이죠.

제가 가장 좋아하는 일은 할 일이 없는 주말 침대 위를 굴러다니기, 햇볕은 따뜻하고 공기는 차가운 숲 속 산책하기입니다. 할 일이 없다는 것이 포인트예요. 절대 무언가 할 일이 있으면 안 됩니다. '아 정말 이렇게 지루해도 될까?' 싶을 정도의 무료함, '와 이렇게 누워있다가 욕창 나겠다.' 생각이 들 정도로 일어날 일이 없어야 합니다. 쓰다 보니 제가 이런 무료함과 심심함을 즐기는 듯하네요. 종일 시간에 쫓기고 시끄러운 곳에서 일하다 보니 고요함과 적막을 바라는 것 같아요. 귀가 쉬는 기분이랄까요. 그 옆에 맥주 한 캔이면…, 세상 행복 다 가진 느낌이죠.

지극히 평범한 월급쟁이이자, 엄마인 제가 어느 반의 선생님, 누구의 엄마가 아닌 나에게 집중할 기회가 생긴 것 같아 설레기도 하고, 다시 마주칠 나의 과거가 두렵기도 합니다. 저의 이야기를 묵묵히 담담히 담아내도록 노력하겠습니다.

엄마가 되기 이전의 삶과
이후의 삶 '범접불가의 책임감'

　　내 직업은 보육교사이다. 내가 나를 알아가기 위해 무
던히 애쓰던 그 학창시절… 적당한 사회적 위치, 우리 집 형편에 내가 아빠와
적당히 협상하기 좋았던 대학등록금, 그리고 아이에 대한 환상? 아기들이 마
냥 예뻐서 선택한 직업이었다. 그러니 나의 결혼과 가족계획에 아이에 대한
열정은 남달랐다.

　'내가 아이를 낳고 나면 어린이집처럼 전부 꾸며줄 거야. 우리 집에는 교구
장을 놓을 거고, 우리 아이는 매일매일 오감놀이를 시켜줄 거고, 신체, 언어,
사회정서발달 모두 고려한 계획안을 짜서 우리 아이만을 위한 수업을 할 거
야…'

　그 이외에도 수없이 많았다. 내가 우리 아이에게 해주고 싶은 것들이… 그
렇게 임신을 했다. 출산계획이 있었던 건 아니었다. 아이 아빠는 사실 아이를
그리 좋아하지 않아서 신혼생활을 계속 즐기고 싶어 했지만, 뭐 여차여차 신
혼생활을 1년도 채 즐기지 못하고 '알콩이'가 생겼다. 난 속으로 '오예!'를 외쳤
다. '드디어 내 새끼에게 내가 이 모든 걸 해줄 수 있겠구나.' 임신과 출산 뭐든
좋았다. 그때까지만 해도 열 명이라도 낳을 수 있을 것 같았다. 갓 태어난 신생
아는 정말 너무 사랑스럽고 예뻤기 때문이다. 오물오물 우유 먹는 모습도, 새근
새근 천사처럼 자는 모습도, 고양이처럼 우는 모습까지도… 우리 집에서 진동
하는 아가의 사랑스런 향기들이 너무 행복했다.

그런데 이제 현실이 다가오기 시작했다. 내가 그리 좋아하던 광어회에 청하, 해물파전에 막걸리는 눈치 보며 후다닥 먹고 치우기 일쑤, 내가 좋아하던 네온사인과 둠칫둠칫 큰 소리가 가슴을 울리는 클럽은 이제 더는 갈 수가 없다. 커피숍에서의 커피 한 잔의 여유 따위는 나의 영역이 아니었다. 우리 알콩이가 엄마 껌딱지가 되었으니 말이다. 친구들이 들려주는 요즘 노래, 요즘 화장품, 요즘 핫한 플레이스 나에게는 다른 나라 세상 이야기였다. 나 혼자 철벽을 쳤다. '아, 나는 더 행복해. 너네는 이렇게 예쁜 아가가 없잖니? 훗, 결국 승자는 나다.'

어쩌다 한 번 친구들과 만나려고 몇 날 며칠을 공들여 아이 컨디션을 조절해놓으면 "아기가 엄마 없으니까 먹지도 않고, 자지도 않아, 얼른 와." 알콩이는 엄마가 없으면 아무것도 못 한단다. "하…, 나 이제 한 잔 마셨는데, 갈게." 단전에서 올라오는 그 깊은 짜증과 한숨, '나는 못된 엄마인가보다. 이런 걸로 짜증이 나다니.'와 동시에 '아니, 엄마는 무슨 밖에서 술 한 잔도 못하냐!' 오락가락 롤러코스터를 타는 내 기분.

그냥 딱 내가 미친년인가 싶었다. 좋은 엄마도 아니고, 그렇다고 양아치처럼 노는 엄마도 아닌데 나는 왜 이렇게 항상 죄책감과 반성을 해야 하는지 내 상황이 짜증 났다. 돌이켜 보면 내가 너무나 좋은 엄마가 되고 싶었으나 처음이라 잘 몰랐다. 엄마이면서도 잘 놀 수 있는데 말이다. 아이만 돌볼 줄 알았지 나를 돌볼 줄 몰랐고, 아이에 대한 사랑만 꿈꿔왔지 희생은 감당할 마음의 준비가 부족했다. 그저 그 힘든 마음들을 '책임감'으로 버텼다. '그래도 내 새끼니까… 어쩌겠어… 저렇게 내가 아니면 아무것도 못 하는 아이인데…, 내 새끼니까 참자.'

그렇게 내 피, 땀, 눈물로 키운 아이가 올해 10살이 되었다. 이제는 스스로 할 줄 아는 것도 많아지고, 내 손이 덜 가게 때문에 사실 전보다 덜 힘든 건 맞다. 그런 말이 있지 않나. 자녀는 부모의 영혼을 갈아먹고 큰다고. 저 녀석

내 영혼을 갈아 넣어서인지 날 닮아 짜증도 많고, 잘 따지고 들고, 영락없는 내 자식이다. 그리고 사랑이 많은 것도 나를 닮았다. 짜증 내다가도 금세 "엄마, 아깐 미안해. 내가 잘못한 거 같아."라고 말할 수 있는 용기, 자기 전에는 "엄마, 사랑해요, 좋은 꿈 꾸세요."라고 말하며 하루도 빠짐없이 매일같이 안아주는 그 마음.

26살의 나, 27살의 나, 28살의 나, 29살의 나, 30살의 나, 31살의 나, 32살의 나, 33살의 나, 34살의 나, 그리고 지금 35살의 나. 그 모든 날의 내가 저 깊은 단전에서 올라온 짜증과 반성, 그리고 책임감으로 키운 나의 알콩이가 나를 닮아 예쁜 구석도 많다.

엄마가 되기 전에 그렸던 그런 우아하고 예쁜 엄마는 난 여전히 아니다. 여전히 이이에게 '욱'하기도 하고, 친구처럼 여자친구에 대한 고민을 들어주기도 하고, 같이 고깃집에 가면 술잔과 콜라잔을 건배하는 잘 노는 엄마다.

책임감을 우리 반 아이들에게 설명할 때 미뤄둔 숙제를 끝까지 마치는 마음, 먹기 싫은 감기약이지만 꾹 참고 먹는 마음이라고 알려준 적이 있다. 지금 아이를 품고 계시거나 아이를 키우고 계신 모든 양육자에게 이야기하고 싶다. 아시죠? 한 아이의 엄마가 된다는 것, 혹은 내가 아이를 책임지는 양육자가 된다는 것은 차원이 다른 범접불가의 책임감이라는 걸. 결국, 내 말이 맞았다. 우리는 결국 승자다! 차원이 다른 책임감의 소유자들이니까.

양육하며 기억에 남았던 에피소드
- 언제 크나 했는데 다 커버린 거니

일곱 살이면 이제 한글에도 좀 관심을 가져야 하지 않을까 싶었다. 엄마가 그래도 명색이 10년차 어린이집교사인데 아들에게도 놀이중심의 한글 놀이를 꾸준히 제안해왔다. 그런데 여러 가지 놀이로 확장해 줘도 영 반응이 시큰둥했다. 고민하다 아들의 이름을 넣은 주문 제작한 동화책을 아들에게 선물로 주었다. 아들은 한글을 전혀 몰랐다. 제 이름 쓰기도 버벅거리던 시기였다.

"엄마, 읽어줘." 일단 '됐다.' 싶었다. 책에 관심을 갖도록 흥미롭게 제안한 나 자신을 칭찬하며 얼른 기분 좋게 책을 읽어주었다. 책의 내용은 대충 그러하다 주인공의 이름이 '히서니'라 치자. 그럼 이름없는 주인공이 자신의 이름을 찾아 공룡과 나서게 되고 지나가던 하마 'ㅎ'을 주고, 기린이 'ㅣ'를 주고, 이런 식으로 같은 자음, 모음의 동물들이 나와서 자음과 모음을 주게 되고 모이게 되면 이름이 되는 식이었다. 그리고 내가 그 책을 선택한 가장 큰 이유…, 마지막에 모험 내내 함께한 공룡이 바로 엄마라는 게 밝혀진다. 나의 진짜 사진이 나오고 내가 공룡 인형 옷을 입은 걸로 나오기 때문이다. 그러면서 감동의 글귀가 빡! '엄마는 우리 아가를 정말 사랑해.' 등등 온갖 감동적인 말이 가득하다. 이렇게 마지막에 감동을 준다.

이러한 이야기를 그해 일곱 살이던 아들에게 읽어주었다. '아, 얘가 얼마나 감동을 받을까. 아, 애가 울면 어쩌지. 아, 나도 벌써 울 것 같다.' 마음의 준비를 한 나. 그리고 아들은 책을 다 읽어주고 나니 "엄마, 공룡이 엄마야?"라고 물었다. 나는 "응 네가 그렇게 힘들 때마다 엄마는 언제든, 네 옆에."

"엄마, 저거 보니까 나 공룡 그리고 싶어졌어. 나 티라노 그릴래." 내 말도 잘 라먹고 아들은 그렇게 공룡을 그리러 갔다. 그 이후로도 몇 년을 그 책은 아들의 책꽂이에 늘 꽂혀 있기만 했다. 매년 생일쯤 되면 그 책을 보면서 "야, 저건 너무 하지 않냐, 그래도 한 번 읽어봐, 너 이제 한글 읽을 수 있잖아!" 그럴 때마다 아들은 "엄마, 나 이제 내 이름 잘 써서 안 읽어도 돼. 근데 엄마가 날 위해 책을 만들어준 건 고맙게 생각해. 내 친구들은 그런 책 없대. 신기하긴 해. 고마워. 그니까 나 이제 유튜브 봐도 되지?" 누굴 닮았는지 정말 말 하나는 기깔나게 한다. 빈틈없이 자신의 의사를 전달하는 모습이 대견하면서도 얄밉다.

그러던 어느 날, 그날도 아들은 학교 갔다 오면 가방 정리하겠다던 나와의 약속을 어기고 핸드폰 게임을 하다 나에게 벌칙을 받았다. "TV 1시간 금지야." 아들은 고개를 푹 숙이고는 숨 죽은 배추마냥 방으로 가더니 침대에 멍하니 누웠다. 나도 약속을 매번 어긴 아들한테 기분이 좋을 리 없었다. "엄마 방에서 서류할 거 있어서 들어가 있을게. 문 열지 마." 하고 내 방으로 들어와 애꿎은 노트북만 감정 담아 타닥타닥 두드렸다.

그렇게 20분쯤 흘렀을까. 굳이 하지 않아도 될 서류를 미리 다 해놓고 뒹굴던 차에 아들이 벌컥 문을 열고 들어와 나에게 안겼다. 얼굴은 벌겋고 콧물은 훌쩍거리고, 안경이 다 젖도록 눈물이 범벅이었다. "왜 그래 석아, 무슨 일이야?" 정말 깜짝 놀랐다. 아이가 너무 걱정되었다. 아들은 아무 말 못 하고 꺼이꺼이 울며 손에 든 책을 나에게 주었다. 그 책이었다. 그 모습을 보고 너무 귀엽고, 사랑스러운데 마음 한편이 아리고 아파 왔다. 그리고 나도 눈물이 났다. 웃으며 눈물이 났다. "아이고, 우리 석이 이제 엄마 마음 아나 보네. 맨날 아기인 줄 알았는데 이렇게 컸어?" 우느라 말도 제대로 잇지 못하며 아들이 "엄… 마…, 내가 정말… 미안해…. 엄마가 나를 이렇게 사랑하는데, 나는 엄마를 힘들게만 하고."

올해 우리 아들은 10살이다. 누구는 다 컸다고 하고, 누구는 사춘기의 시작이라고 하는데, 아직도 아기같이 우는 아들을 보며 나는 새삼스럽게 다짐했다. 나의 아들을 내가 끝까지 지켜줘야겠다고, 그리고 더 많이 사랑해줘야겠다고 다짐했다.

그리고 금세 현실로 돌아왔다. "얌마, 그걸 아는 놈이 엄마랑 약속을 안 지키냐? 에의! 귀여워 가지고, 눈물 닦고 회 한 접시나 하자!" 서로 좋아하는 광어 반 우럭 반 한 접시와 오늘 흘린 서로의 눈물 이야기를 안주 삼아 짠! 다 큰 것 같다가도 아기 같은 10살. 아직 10살도 35살도 더 커야 할 것 같다.

내 아이에게
이혼 사실 말하기

　　그날은 추웠다. 전남편의 폭력적인 모습에 지치고 지친 내가 결국 터져버렸다. 그 전부터 사실 이혼을 하기 위한 준비를 해왔다. 소송을 위해 변호사와 소장을 쓰던 참이었고, 증거자료를 모으기도 했고, 그 집에서 조금 더 버텼어야 했는데 도저히 못 참고 나와버렸다. 옆자리에는 6살 아이와 함께.

　　작은 중고경차 뒷자리에 꾸역꾸역 대충 구겨 넣은 옷가지 몇 개, 아이 어린이집 가방을 싣고 그 집을 나오며 나는 신나는 노래를 틀었고, 신호대기에 멈춰 서자마자 두 손을 들고 소리쳤다. "탈출이다!" 웃으며 말이다. 아들은 그런 날 보고 웃으며 함께 "탈출!"을 따라 외쳤다. 그게 무슨 뜻인지 모르면서. 아들은 몰랐을 거다. 그때 그 탈출이 영원히 아빠와는 함께 살 수 없다는 뜻인 줄은….

　　이혼 소송을 하며 친권과 양육권은 내가 가져왔고, 대신 나는 아이 아빠에게 당부했다. 제발 면접교섭은 꼭 지켜달라고 부탁했다. 우리가 비록 이렇게 끝나지만 아이 엄마, 아빠임은 영원히 변함없는 것이기에, 이미 우리가 아이에게 상처를 주지만 적어도 더 큰 상처는 주고 싶지 않아서 계속해서 아이와 연락을 하고, 만났으면 했다. 아이는 그 당시 어렸다. 7살 무렵이었으니 면교 때 셋이 같이 만나곤 했다. 아이가 그걸 원했기 때문이다. 나는 지옥이었다. 그 얼굴을 다시 마주치고, 아무렇지 않게 웃는 건 내 속을 갉아먹는 일이었다.

그러나 아이 하나 때문에 참았다. 미련하게 내 잘못이라 생각하고 아이를 위해 참았다. 아이를 위해 나를 삭이다 보니 이게 언젠간 터지기 마련이다. 내 상처가 낫기도 전에 계속해서 상처 위에 소금 뿌리는 일을 하다 보니 그 상처가 결국은 곪아 터졌다.

"석아, 엄마가 도저히 이제 힘들어서 안 되겠어." 7살의 아들은 이해할 수 있었을까. 나는 아이에게 솔직히 말했다. 그리고 그 전에 사과부터 했다. 이렇게 된 상황을, 너는 여전히 아빠와 엄마가 함께 살길 원하지만 그렇지 못한 현실에 어른으로서, 엄마로서, 부모로서 미안했다. 참 미안했다. 진심으로 사과하고 난 후에는 솔직히 현재 상황을 이야기해주었다. 너의 잘못은 아니지만 엄마와 아빠는 서로 마음이 맞지 않아 이제는 사랑하지 않아서 헤어지게 되었다. 그러나 언제든 너는 아빠를 만날 수 있고, 전화도 할 수 있고, 엄마 아빠가 널 사랑하는 마음은 같다고 말이다.

그 이후로도 짧게 반복적으로 이야기해주었고, 그때마다 나는 최대한 감정을 빼고 담백하게 이야기하려고 노력했다. 아이가 받아들이는 것 같았다. 가끔은 울기도 했다. 아빠가 보고 싶다고도 했고, 예전처럼 살면 안 되냐고 나에게 묻기도 했다. 그때마다 나는 죄인처럼 사과했다. 그러나 후회하지는 않았다. 나의 아들이라면 언젠간 이 사실에 대해 정확히 알아야 할 것 같았고, 내 선택에 나는 후회가 없었기 때문에 그저 나의 아들을 응원해 줄 수밖에 없었다. 더 많이 사랑표현을 해주고, 더 많이 웃게 해주었다. 아들이 이 시기를 잘 이겨낼 수 있도록 여전히 응원하고 있다.

"엄마, 이혼한 사람들 많더라? 괜찮아 엄마. 매일 싸우는 엄마, 아빠 보는 것보다 엄마랑 행복한 게 더 나아. 가끔 아빠가 보고 싶을 때도 있는데 전화도 자주 하고, 아빠랑 만나는 거 약속도 하고, 그래서 괜찮아 그 정도는." 이제 10살 된 아들의 이야기이다. 이렇게 이야기한다고 해서 나는 그 아이의 마음속 상처가 모두 다 나았으리라는 생각은 전혀 하지 않는다. 사회적으로 적응해나가는 것뿐이지 아이는 아직도 전처럼 가족의 모습을 기대할 것이고, 앞으로도 아빠와 함께 살지 않는 것에 대해 현실과 부딪혀야 할 일이 많을 것이다.

어떤 것이든 발전의 기본은 인정이라고 어디선가 주워들었던 적이 있다. 절망적인 사실이든, 벼랑 끝까지 내몰린 것 같은 현실이든, 일단 나의 상황을 인정하고 받아들이면 절반은 희망의 시작인 것 같다. 아이에게 이혼의 사실을 적나라하고 분명하게 이야기한 것 또한 이런 내 생각의 시작이었다. 당장은 아이가 받아들이기 힘들겠지만, 어차피 나의 아들로 살아가며 한부모 가정의 울타리에서는 벗어날 수가 없다. 사실이니까.

그러나 난 계속해서 이 아이의 곁에 있어 줄 거고, 나의 가정에서도 여전히 나의 아이는 넘치는 사랑과 응원을 받으며 살아갈 거니까. 엄마 닮은 내 아들이니까 엄마가 이렇게 이겨낸 것처럼 내 아들도 이겨낼 수 있을 거라 믿는다.

3년 전 나에게
- 지금 네가 읽었으면 해

이혼? 별거 없었다. 그리고 나는 최선을 다했다. 늘 그렇듯 최선의 선택을 했다. 사람들의 반응도 싱겁다. 나에 대한 관심도 점점 줄어든다. 나의 이야기가 재미있는 가십거리가 되어 있다가도 금세 시들시들해진다. 그놈의 힘내란 소리도, 요즘 세상 이혼이 흠도 아니라는 이야기들에 처음에는 눈시울이 붉어졌다. 두 번째부터는 이젠 나에게 관심을 꺼줬으면 좋겠다고 생각했고, 시간이 흘러 지금은 "결국 인생에 승자는 저죠, 남들 하는 거 다 했네요. 결혼도, 이혼도!" 유쾌하게 받아치며 되려 이야기 꺼낸 사람들을 어떻게 하면 민망하게 골탕 먹일까 고심하는 경지에 이르렀다.

이혼하고 너무 바빴다. 혼자 일도 해야 하고, 아이도 키워야 하고, 집안일도 해야 하고, 다시 처음부터 나 혼자 독립을 해야 하니까. 가전제품을 새로 사고, 가구도 장만하고, 옷도 새로 사고, 집 계약도 해야 하고, 각종 세금과 공과금 확인, 거기다 내 아이 마음의 상처까지 돌봐야 한다는 사명감에, 정말 바빴다. 내가 아픈 줄도 몰랐다. 힘든지도 잘 몰랐다.

시간이 흘러 아이도 나도 자리를 잡게 되니 이제 내 상처가 눈에 들어온다. 이제 내 안에 내가 아우성을 친다. 그동안 돌보지 않은 나를 돌봐달라고… 많이 울고, 울고 울었다. 그렇게 내 마음을 온전히 들여다보고 쓰다듬어 주고, 애썼다고 토닥여주었다. 그래, 그렇게 해주면 된다. 내 아이 돌보듯 나를 그렇게 돌봐주면 된다.

똥통에 빠져있든, 하늘의 구름 위에 있든, 어찌 됐든 시간은 흐른다. 시간은 쌓이고 쌓여서 내가 된다. 그러니 두려워 말고 지금의 선택에 용기를 가졌으면 한다. 내가 선택한 결혼에 따른 책임을 졌고, 이혼하더라도 똑같은 거다. 똑같이 책임지고 묵묵히 가면 된다. 대신 묵묵히 갈 길을 가되 봄에는 벚꽃도 보고, 여름에는 물놀이도 가고, 가을에는 전어도 먹고, 겨울에는 스키도 타보고 그러고 살자. 잠깐씩 한눈팔면서 서두르지 말고 천천히 가자. 그리고 나를 믿자. 지금도 충분히 잘하고 있고, 앞으로도 잘해낼 거라고. 별거 아니다.

결혼도, 출산도, 이혼도 남들 하는 거 다 해본 언니가

5년 후 나에게
- 축 마흔!

To. 불혹 희선

희선아, 먼저 마흔을 축하한다! 기특하다! 그리고, 몸은 괜찮니? 마음은? 우울하진 않니? 너의 마흔을 생각하니 설레면서도 걱정이 되는구나.

마흔 뭐, 별거 있겠어? 그냥 계속 그렇게 사는 건데 나를 소개하는 많은 것 중에 숫자만 40이 되었을 뿐이지. 우리 겪어 봐서 알잖아. 여전히 스누피 소품들에 꺄악 소리를 지르고, 휴일 대낮에 맥주 한 캔에 즐거워하고, 그런 너… 여전할 테지. 다만 이제는 새콤달콤이 먹고 싶을 땐 맛별로 하나씩 다 계산할 수 있는 플렉스 정도는 가졌으니 그게 달라진 걸까?

사실 널 떠올리면 나는 가장 먼저 마음이 두근두근해. 기차역에 서서 5시에 도착할 기차를 기다리는데 지금이 4시 58분인 것처럼 말야. 즐거운 일들만 떠올리게 되고, 설레는 일들만 가득할 거 같은 그런 느낌.

10대에는 내가 누구인지, 나를 찾느라 보냈고, 20대에는 누군가의 나로 보내느라 바빴고, 30대에는 진정한 나를 찾아가는 과정에서 누구보다 치열하게 고군분투했지.

불혹이 된 너는 어때? 무얼 하든 어디에 있던 나는 항상 너의 편이니 지금까지 그래 왔던 것처럼 뚜벅뚜벅, 무심한 듯 따뜻하게 그렇게 살아가길 바라.

누구에게나 사랑받는 사람이 될 수는 없지. 이 많고 많은 지구의 사람들이 어떻게 다 널 이해하고 사랑해주겠니. 스쳐 지나가는 언제 다시 볼지도 모르는 사람들에게 일일이 베풀며 지내다 너를 또 잃지 말고, 너를 넘치게 사랑해주는 사람들에게, 너의 곁에 있는 사람들에게 감사하며, 그렇게 무심한 듯 따뜻하게 살자.

100세 시대에 40살. 이제 막 피어나는 꽃과 같지 않을까. 꽃이 피어나기까지 씨앗부터 시작해 싹을 틔우고 줄기로 자리를 잡고, 나무가 되어 잎이 열리고, 작디작은 꽃봉오리가 무럭무럭 자라나 이제 꽃을 피우는 그 시점, 너는 지금 그 시점과 닮지 않았을까. 씨앗부터 꽃봉오리까지의 시간들이 쌓여 지금의 네가 되었기에 너는 그 자체만으로도 아름다워. 소중해.

혹시라도 모르면 헤매도 되고, 힘들면 포기해도 돼. 다시 시작하면 되니까. 나시 시작하기에도 절대 늦지 않았으니까 겁먹지 말자! 언제나 너를 응원해.

너를 이젠 누구보다 제일 많이 알아버린 너의 친구가

참여
소감

　　설레면서도 걱정스럽던 2주가 모두 끝이 났다. '내가 이걸 끝까지 해낼 수 있을까? 글을 써본 지가 언제인데…, 내가 나의 마음을 잘 표현해낼 수 있을까? 다른 사람들에게 피해를 주지는 않을까?' 이런저런 걱정들이 가득했다. 하지만 걱정보다는 설렘에 집중할 수 있도록 노력했다. '내가 처음 글쓰기로 다른 사람들에게 인정받았던 기억, 나의 글이 다른 사람들에게 읽힐 때의 행복, 이제라도 다시 글을 쓸 수 있는 기회…'

　　주제가 새롭게 정해질 때마다 숙제? 과제? 느낌이 드는 것조차도 내게는 마음이 새콤달콤해지는 기분이었다. 학창시절로 돌아가 선생님의 숙제를 받아든 느낌이랄까. 그런데 하기 싫고 미루고 싶은 숙제가 아니라 내가 몰래 좋아하던 선생님의 숙제라고 생각해 보자. 어떻게든 잘 보이고 싶고, 잘하고 싶은 그 마음? 그 마음 때문인지 쉽게 글이 쓰이지 않았다.

　　평일 내내 머릿속으로는 어떻게 문단을 시작해야 할까 고민을 하고, 주말이 되어서야 온전히 내 시간을 마련해 심혈을 기울여 적어보았다. 서류가 아닌 글쓰기에 이토록 집중해본 적이 언제인지 타자를 치며 피식거렸던 적이 한두 번이 아니었다. 내 마음을, 내가 하고 싶었던 말들을 조금 부끄럽고, 남사스러워도 적어볼 수 있어서 행복했다. 다시 예전의 나로, 그리고 진짜 나다운 나로 돌아가는 것 같았다.

　　약간의 부담감이 없지 않아 있었다. 그러나 '나는 정말 유명한 작가가 아니니까.'라는 철판을 깔고 계속해서 나를 다독이며 글을 썼다. 그냥 최대한 솔직하게, 그리고 가십 없이 적었다. 그래야 이 글을 읽을 독자들에게 많은 공감을 줄 수 있을 것이고, 쉽게 읽힐 거라고 생각했다.

'어차피 유명한 작가가 써내려가는 으리으리하고 번쩍번쩍한 글이 아님을 알고 계실 테니…' 그렇게 생각하니 마음이 한결 나아졌다. 일기를 쓰듯, 기록하듯 적어보자. 그저 나처럼 평범한 누구나 작가가 되어볼 수 있고, 나의 힘들었던 일들과 평범했던 일상들이 작품으로 변하는 신기한 작업이었다.

새삼스럽게 예전의 일들을 떠올려보고 과거의 나를 만나는 일이 두려웠는데 글을 적다 보니 한결 부드럽게 예전의 일들이 정리되어 기억할 수 있게 되었다. 늘 쳇바퀴 돌아가듯 흘러가는 일상에서 한구석 온전히 나에게 집중할 수 있는 아지트가 생긴 듯했디. 이렇게 기회를 마련해주신 모든 관계자분들께 감사드리며 끝까지 이 프로젝트를 완주해낸 우리 모두에게 박수를 보낸다.

프로젝트 진행 소감
'괜찮은' 하루를 응원하며

안녕하세요? '이화여대 미래혁신센터 도전학기제 15 기'에 참가한 고애진입니다. 도전학기제란, 이름에서 엿볼 수 있듯이 학생 스스로 도전하는 학기를 의미합니다. 팀 혹은 개인으로 참여 가능하며, 직접 구상한 도전과제를 학기와 병행하여 진행하면 수행 장학금 지급 및 학점 인정을 해주는 교내 제도입니다.

작년 가을, 러브더월드(미혼모복지재단) 소식지를 받아 보면서 '이분들의 이야기를 더 읽고 싶다.'라는 생각을 하게 되었습니다. 타인의 삶을 향한 관심은 아이디어가 되고, 도전학기라는 기회를 만나 실행에 옮길 수 있었습니다. 예비 저자를 모집하고, 글쓰기 교육을 통해 함께 글을 써내려가는 귀한 과정을 진행할 수 있어 뜻깊은 시간이었습니다. 또한, 출판 계약과 텀블벅 펀딩을 진행하는 과정은 새로운 경험을 할 수 있었던 배움의 시간이 되기도 했습니다.

처음 설정한 저의 도전학기 과제는 한 권의 책을 출판하는 것이었습니다. 그러나 14분의 저자들의 삶을 글로 만나면서, 그들의 삶 속 도전을 읽어볼 수 있는 기회가 이번 도전학기의 의미였음을 알게 되었습니다. 비록 온라인으로 만나 서로의 모습과 삶의 형태를 알 수는 없었지만, 서로의 글을 통해 더 큰 위로와 격려 그리고 지지를 전할 수 있는 시간이셨길 바랍니다.

그리고 그 과정을 지켜볼 수 있었다는 것은 진행자로서의 큰 특권이라는 생각이 듭니다. 해당 프로젝트에 참여해주시고, 부족한 진행자였던 저를 끝까지 믿고 맡겨 주신 14명의 저자분께 진심으로 감사드립니다.

또한, 아무런 연고도 없던 저의 이메일 한 통으로 지도교수가 되어 주시고, 끝까지 응원과 격려로 힘을 낼 수 있게 지도해주신 김승우 교수님, 늘 칭찬을 아끼지 않으시고 대견하다는 눈빛으로 저를 바라봐주신, 저희 프로젝트의 온라인 교육 영상의 강사로 참여해주신 김선빈 선생님, 허무맹랑한 계획에도 저의 실행력과 무모함을 응원하고 지지해준 우리 가족들에게 감사의 말씀 전합니다. 감사합니다. 특별히, 자신의 삶에만 집중하던 눈을 들어 다른 영혼을 위한 일을 할 수 있는 마음을 허락하시고, 여러 시행착오를 이겨내 끝까지 프로젝트를 진행할 수 있는 마음 주신 하나님께 감사와 영광을 드립니다.

마지막으로, 이 책을 읽게 되실 독자 여러분들께서 첫 독자였던 제가 그랬듯『홀로 엄마도 괜찮습니다』를 통해 격려와 공감 그리고 용기를 얻으시면 좋겠습니다.

치열한 하루하루를 살아내며, 계속되는 도전 속에 있는 여러분의 삶 가운데 '괜찮은' 하루가 더 많아지길 응원합니다. 그리고 그런 하루하루가 쌓여 홀로 도전도 홀로 실패도, 홀로 성공도 모두 괜찮은 삶으로 완전해지길 응원합니다.

고애진

홀로 엄마도 괜찮습니다

펴 낸 날 2023년 7월 31일

지 은 이 감자, 김지은, 민, 박자매, 별을사랑한나, 비비네, 뿌이, 유니스의 꿈, 육아하는 대학생,
            율이맘, 최넬, 하율소영, 희인맘, 히서니
엮 은 이 고애진
펴 낸 이 이기성
편집팀장 이윤숙
기획편집 윤가영, 이지희, 서해주
표지디자인 윤가영
책임마케팅 강보현, 김성욱
펴 낸 곳 도서출판 생각나눔
출판등록 제 2018-000288호
주   소 경기도 고양시 덕양구 청초로 66, 덕은리버워크 B동 1708, 1709호
전   화 02-325-5100
팩   스 02-325-5101
홈페이지 www. 생각나눔.kr
이 메 일 bookmain@think-book.com

• 책값은 표지 뒷면에 표기되어 있습니다.
  ISBN   979-11-7048-588-9(03810)